W0470198

Le sang des lions

Loïc Le Borgne

Le sang des lions

INTERVISTA 15 • 20

Collection 15-20 co-dirigée
par Constance Joly-Girard et Denis Guiot

© Éditions Intervista, 2008.
ISBN : 9782357560154

Masques ! Ô Masques !
Masque noir masque rouge,
vous masques blanc-et-noir
Masques aux quatre points d'où souffle l'Esprit
Je vous salue dans le silence !
Et pas toi le dernier, Ancêtre à tête de lion.

Léopold Sédar Senghor, « Prière aux masques »,
in *Chants d'ombre*

Et là, devant eux, tout ce qu'il pouvait voir,
vaste comme le monde, immense,
haut et incroyablement blanc dans le soleil,
c'était le sommet carré du Kilimandjaro. Et alors
il comprit que c'était là qu'il allait.

Ernest Hemingway, *Les Neiges du Kilimandjaro*

Prologue

La colère des éléphants

Afrique orientale, *deuxième moitié du* XIX*e siècle*

Les ténèbres bruissent, craquent et mordent : c'est la nuit dans la forêt équatoriale.

David écrase un moustique gorgé de sang contre sa joue. Il a les yeux cernés, le souffle court. L'expédition a été décimée.

Il s'assoit sur un tronc jeté à terre par les mastodontes.

— C'est de la sorcellerie ! marmonne-t-il. Ce pays est envoûté !

L'explorateur a une solide expérience du continent noir, mais il est cette fois abasourdi. Le troupeau a déboulé sans prévenir dans la clairière où ils avaient installé le bivouac, la veille au coucher du soleil. Jamais il n'a vu des éléphants se comporter de cette manière. Des monstres enragés ! Ils ont piétiné, broyé, saccagé. Rien ni personne n'a résisté.

— Pourquoi ? rumine-t-il. Sorcellerie !

Écrasé par la terreur et la fatigue qui pèsent sur ses épaules, il reste assis, sursautant au moindre bruit, jusqu'à ce que le jour se décide enfin à poindre. Une brume matinale rôde entre les feuilles persistantes ; un babouin aboie : la jungle s'éveille.

David se lève, frissonnant dans l'air matinal. Il contemple, maussade, le carnage. Tentes abattues au milieu d'un fatras de débris végétaux, malles éventrées, corps sans vie. Après le désastre, il a arpenté la clairière dans les ténèbres, mais n'a pas repéré de survivant. Le chef des trafiquants, ses trois acolytes blancs, leurs porteurs kololos et le guide arabe : tous morts ! De Selim, son fidèle serviteur, il n'a pour l'instant pas trouvé trace. À la lueur du jour, il va pouvoir reprendre ses recherches.

— Monsieur ! appelle une voix tordue par la peur.

Un jeune homme aux grands yeux noirs approche, courbé, jetant des regards vers la lisière comme s'il craignait la charge d'un monstre. Selim, vivant !

— Dieu soit loué ! s'exclame l'explorateur. Où étais-tu passé ?

— Je m'étais caché, monsieur !

— Tu as vu ce désastre ? Je n'arrive pas à y croire ! Pourquoi ces éléphants ont-ils agi ainsi ?

— Peut-être à cause de l'ivoire ?

David jette un œil sur le stock de défenses éparpillé dans la boue. Certes, les éléphants sont des animaux intelligents, aux comportements parfois mystérieux, mais de là à monter une expédition punitive contre des trafiquants d'ivoire !

— Nous n'aurions pas dû faire un bout de chemin avec ces filous, Selim. Ils nous ont porté malheur.

— Monsieur, nous sommes en vie !

Soudain, l'explorateur détecte un mouvement dans la brume.

Au centre de la clairière dévastée, apparu comme par magie, un homme masqué exécute une obscure pantomime.

Maigre comme un marabout, une peau de fauve miteuse sur les épaules, des colliers autour du cou et des anneaux aux oreilles, il agite ses bras décharnés, noirs, en direction de la jungle. Son visage est caché par un masque de bois sombre, sur lequel des yeux en amande et une bouche pourvue de longues canines ont été peints en rouge – la gueule d'un lion peut-être. David n'a même pas vu l'étrange bonhomme arriver !

— D'où sort cet énergumène ? murmure-t-il, incrédule. Qu'est-ce qu'il fait ? Il parle aux esprits ?

— C'est un sorcier, monsieur, lâche Selim d'une voix tremblante. Il ne faut pas l'approcher...

Enjambant branchages et débris, David marche droit vers le vieil homme. Selim proteste mais trotte dans son sillage.

— Hé ! crie l'explorateur à l'inconnu. Vous êtes qui ?

L'ancien cesse ses mouvements ésotériques et ôte son masque. Visage d'ébène, strié de rides profondes. Des mouches tournoient autour de ses yeux larmoyants. Un aveugle !

David recule. Pas assez vite. De sa main osseuse, l'homme l'attrape par le bras. Sa bouche édentée psalmodie une suite de mots incompréhensibles.

— Selim, tu comprends ce qu'il baragouine ?

— Il explique que les éléphants étaient en colère.

— Avis pertinent. Demande-lui comment il est au courant de ce qui s'est passé. Et dis-lui qu'à mon avis ces éléphants étaient fous. Sans doute une maladie.

Selim traduit.

Les yeux emplis de sécrétions, cernés de rides profondes, restent braqués sur le front de David. Puis la bouche édentée parle à nouveau. Selim traduit.

— Il dit que les éléphants étaient parfaitement sains d'esprit, et en très bonne santé. S'ils avaient été fous, ils n'auraient épargné ni l'explorateur blanc ni son serviteur.

— Quoi ? Ce vieux pense que les éléphants n'ont volontairement tué que les trafiquants ? Qu'ils ont fait le tri ?

— C'est un sorcier, monsieur, il ne faut pas lui manquer de respect.

David se tourne vers Selim, dont le visage reflète une profonde inquiétude.

— J'ai vu plein de choses incroyables : des êtres exceptionnels, des animaux monstrueux, des chutes d'eau vertigineuses. Mais des hommes sont morts, et je ne suis pas d'humeur à écouter ce genre d'élucubrations !

Le sorcier resserre ses doigts sur le biceps de l'explorateur. De nouveau, il parle, à un débit très rapide.

— Selim, traduis ! ordonne David.

— Il dit que tu es blanc, que tu es bon, mais que tu ne comprends pas tout. La forêt est pleine de mystères. Les éléphants ont agi de leur plein gré, et ils t'ont épargné, que tu le croies ou pas. Maintenant, il dit qu'il va leur parler, pour qu'ils te laissent passer si tu reviens un jour avec une autre expédition. Il pense que tu reviendras... parce que tu n'as pas encore trouvé ce que tu cherchais.

L'aveugle se tait, hoche la tête, et lâche le bras de David. Un profond silence s'abat sur la clairière, troublé par les appels lointains du babouin.

Puis le vieux ajoute quelques mots et s'éloigne, contournant les arbres et les caisses fracassés.

— Il nous a souhaité un bon retour dans le Nord, au-delà des mers, murmure Selim.

— Ne dis pas de bêtises, Selim, cet homme ne sait même pas que la mer existe, et encore moins que nous venons du Nord.

— C'est un sorcier, monsieur.

— Bien sûr, et il parle aux éléphants ! Je suis fatigué, Selim. Nous allons devoir rebrousser chemin, expliquer ce carnage et monter une nouvelle expédition.

— Tout à fait, monsieur. Je vais récupérer du matériel, puis enterrer ces malheureux.

Selim s'éloigne, furetant dans les branchages qui parsèment la clairière. De nouveau seul, David songe à la nuit précédente.

Les craquements, les cris, la fuite dans les ténèbres. Les barrissements dans son dos d'un éléphant déchaîné. Il a hurlé. S'est effondré quand les branches d'un arbre projeté par le mastodonte ont heurté ses épaules. A tenté de se débattre, empêtré dans les feuillages. S'est retourné. Puis s'est immobilisé en découvrant, horrifié, l'énorme masse du pachyderme au-dessus de lui, avec ces immenses oreilles battant la nuit, folles de rage.

Il a cru sa dernière heure arrivée. Un pas, et l'éléphant le broyait comme un ver. Mais l'animal s'est détourné et a disparu dans l'obscurité. David est resté prostré sous les feuillages de longues minutes avant de se relever.

L'explorateur a vu bien des choses en Afrique. Des merveilles et des horreurs, de la lumière et du sang. Mais cette nuit, il a l'étrange impression d'avoir effleuré quelque chose de plus énigmatique encore. Un secret tapi au cœur de la savane et des forêts. Un mystère si vieux que le simple fait d'y penser lui donne, malgré le soleil qui enflamme le ciel d'Afrique, la chair de poule.

Partie I

Apprentis sorciers

Je suis venu de mon lointain pays
Pour travailler chez vous
J'ai tout laissé, ma femme, mes amis
Au pays tout là-bas
J'espère les retrouver tous en vie
Le jour de mon retour.

Francis Bebey, « Je suis venu chercher du travail »,
in *Anthologie africaine II ; la poésie*
(dirigée par Jacques Chevrier)

Il me semblait que j'avais retrouvé un paradis rêvé ou connu de moi en des âges dont j'avais perdu la mémoire. Et j'en touchais le seuil. Et je pouvais le franchir.

Joseph Kessel, *Le Lion*

CHAPITRE 1

Terre d'Afrique

Parc Kilimandjaro Magic Eden, *ex-Tanzanie, Afrikwana, début du XXIIe siècle*

C'est l'heure où l'Afrique s'éveille. Le soleil vient d'apparaître au bout de l'immense vallée. Les rayons encore jeunes inondent la brousse d'une lumière tiède, presque horizontale. Les ombres s'étirent, les fauves se cachent, les oiseaux quittent les acacias où ils ont passé la nuit et s'envolent.

Au sommet d'un promontoire de terre rouge qui surplombe la vallée, deux bergers massaïs lèvent la tête. Les chèvres osseuses qu'ils surveillaient s'agitent. L'un des bergers met sa main en visière devant ses yeux et désigne un point dans le ciel à son voisin. Drapés dans leur plaid pourpre, les deux hommes s'approchent du précipice et semblent attendre quelque chose, un signe.

Puis le vaisseau surgit, oiseau de feu au-dessus des broussailles. Il vole à une vitesse phénoménale entre les deux parois rocheuses dressées de part et d'autre de la vallée. Sa coque flamboie sous le soleil matinal. Les machines de la Fédération sont ainsi : dorées comme des couronnes de roi. L'or, la couleur de l'Afrikwana !

Quand l'appareil, profilé comme un cygne, frôle leur promontoire, les Massaïs reculent d'un pas.

Le vaisseau est silencieux ou presque – un simple frou-frou, pareil au sifflement du vent dans les hautes herbes –, mais il ne faut pas se fier à cette illusion de douceur : dans son sillage, la poussière s'enroule en volutes fébriles.

Les chèvres bêlent lorsque les épineux s'agitent. Les Massaïs attendent que le vaisseau disparaisse à l'autre bout de la vallée. La poussière s'épuise dans l'air immobile et finit par regagner la terre. Les chèvres s'apaisent. Alors les bergers palabrent. Les grands vaisseaux dorés ne sont pas bons pour le bétail. Ils font tourner le lait autant que la poussière. Et à chaque lune qui passe, ces oiseaux de malheur sont plus nombreux. Ce n'est pas bon pour la savane. Ni pour les hommes, ni pour les plantes, ni pour les animaux.

Tout cela à cause des parcs, et des riches étrangers qui pensent que l'Afrique peut être domptée.

Quand les hommes se croient des dieux, les bergers savent ce qu'ils risquent ; le vent et les étoiles le leur ont soufflé...

Le vaisseau descend à la verticale le long d'une falaise de roche rouge et se pose dans un champignon de poussière qui irrite les yeux et assèche les muqueuses.

Autour du tarmac, quelques épineux et des acacias anémiques essaient tant bien que mal de percer la terre desséchée. À cette heure matinale, la température est supportable, mais d'ici peu le soleil assommera le monde.

Dans l'ombre, au pied de la falaise, une cabane de tôle, un mirador et quelques barbelés marquent l'entrée de service secondaire du parc, réservée aux ouvriers disciplinaires, les OD. Sous les étoiles comme sous le soleil, les OD sont des ombres. Personne ne doit les remarquer, pas même les visiteurs qui les croisent au beau milieu du complexe touristique.

La poussière à peine retombée, une paroi coulisse sur le flanc étincelant de l'appareil et une rampe d'accès s'étire jusqu'au sol.

Quatre hommes armés s'avancent. Des policiers de l'Afrikwana. Casques intégraux, capteurs en tous genres, combinaisons ergonomiques couleur sable qui se fondent parfaitement dans le paysage étouffé de poussière.

Peau noire, une vingtaine d'années, le jeune homme qui les observe, accroupi derrière une barrière de fil barbelé électrifié, ne voit pas leurs visages, cachés par des visières opaques. Armés de ce qui ressemble à des fusils d'assaut neuropilotés, les policiers se postent de part et d'autre de la passerelle, à mi-pente, stoïques sous le soleil qui enflamme le fuselage. *Des robots en chair et en os,* juge l'observateur, cynique.

Un cinquième sbire en uniforme apparaît. Baraqué, harnaché, casqué comme les autres. Un microdrone en forme de libellule plane au-dessus de sa tête : c'est un gradé. Derrière les pics des barbelés, le jeune homme qui les examine pense aux soldats d'autrefois, ces GI's qui imposaient leur *pax americana* au monde. Le monde a changé, pas l'allure de ceux qui maintiennent l'ordre. Discipline, morgue, puissance. Les centurions romains devaient avoir la même suffisance.

Le gradé, droit comme un pasteur massaï mais trop épais pour en être un, observe la savane environnante, assisté par le microdrone qui lévite dans l'air chaud au-dessus de son casque.

Rassuré par le silence amorphe, le policier fait un signe de la main. Le microdrone, bon chien, regagne les entrailles du vaisseau, tandis que les prisonniers en sortent. Mains menottées, pieds entravés. Vêtements sales, gris de poussière. Tous ou presque ont la peau blanche, parfois brunie ou rougie par le soleil. Aucun ne semble avoir plus de quarante ans.

Le jeune homme derrière ses barbelés regarde ces pauvres bougres sans intérêt particulier. Comme lui, ils seront bientôt OD, autrement dit prisonniers, même si ce terme n'est jamais employé. Ça ne perturberait pas les gardiens, ni les OD, mais ça choquerait les bonnes âmes de l'Afrikwana, persuadées de vivre dans une démocratie exemplaire.

Les prisonniers descendent la rampe en file indienne, les yeux plissés à cause de la lumière jaune du matin. Ils portent sur le dos le poids du découragement et la fatigue d'un long voyage. Visages osseux, cheveux épars. Leurs épaules se voûtent et leurs regards fuyants semblent happés par le sol, par leurs pieds crasseux que des restes de godillots peinent à protéger. Surtout ne pas relever la tête, de peur de tomber sur la visière opaque d'un policier ou, pire, sur la crosse de son fusil d'assaut.

Derrière les barbelés, le jeune homme noir soupire et croise sur sa puissante poitrine deux avant-bras musclés. Il est de belle taille, au point que les OD lui ont donné le surnom de Shaka, un redoutable chef de guerre zoulou du

XIXe siècle. Il est Shaka et il est zoulou, mais n'a rien d'un conquérant. Condamné pour activités subversives, il sera OD pour des années encore. Chargé d'accueillir les nouveaux, de les orienter dans le dédale du parc, et surtout de les mettre le plus vite possible au boulot. Durant les prochaines heures, il va leur laisser découvrir le site. Ces malheureux sont là pour longtemps : il ne va pas les bousculer dès leur arrivée. Des coups de bourre, ils en auront assez. Des coups de trique aussi.

Ils sont six à clopiner, handicapés par les chaînes qui entravent leurs chevilles. L'un d'entre eux, le quatrième, n'est pas beau à voir. Des croûtes de sang séché tavellent son front, son cou, ses bras nus. Ces blessures semblent suinter, et attirent déjà, dans la tiédeur matinale, les mouches. Ses vêtements ne sont pas juste en loques, mais réduits à l'état de haillons. À travers les pans déchirés de sa chemise et de son pantalon, on devine une peau maculée de crasse, d'hématomes, des côtes qui saillent au point qu'on les croirait prêtes à cisailler la peau.

Si Shaka remarque ce prisonnier, c'est parce que deux détails lui sautent aux yeux : sa jeunesse – dix-sept ans tout au plus à vue de nez – et la manière dont, avec défi, voire insolence, au moment où son pied touche le tarmac, il lève son visage vers le soleil. Ensuite, le jeune Blanc plante un regard vert, aussi vert que les herbes après la pluie, dans celui, noir, de Shaka.

Un regard qui happe, porté par un visage harmonieux et impitoyable à la fois, juvénile et déjà taillé par la vie : taches de rousseur et plis sur le front, peau claire, sourcils et cheveux roux en bataille, pommettes saillantes, prémices de moustache sur la lèvre supérieure.

Un enfant terrible, un rebelle, estime Shaka. *Qui ne va pas faire long feu ici.*

Désinvolte, l'adolescent contemple la falaise brune ornée de ses buissons rachitiques, les acacias parasols, les touffes de graminées, et même les buissons d'épineux et les étendues de terre ocre autour de lui, et sourit.

Un des gardiens du parc, jusque-là cantonné dans l'ombre, près du portail qui s'ouvre au milieu des barbelés, s'approche des prisonniers. Shaka connaît cet homme : c'est le gardien-chef Lémiso. Dans la langue des Massaïs, *lémiso* veut dire « né la nuit ». Le prénom de Lémiso lui va bien : parmi tous les gardiens du parc, il n'y a pas âme plus noire que la sienne.

Petite moustache en accent circonflexe sous le nez, barbe de deux jours, yeux injectés de sang. Cheveux noirs ondulés, comme une mer mazoutée. Un quart Massaï, un quart Kikuyu, une moitié Indien : des passés difficiles à concilier. Un homme intelligent aurait fait de ce mélange une richesse, mais dans la tête de Lémiso ne fermente qu'une bouillie de haines et de rancœurs. Son physique ne l'aide pas. Il paraît malingre, et les drogues qu'il ingurgite à longueur de journée n'y sont pas pour rien. Son apparente fragilité masque une redoutable perversité. C'est une teigne.

Il crie des ordres et les nouveaux arrivants, poussés sans ménagement par les policiers, s'alignent au bas de la passerelle.

Le garçon aux yeux verts est bousculé, mais ne baisse pas la tête, à l'inverse de ses codétenus. Il contemple les mornes falaises comme s'il s'agissait d'une splendide terre promise. *Réveille-toi !* a envie de lui crier Shaka. *Réveille-toi ou il va t'en cuire !*

Quel âge a ce garçon ? s'interroge le jeune Zoulou. Seize, dix-sept ans ? C'est un réfugié européen, là-dessus il n'y a pas de doute : ses hardes et sa peau le prouvent. Mais que vient-il faire ici, si jeune ?

Shaka a entendu parler de ces gens qui fuient par dizaines de milliers le continent sinistré, au-delà de la Méditerranée. Ils rêvent d'Eldorado, ignorant ce qui les attend sur les terres africaines. Sans doute croient-ils qu'ici les moussons sont d'argent et les rivières d'or. Se peut-il que des enfants et des adolescents prennent désormais le chemin de l'Afrikwana, prêts à tout, y compris à perdre la vie, pour échapper aux affres du Nord ?

Vêtu d'un uniforme noir et fripé, trop grand pour lui, Lémiso passe devant les prisonniers. Il ne marche pas comme les autres militaires, roide et martial, mais en boitillant. Shaka sait qu'il souffre de cors aux pieds. Les épaules des futurs OD s'affaissent un peu plus, excepté celles de l'adolescent, toujours captivé par la falaise et ses buissons desséchés. Shaka soupire. Ce garçon va perdre une partie de ses dents d'ici à quelques secondes.

Quand le gardien-chef passe devant lui, le jeune Européen se dresse sur la pointe des pieds et parvient, sans paraître se rendre compte de son insolence, à regarder par-dessus la chevelure graisseuse du maton ! Par tous les dieux de l'Afrique, est-ce que cet idiot va cesser un jour de scruter cette falaise ?

Surprise : Lémiso poursuit son inspection sans broncher.

Mais Shaka sait que Lémiso est comme une hyène qui a repéré un os à grignoter : son apparente indifférence est mauvais signe.

Le responsable en chef des OD continue jusqu'à l'extrémité du rang, puis s'arrête à hauteur du dernier prisonnier, qui contemple ses chaussures.

— T'as regardé en l'air ? demande Lémiso sans préambule.

Il a la voix cassée par les drogues et la fumée, mais Shaka l'entend sans peine. Les poisons ont rongé la balance, pas le bouton volume.

L'interrogé s'agite, relève la tête, la baisse. La lève. Blanc, cerné, édenté. Il bégaie :

— Que... Quoi, monsieur ? J'ai rien... j'ai rien fait !

Le poing s'abat. Vif, cassant. Droit dans les gencives.

Le prisonnier expulse de l'air en gémissant et se plie en deux. Tombe à genoux.

— Les vers, ça regarde le sol ! hurle Lémiso (ses veines saillent le long de son maigre cou). Tu piges, larve d'asticot ?

Nouvelle bourrade. Du genou cette fois. Touché au front, le prisonnier tombe à quatre pattes en pleurnichant.

Lémiso hausse ses épaules étroites. Les autres prisonniers ont perdu plusieurs centimètres. Ils tassent chacune de leurs vertèbres, courbent la tête, roulent des yeux effarés, espérant que le gardien-chef ne les remarquera pas.

Sauf l'un d'eux : le jeune rouquin, debout au milieu des autres, menton relevé, mâchoires contractées. Ce Blanc-là ne se laissera pas mater comme un veau. Mais voilà : Lémiso a brisé toutes sortes de bêtes et d'hommes. Pour lui, les clandestins sont un peu les deux.

Sans se presser, il marche vers le jeune OD. C'est dans un dessein précis qu'il a frappé le prisonnier le plus faible :

provoquer l'indignation de celui qui a osé l'ignorer quand il est passé devant lui. Et le jeune rouquin, avec son air à la fois innocent et effronté, s'est précipité dans le piège. Les jeunes lions sont les plus faciles à prendre.

Lémiso se plante devant le garçon et croise ses mains dans son dos.

— Nom ? demande-t-il en swahili.

Le rouquin lève le menton, tentant de garder une certaine contenance, mais Shaka perçoit sa terreur. Lémiso aussi, comme une hyène hume celle d'un animal pris au piège. Le visage de l'Européen pâlit. Ses mains, le long de son corps, s'agitent avec nervosité.

— Cody. Jef Cody.

— J'ai dit nom, pas prénom. Je me fous de ton prénom. Tu ne comprends pas ce que je dis ? Tu ne parles pas ma langue ?

— Si.

— Tu parles le swahili ?

— Oui.

— T'as appris où ?

— Au Centre de solidarité, près de chez moi.

Lémiso jure.

— On devrait pas apprendre à parler aux singes. Tu comprends tout ce que je dis ?

— Oui.

— Alors, t'es idiot. Quand je demande un nom, on donne un nom. Quand je donne un ordre, on obéit. Pas deux secondes après, tout de suite. Pigé ?

— Oui.

— Oui, gardien-chef.

— Oui, gardien-chef.

— T'es idiot ou pas ?

— Non.

La claque cingle. Le garçon tressaille ; il n'a pas vu le coup arriver.

— Non, gardien-chef ! siffle Lémiso, alors que la marque de ses doigts efface les taches de rousseur sur la pommette du garçon.

— Non, gardien-chef, dit le garçon d'une voix chancelante.

— Je crois que si. T'es idiot. As-tu entendu ce que j'ai dit à cette larve, là-bas ? (Lémiso désigne le prisonnier qu'il a frappé, et qui sanglote, agenouillé dans la poussière, en se tenant le ventre.)

— Oui, gardien-chef.

— Je lui ai pas dit de regarder le sol ?

Le garçon inspire un grand coup – Shaka voit ses mains qui tremblent contre ses hanches –, mais il garde ses yeux plantés dans ceux de Lémiso.

— Vous... vous lui avez dit que les vers regardaient le sol. Et c'est ce que font ces animaux-là, je suis bien d'accord avec vous... vous avez dû bien les observer...

Les autres prisonniers relèvent la tête, et Shaka voit les casques des policiers bouger de quelques centimètres dans la direction du garçon.

— ... gardien-chef, termine l'intéressé.

Un silence sidéré s'abat sur la savane.

Sans prévenir, Lémiso attrape le garçon par les épaules, plie sa jambe droite et vise le bas-ventre. Le jeune Blanc se casse en deux avec un cri étouffé, puis Lémiso unit ses deux poings serrés et frappe la nuque du garçon. Le Blanc tombe à genoux. Le gardien-chef enchaîne par un aller-retour de la main droite, qui fouette le visage de sa victime. Shaka a déjà testé cette punition : elle est douloureuse car, après avoir tapé avec la paume, Lémiso frappe avec le dos de sa main. Il vise la face et le nez, plus sensibles. L'anneau métallique qu'il porte au majeur accentue le choc et la souffrance.

Le garçon se recroqueville sur le sol. Lémiso termine par deux coups de pied dans les côtes. Visage plongé dans la poussière, sa proie se tortille en gémissant.

— Les vers, ça commence par ramper, crache le gardien-chef en se frottant les mains. Et ceux qui relèvent la tête, c'est ceux-là qu'on écrase en premier. On a assez d'ennuis comme ça, j'en veux pas chez les OD.

Il observe les prisonniers.

— Infâme racaille ! Le premier qui bronche, je lui éclate la tête ! Fallait rester là d'où vous venez, les blafards ! J'aime pas les immigrés, mais les immigrés qui font les malins, ça me sort vraiment par les trous de nez ! Hors de ma vue !

Signe de tête en direction du policier gradé :

— Emmenez-les jusqu'aux barbelés, mes hommes prendront le relais.

Les policiers poussent les nouveaux OD vers la clôture. Le gradé s'approche de l'adolescent prostré sur le tarmac.

— Laissez-le ! aboie Lémiso, on va s'en occuper !

Le policier se tourne vers le gardien-chef, hésite, puis hausse les épaules et rejoint les autres prisonniers.

— Shaka ! hurle Lémiso. Ici !

Shaka court à petites foulées vers la porte ouverte dans les barbelés, jette un œil au gardien de faction, qui lui fait signe de passer, traverse le tarmac et, prudent, s'arrête à deux mètres de Lémiso.

Le gardien-chef transpire à grosses gouttes.

— Tu t'installes à l'écart, sous l'acacia, là-bas, tu le surveilles et t'attends qu'il se relève. Tu l'aides pas, tu lui dis juste de marcher jusqu'à l'entrée. Pigé ?

— Oui, gardien-chef. Il pourrait s'échapper par là... remarque Shaka en pointant le doigt vers l'étendue de la savane.

Lémiso hausse les épaules.

— Pas dans son état. Il fait déjà plus chaud qu'entre les cuisses d'une Blanche.

Puis ses sourcils se froncent, plongeant ses yeux dans l'ombre.

— Pourquoi tu dis ça, Shaka ? T'as déjà pensé à un truc de ce genre ? À prendre le large dans cette direction ?

— Non, gardien-chef.

— Tant mieux pour toi. Noir ou pas, tu passerais un très mauvais moment. Contente-toi de m'obéir. Tu t'assois, et tu bronches pas, même s'il appelle. Je veux qu'il se relève seul. Je veux qu'il retienne la leçon. Pigé ?

— Pigé, gardien-chef. Et après ?

— Nourris-le, montre-lui sa caisse. Après, tu lui fais faire le tour du propriétaire. Si t'es sympa avec lui après la raclée qu'il a prise, ce gosse te servira ta bouffe comme une boniche blafarde et rampera devant moi. Ça nous arrangera tous les deux.

Lémiso s'éloigne à grands pas vers l'entrée du parc, sans un regard pour la forme humaine recroquevillée sur le bitume brûlant, jaune de poussière.

Shaka s'en écarte à son tour et se dirige vers l'endroit indiqué. Il s'installe sur une grosse pierre. Attend. Moins de dix minutes plus tard, les policiers embarquent dans leur appareil. Le grand cygne doré décolle, puis disparaît dans le ciel sans nuage.

Les minutes s'étirent, longues et brûlantes. Le garçon est immobile sur le bitume.

Il a peut-être quelque chose de cassé, songe Shaka. Il aimerait aller vérifier, mais aider le prisonnier serait signer son propre supplice.

Alors il attend, la bouche sèche et le cœur serré.

CHAPITRE 2

Le souffle du lion

Peu à peu, le rouquin s'est relevé. Il ne s'est jamais plaint. A juste grimacé, esquissé quelques mouvements. Les traces de larmes sur son visage prouvent qu'il a souffert ; les bleus sur ses bras, le sang au coin de sa bouche le confirment. Il n'a pas appelé, ni même gémi.

Maintenant, il est debout, les jambes encore flageolantes, mais le visage de pierre. De sa main droite, il soutient son bras gauche. Peut-être a-t-il un os cassé, une articulation démise ou un muscle froissé. Mais il est debout. Une moue haineuse, auréolée de souffrance, tord ses lèvres étroites, gercées par le soleil, et fronce ses sourcils.

Il a déjà été passé à tabac, et même plus d'une fois, devine Shaka.

Le garçon hésite, regarde à droite, à gauche. Contemple la falaise. Les barbelés. Le désert. Ses yeux prennent tout leur temps, insolents. Bien entendu, l'adolescent a depuis longtemps repéré Shaka, et sait qu'il est observé. Contenant sa souffrance, il veut montrer à quel point il est libre.

Lémiso n'a pas encore gagné avec lui, se réjouit Shaka en soulevant sa grande carcasse noire.

Les yeux verts de l'Européen se posent sur lui et attendent, avec un mélange de morgue et de fierté. Le Blanc a compris qu'il n'était pas un gardien, mais un simple prisonnier chargé de le surveiller. Le voilà qui hoche la tête, retrousse ses lèvres sur ses canines en un rictus méprisant : un fauve prêt à en découdre.

Shaka soupire et s'approche à pas mesurés. Il n'a pas d'arme, mais il sait les gardiens aux aguets derrière les barbelés. Le garçon les a localisés aussi, ce qui devrait l'inciter à rester tranquille. Et Lémiso ? Les espionne-t-il, planqué dans l'une des cabanes ? Improbable : après avoir défoulé sa hargne sur le jeune Blanc, le gardien-chef, bouffi de satisfaction et d'orgueil, est parti avaler l'une des substances qui lui rongent l'organisme et le cerveau, rêvant d'un monde sans réfugiés, sans Blancs, dont il serait le monarque.

Shaka, lui, va devoir amadouer le félin humilié et apeuré qui lui fait face. Et Shaka sait qu'il faut se méfier des félins acculés.

L'Européen lâche son bras gauche et attend, poings serrés contre ses hanches. Raide, il paraît insensible à la sueur et au sang qui maculent sa chemise grise déchirée. Shaka perçoit sa rage, sa résolution, sa sauvagerie, si puissantes qu'elles semblent irradier de son corps, pareilles aux ondes de chaleur d'un gosse enfiévré.

Ce môme est prêt à mordre, évalue le Zoulou. *À me sauter au visage*.

Il s'arrête à distance prudente et hèle le garçon.

— Tu t'appelles Jef, c'est ça ?

L'Européen ne répond pas, mais il déglutit, pour tenter d'effacer sa douleur et de ravaler son humiliation. Ses yeux brillent, rageurs.

— Viens, on va aux baraquements ! insiste Shaka.

Le garçon ne bronche pas.

— T'es blessé ? interroge Shaka. Je pourrai te soigner, là-bas !

— Ce type, c'est un salaud ! crache le jeune Européen.

Shaka ne commente pas. Selon le règlement, il devrait punir le nouvel arrivant. Sans faire de cadeau, car le gardien-chef a été insulté. Mais le gardien-chef l'a bien cherché. Et puis, même s'il ne peut se permettre d'abonder dans son sens, Shaka partage l'avis du rouquin.

— Est-ce que t'es blessé ? répète le Zoulou, qui veille à conserver une certaine distance de sécurité.

Le garçon renifle, s'essuie le nez, les lèvres, sur lesquelles subsistent des traces de sang, se cambre en se massant le ventre. Il remonte le col de sa chemise, comme le ferait un homme bien mis dans une réception, oubliant que l'encolure est cassée.

Ou pour cacher quelque chose, devine Shaka en apercevant, sous la chemise, au creux du cou, une tache rosée.

— Je crois pas, marmonne le garçon.

Cette réponse rassure Shaka. Des bleus, des contusions, des infections superficielles peut-être, mais ni plaie ni fracture. Pas de quoi déstabiliser ou diminuer ce garçon, qui en a vu d'autres. Tant mieux : il aura besoin de toutes ses capacités pour mener à bien les dures tâches confiées aux OD.

Shaka se rapproche un peu. Jef, de son côté, le scrute de la tête aux pieds. Shaka est bien bâti, un peu trop en chair sans doute. Des épaules carrées, des joues rondes, un ventre nourri comme il faut, qui gonfle l'ample chemise bleu marine. La coiffure n'est pas banale : les cheveux sombres, crépus, forment une double tresse dans le dos – une mode chez les Zoulous depuis deux ans. Shaka porte une salopette émeraude et des sandales de cuir. Jef est surpris par la propreté des vêtements, puis comprend : cette tenue est un uniforme, un vert de travail. Les OD travaillent dans le parc, au contact avec les visiteurs. Pas question de les laisser se balader partout en haillons.

— Tu feras pas d'histoires ? questionne Shaka.

Jef élude :

— C'était qui, ce salaud ? Le directeur du parc ?

— C'est le responsable des OD. Le patron du parc, tu le verras jamais, je sais même pas s'il habite ici. Mais Lémiso, tu le verras tout le temps, il est le gardien-chef. Si tu continues à l'appeler comme tu viens de le faire, t'auras de gros ennuis.

Le visage du garçon se rembrunit.

— Un jour, il paiera !

— Si tu le provoques, il te tuera. Ici, les OD, c'est pire que des animaux. On a été condamnés à des travaux disciplinaires, pas embauchés pour notre CV.

Le garçon crache par terre. De la salive rouge de sang.

— Il paiera, ce salaud !

Un craquement dans les buissons. Les deux garçons lorgnent dans cette direction.

Un lion !

Souple, massif, le fauve a surgi au détour d'un épineux. Gueule entrouverte, crinière au vent, il avance d'un pas lourd, de ce pas que rien ne semble pouvoir perturber ; le pas d'un roi convaincu de sa suprématie.

Même s'il a déjà vu des dizaines de lions, Shaka est surpris. Il est rare de croiser un fauve en dehors des frontières du parc, et celui-ci n'est pas un animal chétif, mais un mâle en bonne santé, dont les muscles roulent le long de membres puissants.

De l'acier serti dans du velours.

Le lion halète, à la recherche d'un endroit où se désaltérer sans doute. Sa langue rouge pend entre ses crocs luisants, et ses yeux d'or fouillent la savane. Le toupet noir, au bout de sa queue, balaie la poussière et chasse les mouches.

Le lion s'engage sur le tarmac. Son pelage ocre, soyeux, sa crinière blonde parsemée de mèches noires, ses yeux pailletés d'or lui confèrent une grâce impériale.

Le fauve marche droit sur le jeune Blanc. Shaka se mue en statue de pierre : Jef doit se débrouiller seul. Surtout ne pas intervenir !

Jef ouvre des yeux effarés. Il a joué au plus malin devant le gardien-chef, mais on ne triche pas face au lion. Le visage du garçon se décompose. Il recule, boitillant à cause du coup reçu dans le bas-ventre. Ses mains se crispent, son corps se contracte, paré à encaisser la charge ; réflexe inutile, il n'aurait aucune chance en cas d'attaque. Jef réalise son insignifiance devant le fauve. Il titube, comme un homme saoul, puis jette un regard horrifié à Shaka.

— Hé ! croasse-t-il. Je fais quoi ?

La peur déforme sa voix. Les aigus de l'enfance remontent à la surface, lacèrent le ton railleur qui prévalait jusque-là.

— Bouge pas, dit Shaka avec calme.

L'Européen n'a pas l'air convaincu. Il transpire et cesse de respirer quand le fauve passe tout près de lui, sans lui accorder un regard.

L'animal se dirige alors vers Shaka, qui avance à sa rencontre.

— Mais... attention ! souffle le jeune Blanc. Il va te bouffer !

— Il va rien faire du tout, tranche Shaka.

Devant les yeux subjugués de Jef, Shaka lève la main et la pose sur le museau humide, noir du félin.

— Cendres du monde, c'est impossible ! s'étrangle Jef.

En caressant l'encolure du formidable animal, Shaka jubile : il a pris le contrôle de la situation ; Jef a oublié sa colère. En connaisseur, le Zoulou passe ses doigts entre les mèches bicolores de la crinière, gratte les babines du fauve, qui frissonne du plaisir.

— Comment tu fais ça ? interroge Jef, ébahi.

Puis soudain, méfiant :

— T'es sorcier ? C'est ça, hein, t'es sorcier ?

Shaka rigole. Il nie, tout en caressant le lion autour des oreilles. L'animal baisse la tête, avide.

Jef n'a d'yeux que pour le lion.

— J'arrive pas à y croire ! Il va pas nous attaquer ?

Shaka s'esclaffe.

— En Afrikwana, les lions n'attaquent pas les gens !

Sauf les lions-garous, mais il est prématuré d'en parler, ne peut-il s'empêcher de penser.

Jef s'approche, hésitant. Du bout des doigts, il effleure la crinière du prince de la savane. Le lion se laisse faire, se penche même vers lui, à la recherche de contacts plus prononcés.

— Cendres du monde... bafouille le garçon. C'est... c'est géant !

Shaka ricane.

— D'ici à quelques jours, quand t'auras du travail jusqu'au cou, tu trouveras plus du tout ça géant. Tu penseras peut-être comme Naphtal Ole Tutu.

— C'est qui, ça ?

— Un vieux Massaï.

— Et il dit quoi, l'ancêtre ?

— Que ces bêtes sont une aberration.

— Il aime pas les animaux ?

— Au contraire, il paraît même qu'il leur parle.

Jef sourit, goguenard.

— Je voudrais bien voir ça. Ça lui a appris quelque chose ?

— Il dit qu'on peut sauter dix, vingt, trente fois sur un lion qui dort sans qu'il bouge une oreille, mais que, quand le lion en a assez, il se lève et vous arrache la tête.

Chapitre 3

L'ami zoulou

Jef, qui tente d'oublier la douleur dans son bas-ventre, franchit sans boiter, en serrant les dents, la porte ouverte dans les barbelés. Devant lui, Shaka le domine d'une bonne tête. Trois gardiens, habillés de noir comme Lémiso, les dévisagent d'un air narquois.

— Faudra venir pour les papiers plus tard, oublie pas ! lance l'un d'eux à Shaka.

— Je sais, dit Shaka. On fera ça cet après-midi.

— Et bloquez pas le monte-charge, y'a un blessé qui arrive !

— Un blessé ? Encore une attaque ?

— T'occupe. Bloque pas le monte-charge, c'est tout. Le type doit être transféré d'urgence, on attend la navette ambulance. Toi, ton boulot, c'est le gosse.

— Décrasse-le, il pue comme un vautour après la bouffe ! lance un autre gardien.

Le trio se gausse, et Jef contracte les poings.

Il suit Shaka dans un tunnel, ouvert comme une bouche dans la falaise. Jef avance en traînant des pieds. Taciturne, mais attentif. Du coin de l'œil, Shaka constate que l'adolescent scrute les moindres détails : les pauvres néons couverts de fientes de mouche, qui semblent dater du XXIe siècle et diffusent une sordide lumière orangée, les portes rouillées, les discrets objectifs des caméras de surveillance au plafond.

Le tunnel croise d'autres percées. Un vrai labyrinthe taillé dans la roche.

— Vous habitez ici ? finit par lâcher Jef.

— Ouais, les logements ont été creusés dans le sol. Ça évitait de dénaturer le paysage... Pour les visiteurs qui se baladent autour du parc (Shaka pointe son doigt vers le plafond), on est invisibles.

— Le Magic Eden est là-haut ?

— Au-dessus de nos têtes, sur le plateau. Pas juste au-dessus en réalité, mais pas loin. Je te montrerai plus tard.

Ils s'enfoncent dans le dédale. Entrelacs de couloirs, de portes fermées, de salles qu'on devine dans l'obscurité. Le complexe est mal éclairé. Relents de sueur, d'urine parfois.

— C'est pas le grand confort, hein ? jette Shaka en suivant les regards de l'Européen. La compagnie des Magic Eden, qui gère les parcs, dépense beaucoup pour les visiteurs, mais pas grand-chose pour les ouvriers. C'est comme ça.

L'infirmerie est comme les autres pièces : sobre et sale. Une armoire métallique dont la porte grince pour les médicaments, un placard, deux bancs de bois. Une douche isolée par un rideau en plastique piqué de moisissure. Un sol tavelé de taches sombres. De l'humidité et des insectes tapis dans les coins du plafond.

Shaka tend une serviette élimée et une bouteille de savon antiseptique à l'adolescent.

— Commence par la douche, t'en as bien besoin.

— Le blessé dont ils ont parlé, il va aussi venir ici ?

— Non, directement à la navette puis à l'infirmerie centrale. Ou à Nairobi.

Le garçon disparaît derrière le rideau en plastique, se déshabille. L'eau coule. Shaka la sait glacée, mais ça n'a pas l'air de gêner le réfugié. L'antique robinetterie grince et vibre comme un gréement dans la tempête.

Jef revient, torse nu.

— Assieds-toi, dit Shaka en désignant un banc.

— Je peux me soigner seul.

— Tu peux pas. Le responsable de l'infirmerie, c'est moi.

L'adolescent lui lance un regard noir, puis s'exécute. Shaka inspecte le jeune Blanc. Côtes saillantes, bras musclés mais osseux, ventre creux malgré de solides abdos : robuste, mais trop maigre. Des entailles, des hématomes, de-ci de-là, neuves et sanguinolentes ou plus anciennes, déjà cicatrisées. Un collier autour du cou. Si on peut appeler ça un collier. En vérité, un bout de ficelle qui retient un grigri de pacotille. Une sorte d'amulette oxydée, qui ressemble plus à une balle de fusil qu'à une pièce d'orfèvrerie. Acier, zinc, cuivre ou plomb. Pas d'or ni d'argent : on ne traverse pas deux moitiés de continent avec des bijoux de valeur autour du cou.

Pas loin de l'amulette, une vilaine cicatrice, rosâtre et boursouflée. Elle part du creux de la clavicule et descend en travers de la poitrine. Une trace de brûlure, hideuse et mal soignée.

— C'est quoi ? interroge Shaka en constatant que tout risque d'infection n'est pas écarté.

L'Européen hausse les épaules et lui lance un regard gêné, conscient de la laideur de la blessure.

— Les gardes, à Gibraltar.

— Brûlure ?

— Ouais. Ça va guérir.

Shaka fouille dans l'armoire à pharmacie et en sort un tube de crème grasse.

— Tu mets ça le soir après avoir nettoyé à l'eau, juste avant de te coucher. Ça t'évitera d'avoir des problèmes.

— C'est pas obligé.

— On est en Afrique ici, OK ? Il fait chaud, très chaud. Une écorchure, on peut en mourir. Prends ça.

Le garçon glisse le tube dans sa poche.

— Comme tu veux, c'est toi le boss.

Shaka ricane pour montrer le crédit qu'il accorde à cette affirmation. Il se met au travail, un antiseptique et un tube de pommade cicatrisante à la main. Badigeonne, nettoie, sans prêter attention aux grimaces et aux tressaillements de son patient.

— C'est pour ton bien, dit le Zoulou. Faut souffrir un peu.

— C'est le gardien-chef qui t'a appris ça ?

Shaka glousse :

— Le gardien-chef est un maton, pas un prof. Il a rien à m'apprendre.

Jef retient un sourire, puis sa bouche se tord en un rictus ironique :

— Tu causes, mais t'obéis quand il claque des doigts, je t'ai vu. T'es qui ? Son larbin ?

Shaka met plus d'ardeur à nettoyer une plaie infectée. Il gratte, récure. Le garçon s'arque sous la douleur et retient sa respiration, mais reste coi.

— On m'a demandé de m'occuper des nouveaux OD européens, dit le Zoulou d'une voix tranquille. Je parle plusieurs langues, et tous ne maîtrisent pas le swahili comme toi. Je dois les accueillir, leur montrer les baraquements et leur expliquer le boulot. Ordre de Lémiso, et on ne discute pas un ordre du chef. De toute manière, ça me déplaît pas, ça change du travail habituel. Quand t'auras transpiré dans la brousse, tu comprendras.

— Je croyais que t'étais une sorte de collabo...

Shaka toise le jeune Blanc du haut de son mètre quatre-vingt-douze et montre une belle rangée de dents blanches.

— Si je suis OD, c'est pas pour le plaisir. J'ai été condamné parce que j'ai rédigé et distribué des tracts subversifs à propos de la situation des réfugiés en Afrikwana, OK ? On a dit que j'étais un danger pour l'ordre public. J'ai écopé de deux ans ici.

— Je savais pas, désolé.

— Maintenant que tu sais, t'avise plus de causer pour rien.

Jef esquisse un semblant de sourire, qui disparaît quand Shaka entreprend de soigner les plaies et les bleus sur son visage.

— Ça pique !

— Et alors ? T'as quel âge ?

— Presque dix-sept. Mais ça pique.

Visage boudeur sous ses taches de rousseur, des larmes dans les yeux à cause des vapeurs d'antiseptique, Jef se dandine sur sa chaise. Shaka se mord les lèvres pour ne pas s'esclaffer.

— T'as un problème ? aboie le jeune Blanc, la bouche de travers.

Shaka rit à gorge déployée.

— Je te dis que ça pique ! grogne le jeune Européen.

— On se marre pas souvent ici, dit Shaka entre deux hoquets, c'est déjà ça de pris !

Jef ne peut réprimer un sourire.

— J'ai l'air plus drôle que ce salaud de Lémiso.

— Lémiso est dangereux, méfie-toi de lui. La hiérarchie n'est pas au courant de tous ses abus, et il va loin.

Toujours plus loin, car la crainte des garous le rend fou, s'inquiète le jeune Zoulou pendant que Jef remet sa chemise.

Shaka ferme la porte de l'infirmerie à clé et s'engage dans un couloir plus large que les autres, mais tout aussi glauque.

— C'est sinistre, grommelle Jef. Et y'a personne.

— Les gardiens nous appellent parfois les « troglos ». Pour troglodytes. Ils trouvent ça très drôle de nous voir grouiller sous terre. Pour l'instant, ils sont au boulot. On n'a droit qu'à une demi-journée de pause par semaine.

Les deux garçons pénètrent dans une immense cavité souterraine. Des volées d'escaliers métalliques escaladent les parois, desservant des dizaines de paliers qui mènent à des centaines de portes grises, métalliques aussi, percées dans la roche.

— Les logements des OD, explique Shaka. Je vais te montrer ton coin.

— C'est obligé ? Un pieu, c'est un pieu. Je préfère voir le parc. Au Centre de solidarité, en Europe, les Afrikwanais disaient qu'il était fabuleux.

Shaka hausse les épaules.

— C'est ce que tout le monde dit. OK, suis-moi, on va voir le parc.

Ils se dirigent vers des cages d'ascenseur. Pas de portes, juste des grilles : de simples monte-charges.

Grincements, choc sourd. L'une des plateformes arrive justement à leur niveau ; pas besoin d'appuyer sur le bouton. Les grilles s'ouvrent à la volée. Deux gardiens essoufflés soutiennent un OD, un jeune Blanc, vêtu de son vert de travail. La tenue est lacérée sur le flanc gauche. Des trous, des accrocs, des déchirures. Du sang goutte des doigts de l'OD, à l'extrémité de son bras inerte.

— Place ! hurle un gardien en faisant signe à Shaka de s'écarter.

— Francis, il s'est passé quoi ? interroge le Zoulou en se penchant vers le blessé.

L'ouvrier titube, lui lance un regard plein de douleur.

— Les chacals... souffle-t-il alors que les gardiens l'emportent. Ils m'ont...

— La ferme ! hurle un gardien en le secouant (Francis lâche un râle de souffrance). Foutez le camp, les troglos !

Shaka serre les poings jusqu'à ce que le trio disparaisse au coude d'un couloir, puis se retourne à regret vers le monte-charge.

Jef lui lance un regard intrigué.

— C'était quoi ? interroge-t-il. Un accident ?

— Ouais. Le troisième ce mois-ci. Sans doute à cause des machines périmées. On nous file que du vieux matériel.

Mon œil, songe Jef, *tout à l'heure, t'as parlé d'attaque.*

— Suffit de demander aux blessés, glisse-t-il, alors que Shaka pénètre dans la cage d'ascenseur.

— On voudrait bien, mais on nous donne jamais l'occasion de les revoir.

Le monte-charge grimpe en cahotant vers la surface. Les poulies grincent, les câbles claquent comme des haubans. Des globes orangés épars éclairent tant bien que mal le conduit, parcouru de courants d'air frais.

Jef frissonne. Il lui tarde de voir le parc. Au-dessus de leur tête, il distingue un point lumineux qui grossit.

— T'as entendu ce qu'il t'a répondu ? demande-t-il, chuchotant malgré lui. Il a parlé de chacals. À mon avis, c'est les gardiens. Ils ont dû le tabasser...

Cette blessure n'a pas été provoquée par un humain, corrige Shaka, qui préfère garder cette pensée pour lui. *Plutôt par des griffes. Même si, en théorie, les bêtes n'attaquent plus les gens en Afrikwana...*

Chapitre 4

L'éléphant qui boite

La cage d'ascenseur débouche dans un petit entrepôt. Du matériel d'entretien s'entasse le long des murs et sur des étagères métalliques : pelles, robots de nettoyage, râteaux, treuils, pompes, consoles de commande, rouleaux de câble, outils et des tas d'objets dont Jef ne connaît pas l'utilité. Après ce capharnaüm, des portes montées sur rails sont grandes ouvertes sur l'extérieur.

L'adolescent file droit vers le plein air, vers ce parc dont il a si souvent rêvé. Pas de brousse à première vue, mais une terrasse cimentée, cernée par une étendue d'herbe jaune coupée ras. Jef s'avance encore, jusqu'au bout de la dalle de ciment, au bord du précipice. Et trouve ce dont il a toujours rêvé.

Un paysage somptueux, à couper le souffle, jusqu'à l'horizon. La savane, dans toute sa splendeur.

Impression d'apesanteur. Le cœur de Jef se fige. Est-ce l'éden enfin ?

L'adolescent réalise qu'ils sont au sommet de la falaise rouge, celle qu'il a contemplée d'en bas, en descendant du vaisseau doré, moins de deux heures plus tôt.

Majestueuse, lumineuse, l'Afrique s'étend à ses pieds.

À perte de vue, des acacias, des bosquets verts ou gris, quelques cactus. Les herbes jaunes alternent avec les terres brunes. Au loin, les eaux bleues d'une rivière étincellent entre deux étroites bandes de verdure. Tout au fond moutonne une épaisse et mystérieuse forêt.

Jef, suspendu au-dessus de la plaine comme un funambule entre deux mondes, ouvre une bouche ovale. En bas, le vent fait onduler les herbes jaunes, dessinant des vagues qui courent sur la plaine. L'air est chaud, pas encore brûlant. Sa caresse est agréable sur la peau. Jef y décèle le parfum de graminées et une odeur musquée, animale.

Le souffle de l'Afrique, enfin.

— C'est ça... dit-il d'une voix étranglée.

— C'est *ça* quoi ? s'étonne Shaka, près de lui.

Jef écarte les bras dans l'air voluptueux.

— C'est ça. Ça que je voulais voir. Ici que je voulais venir. C'est l'Afrikwana. Oh, cendres du monde !

La voix du garçon se brise, étouffée par l'émotion.

— Cendres du monde ! répète-t-il. J'y suis enfin ! Maman, Vieux Bob, Téo, si vous saviez !

Il oublie la présence de Shaka. Et Shaka, qui perçoit la profonde émotion de son compagnon, se garde d'intervenir. Le jeune Européen croise ses mains sur sa poitrine, sur son amulette. Des images lui reviennent. La pluie et les larmes du départ entre les cabanons, les sentiers perdus dans la campagne exsangue, les journées à mendier dans les villes dévastées, les bateaux pourris et cette insupportable promiscuité. Les visages méprisants des gardes-frontières, et les terribles barbelés ensanglantés.

Tout ce chemin ! a-t-il envie de hurler face à cette

immensité. Le pays tant rêvé, enfin ! Si sa mère, si Téo, à cet instant, le voyaient ! *Cendres du monde, tout ce chemin !* Ce si long, si dur, si terrible chemin !

Serrer les dents pour ne pas craquer. Shaka, qui est né ici, a grandi ici, ne peut comprendre le big-bang qui secoue sa poitrine, cette bulle titanesque qui enfle, qui fait bouillir son sang et danser ses tripes. Il faut avoir tout quitté, sa terre et sa famille, sa langue et ses amis ; il faut avoir marché avec les pieds en sang ; il faut être tombé puis s'être relevé pour imaginer cette déflagration. Il faut avoir eu la rage, l'espoir, l'intelligence et la ténacité de l'immigré pour saisir ce qui le submerge à présent.

Tout ce chemin !

Shaka, lui, connaît bien ce paysage. Il le voit chaque matin, et chaque soir quand il rentre du travail, épuisé. Mais jamais il n'a été blasé. C'est un grand paysage. Jef est venu de loin, a souffert ; il est aujourd'hui comblé. Les mains du garçon tremblent, sa respiration s'emballe. Shaka le laisse profiter un peu de l'instant : Jef ne sait pas encore ce qui l'attend. L'envers du décor est plus proche de l'enfer que de l'Eldorado.

Jef, enfin, sort de son silence :

— La terre a l'air de manquer d'eau, remarque-t-il.

— C'est la saison sèche. À la saison des pluies, tout redevient vert.

— Y'a pas de problèmes avec le réchauffement climatique ?

— Les grands prismes nous protègent depuis l'espace. T'en as entendu parler ?

— Évidemment ! Les prismes protègent l'Afrikwana et ses amis, mais pas nous !

Shaka soupire pour montrer que l'ordre du monde ne dépend pas de lui, mais il comprend la rancœur de Jef. Depuis plus d'un demi-siècle, l'Afrikwana profite des richesses accumulées grâce à la maîtrise de l'énergie solaire, quand d'autres subissent de plein fouet les aléas climatiques. Lorsque les ingénieurs sud-africains ont mis au point les centrales solaires sans déperdition, ils ont fait de leur pays une puissance mondiale. Riche, l'Afrique du Sud a étendu son influence en absorbant ses voisins, pour créer la Fédération de l'Afrikwana. L'énergie solaire et les technologies hélio, revendues à prix d'or à des puissances triées sur le volet, ont permis à l'Afrikwana de créer les fameux parcs, les Magic Eden, mais aussi de s'offrir des miroirs spatiaux, les fameux prismes, afin de mieux contrôler le climat du continent africain.

— Le paysage est redevenu comme avant, à peu près comme au début du XXIe siècle, poursuit Shaka. Dans les Magic Eden, c'est encore mieux, puisque les dômes qui les protègent sont climatisés.

— Hé ! s'exclame Jef. Regarde, il y a quelque chose, là-bas ! C'est quoi, cette tache grise ? Ça bouge !

— Un éléphant.

— Pluie d'enfer, un éléphant ! Un éléphant ! Je... C'est pas...

La gorge de Jef se noue. Trop d'émotions. Gêné, il regarde Shaka de biais. La lumière d'Afrique nimbe ses yeux humides d'une lueur cuivrée.

Shaka lui lance un clin d'œil amical.

— Tu rêvais d'en voir un une fois au moins dans ta vie, c'est ça ?

Jef hoche la tête en silence.

— Alors voilà au moins un rêve réalisé, constate Shaka. Et des éléphants, t'en verras beaucoup d'autres.

Mais pas des garous, je l'espère pour toi, songe le jeune Zoulou.

— Pluie d'enfer ! répète Jef. Ma mère me parlait souvent de l'Afrique ! Elle me racontait des histoires d'éléphants, de buffles, de lions, de girafes... Elle voulait que je vienne travailler ici.

Shaka hoche la tête, compréhensif :

— Elle te disait que tu aurais un avenir dans ce pays, qu'il était prospère grâce à ses savants, ses maîtres en héliotechnologies, et que les animaux avaient été préservés...

— C'est vrai que l'Afrikwana est moins abîmée que le reste de la planète, non ? Ici, on peut s'instruire, on peut devenir quelqu'un. Et, si on travaille dur, devenir riche. C'est ce qu'elle disait, ma mère.

— Elle est où, maintenant ?

Jef détourne le regard.

— Ici, on peut avoir un avenir, on peut vivre longtemps ! élude-t-il.

Shaka hausse les épaules.

— Vous avez tous les mêmes rêves, vous, les réfugiés ! Mais la réalité n'est pas comme vous croyez. C'est pas le paradis, ici.

Jef lui lance un regard furibond.

— Peut-être, mais c'est sûrement mieux que chez nous ! Ici, j'ai vu des vaisseaux dorés, des centres de soins bien équipés, j'ai mangé des trucs que je pouvais même pas imaginer ! Alors que je suis juste un réfugié.

Shaka préfère ne pas répondre. Jef a déjà oublié les

camps de rétention où s'entassent les réfugiés, les misérables dortoirs souterrains des troglos et la raclée de Lémiso. Mais après tout, comment le juger ? Peut-être a-t-il connu l'enfer chez lui... Très peu d'informations circulent à propos de l'Europe, mais il se murmure des horreurs sur la situation là-bas.

Le jeune Zoulou plisse les yeux pour mieux voir le pachyderme.

— Bizarre... grommelle-t-il.

Jef suit son regard.

— Il boite, on dirait, hein ?

— T'as une bonne vue, c'est utile ici. Il a un problème à la jambe gauche. Mais ce n'est pas tout, regarde mieux...

Jef scrute la savane autour de l'éléphant, puis la bête elle-même, dont on discerne à peine les membres, la trompe...

— Je vois pas.

— Cet éléphant marche vers la rivière. La Tanya, là-bas.

— Et alors ? Il va boire...

— Les animaux du parc ne boivent pas à la rivière. Et ils ne s'éloignent jamais loin du parc. Tout simplement parce que c'est là qu'on leur donne à manger. Celui-ci est blessé ; il s'est peut-être foulé une patte en descendant l'une des passes qui permettent de contourner la falaise. Logiquement, il devrait rentrer au bercail. D'autant que les éléphants ont un très bon sens de l'orientation.

— Je croyais que les éléphants mangeaient des herbes ou des feuillages. C'est pas ce qui leur manque, en bas...

Shaka ricane, sarcastique, en mettant sa main en visière pour mieux voir l'animal.

— Pas les animaux des Magic Eden. Ils n'ont rien à voir avec les bêtes sauvages qui vivaient ici avant la création des parcs. Ces animaux-là ne mangent et ne boivent que du gel bleu. C'est leur seule nourriture, et on n'en trouve que dans les parcs. Remplir les réservoirs de gel bleu, c'est le boulot des OD.

Au loin, l'éléphant clopine à travers la savane, continuant de leur tourner le dos. Il s'éloigne du parc.

Shaka claque des doigts.

— Allez, je dois t'expliquer le boulot, viens ! Et faudra que je signale cet éléphant aux gardiens.

— Ils vont aller le chercher ?

— Pas eux. Ils feront appel aux chasseurs. La capture des animaux déviants, c'est le boulot des chasseurs. Quand on voit un animal qui a un comportement anormal, faut toujours le signaler.

— Y'en a souvent, des problèmes comme ça ? interroge Jef, fasciné par l'éléphant blessé.

Plus que les autorités ne le croient, mon gars, songe le jeune Zoulou. *Elles crèveraient de trouille si elles s'en doutaient, parce qu'elles pourraient dire adieu à leurs chers Magic Eden.*

— Avant, non, dit-il, mais depuis quelque temps, il y en a qui disparaissent dans les forêts, là-bas (il désigne la lisière au-delà du lit scintillant de la rivière Tanya). Allez, viens, ou on avoir un blâme, surtout si c'est Lémiso qui surveille les OD.

Chapitre 5

Un morane trop curieux

Quand il pénètre dans le réduit obscur, Lémiso est de mauvaise humeur. Il a été réveillé au milieu de sa sieste, et des élancements remontent en permanence des cors qui déforment son pied. Un mal de crâne carabiné lui vrille le crâne, de sorte que l'ensemble de son système nerveux lui semble en feu.

Après la réception des nouveaux OD sur le tarmac brûlant, il a voulu se désaltérer, mais pas à l'eau. Besoin de quelque chose de plus fort, d'assez puissant pour dissoudre ses idées noires et ses pensées dévastatrices. Le sourire narquois du jeune Européen lui est resté en travers de la gorge, malgré la raclée qui a suivi. Il a bu pour oublier que certains sourient alors qu'ils devraient pleurer, et vice versa.

L'infirmerie centrale du personnel : c'est là qu'on lui a demandé de se rendre. Le local, souterrain, a été aménagé loin des autres, au milieu d'inextricables taillis, il y a trois mois à peine. Difficile de faire plus discret. La Compagnie a dit que les salariés du parc méritaient une installation haut de gamme, mais Lémiso sait que ce n'est pas pour faire plaisir aux gardiens, aux chasseurs, et encore moins aux OD, que cette infirmerie high-tech a été implantée ici : c'est à cause des garous et des incidents qui se multiplient.

On l'attend. Une silhouette carrée, massive, vêtue à l'ancienne. Un chapeau colonial désuet. Un Blanc.

— Alors ? grogne le gardien-chef. Quel est le problème ?

— Toujours le même, répond son interlocuteur sur un ton flegmatique.

Lémiso le côtoie depuis assez longtemps pour savoir que ce type est un prédateur. Le ton posé de sa voix peut signifier le calme autant que la menace. Ce gars est toujours aux aguets, et met tout le monde mal à l'aise avec sa carrure d'ours et son regard de python.

— C'est lui, le problème, précise le Blanc en tendant une main vers le centre de la pièce.

Dans la pénombre, un jeune homme est allongé sur une civière. Un Noir, inconscient ou endormi. Silhouette élancée, collier de perles, pagne rouge : un Massaï.

— Blessé ? s'enquiert Lémiso.

— Commotionné. Frappé par un rayon black-mind. Ça vous assomme mieux qu'un coup de marteau, mais on évite les séquelles.

— Ça vient de chez nous ?

— Ouais, le black-mind équipait un drone de la police. Une patrouille suivait ce Massaï à la demande de la Compagnie, et, quand elle a vu ce qui se passait, elle a pris la décision de tirer. J'ai suivi l'opération et j'affirme qu'elle a bien fait.

Le Blanc se tait et allume un cigare. Lémiso ne peut s'empêcher de tousser. La fumée âcre va accroître son mal de crâne. Le fumeur le toise – finalement, son regard est pire que celui d'un serpent –, hausse les épaules et continue comme si de rien n'était.

— Vous l'avez fait parler ? interroge le gardien-chef.

— Nous ne sommes pas en dictature, Lémiso. La Compagnie privilégie des méthodes plus douces. Avant d'être assommé par le black-mind, ce Massaï était suivi par une minicaméra volante, ce truc qu'on appelle un bug. On a un enregistrement holo de ce qui s'est passé.

— J'ai hâte de voir ça.

— Alors approchez de cette table holo.

Lémiso obtempère. Une image en trois dimensions de la savane apparaît au-dessus du plateau.

— C'est filmé de nuit, indique le Blanc, mais on a travaillé l'image.

Un Massaï est allongé, ventre contre terre, aux aguets. Lémiso reconnaît le jeune qui gît sur la civière.

— Ce garçon est du village de Torosei, indique l'homme au chapeau. Prénom : Leshan. Pour comprendre ce qui va se passer, il faut se mettre dans sa peau. Leshan a l'âge de la vigueur et du courage. C'est le propre des *moranes,* les jeunes guerriers massaïs.

À l'image, le guerrier se relève et marche courbé, lance à la main, entre les hautes graminées, aux aguets. On entend une sorte de râle au loin.

— Des lionnes, indique le Blanc. Leshan les entend feuler depuis longtemps. Je suis chasseur, je devine ce qu'il éprouve, Lémiso. Le vent a porté le son et il porte maintenant l'odeur des fauves et du sang. Le morane est du bon côté : les animaux ne le sentent pas approcher.

Le jeune Leshan écarte deux bouquets d'herbes hautes.

Deux lionnes affairées.

Babines retroussées, elles déchiquettent la viande. Le gnou allongé frémit entre leurs griffes quand elles enfoncent leurs crocs dans son cou : l'ultime frisson de l'agonie. Les lionnes grognent de plaisir, labourant la peau grise et aspirant goulûment la vie encore chaude de l'animal ensanglanté. Leurs museaux et leurs poitrails sont souillés de liquide sombre et poisseux.

— Il a compris que ces horreurs étaient des garous, intervient Lémiso.

— Ouais, mais pas sûr qu'il en ait déjà vu avant. Ça le préoccupe. Pourquoi ces fauves ont-ils tué comme ceux

d'autrefois ? Pourquoi ne sont-ils pas comme leurs congénères, inoffensifs et dénaturés, qui errent dans les Magic Eden ? Peut-être s'agit-il de ces animaux magiques dont il a entendu parler !

Lémiso regarde son interlocuteur, mal à l'aise. Ce type est bizarre ! Comment peut-il espérer deviner les pensées d'un primitif comme ce Massaï ?

Les lionnes mastiquent et l'on entend un roulement satisfait dans leur gorge.

Le Blanc poursuit son monologue enflammé :

— Leshan doit rester discret. S'il est repéré, parole d'honneur, les fauves seront sur lui en quelques secondes. D'un coup de patte, elles peuvent arracher le bras d'un humain. Heureusement, il a le vent avec lui.

Les félins, bâfrés de chair et de sang, gardent les yeux mi-clos au-dessus de leur proie.

Soudain, l'un d'eux lève le nez vers le ciel.

Le morane fait de même. Rien d'anormal.

Mais quelque chose a alerté la lionne.

— Regardez comme il écoute, Lémiso ! La lionne a senti que quelque chose cloche, et le morane a toute confiance en elle.

— Confiance ? Mais... c'est... c'est un garou ! bafouille le gardien-chef.

— C'est pour cela qu'il a confiance en elle, vous ne comprenez décidément rien aux lois de la forêt !

Le morane se crispe sur sa lance.

Un sifflement. Aigu, ténu au début, mais qui se renforce, comme le bourdonnement d'un moustique au milieu du sommeil. La seconde lionne lève la tête à son tour, puis se dresse sur son arrière-train, oubliant le gnou qui gît entre ses pattes.

Le sifflement est plus fort maintenant. Une ombre plane au-dessus de la savane.

Une lionne gronde ; l'autre rugit. Ce ne sont plus des cris de délectation mais de peur.

La lumière jaillit, verticale.

Brutale, jaune.

Le faisceau happe les lionnes, les écrase de son implacable lumière. Elles se détendent comme des ressorts et s'élancent dans une fuite éperdue. La lumière les traque. Les félins louvoient, tentent d'échapper à cet ennemi qui s'apparente à la foudre.

Deux rayons blancs, beaucoup plus denses et aveuglants que les jaunes, tombent à leur tour du ciel.

Frappées en pleine course par ces lances de feu, les lionnes disparaissent dans une gerbe incandescente.

Les rayons blancs s'évanouissent aussi vite qu'ils ont surgi, mais la lumière dorée du faisceau continue à illuminer la scène. Les cadavres carbonisés des lionnes fument sur la terre sombre.

— Le problème de ces garous est réglé, commente l'homme au cigare, mais pas celui du morane.

Des lumières clignotent dans le ciel à l'endroit où l'ombre cachait les étoiles.

— Observez ce guerrier, Lémiso. Il a compris qu'il s'agissait d'un drone. Deux pensées se télescopent dans sa tête : fuir ou se rendre. Il doit se décider très vite. Dans la savane, hésiter, c'est mourir.

Le Massaï s'élance. Son long corps noir fend le rideau d'herbes. Sagaie pointée devant lui, il court vers les arbres dont il sait la présence, au loin.

— Nous n'avons pas hésité longtemps non plus, indique l'homme au cigare. La présence des lionnes-garous est une menace pour les parcs. Les témoins de ces incidents aussi.

Lémiso hoche la tête. Cette fois, il approuve à cent pour cent.

Le drone éclaire la savane. Aveuglé, le morane continue tout de même à courir. Un rayon bleu, le black-mind, l'arrête dans sa cavalcade.

— Fin du film, déclare le fumeur de cigare. Votre avis, Lémiso ?

— Vous avez bien fait de l'arrêter.

— Ouais, les garous sont devenus la première préoccupation de la compagnie des Magic Eden. Mais ce qui m'inquiète le plus, c'est la réaction de ce Massaï. Vous avez suivi ses pensées ?

— Hum... pas vraiment. J'ai un peu mal au crâne, pour tout dire.

— Dommage. Dans l'esprit de ce garçon, j'ai lu de la fascination. De l'admiration.

— C'est préoccupant.

— Il ne rentrera pas chez lui, parole d'honneur. On va raconter qu'il a été surpris à braconner. La Compagnie vous charge de régler ça avec Naphtal.

— Merci pour le cadeau. Le vieux ne sera pas dupe.

— La priorité c'est les garous, Lémiso. Que les Massaïs ronchonnent s'ils le veulent. C'est une vraie guerre que nous lançons.

— Une guerre qui doit rester secrète ! Des fuites seraient catastrophiques, d'autant que, hum... les autorités de l'Afrikwana ne sont pas au courant de tout.

L'homme au chapeau ricane en écrasant le reste de son cigare sous la semelle de sa chaussure de brousse.

— Je m'occupe des sales bestioles, Lémiso, pas de politique. Expédiez ce morane loin d'ici. On a une navette qui part dans une heure, avec déjà un OD blessé à bord. Organisez un voyage de groupe.

CHAPITRE 6

Astrid

Les trois roues motrices sautillent au milieu des grandes herbes, et de nouveau Jef sourit. Si Téo le voyait à présent, chevauchant un véhicule à énergie solaire, à l'assaut d'une colline de l'Afrikwana, cerné par un paysage féerique ! Un rêve insensé, leur rêve !

Ils sont à bord d'un triad, sorte de tricycle motorisé, avec une grande benne verte à l'arrière. Les OD les utilisent pour se déplacer, pour transporter des marchandises, ou sur les chantiers. Shaka s'est installé au guidon, Jef dans la benne.

Une piste étroite sinue vers le sommet de la colline, entre des euphorbes dressées comme des chandeliers et des buissons ligneux. Il faut prendre garde aux roches rouges et aux ornières qui la rendent glissante. À deux reprises, Shaka dérape. Ils ont presque atteint la crête quand une silhouette apparaît en travers de la piste.

Shaka arrête le triad en pleine pente.

Une jeune fille se tient debout au milieu du chemin. Peau laiteuse, cheveux blonds, presque cendrés, coupés au carré. Visage harmonieux, au milieu duquel sont sertis deux magnifiques yeux lapis-lazuli. Son pantalon de lin, de belle coupe, est déchiré aux genoux, et son bras droit est zébré de longues estafilades rouges.

— Mademoiselle Fox ! s'exclame le Zoulou. Il vous est arrivé quelque chose ?

— T'es observateur, Shaka, répond la jeune fille (Jef estime qu'elle doit avoir dans les dix-huit ans). Vous allez me ramener au dôme !

Shaka observe les éraflures.

— Que s'est-il passé, mademoiselle ?

— Accident de moto. Ma machine est plus loin, derrière la colline.

— Votre bras...

— Rien de grave. Ramenez-moi au dôme, je soignerai ça là-bas. Mais si je retrouve ce détestable rhino...

— Un rhinocéros ? Il ne vous avait pas vue ?

Le visage de la jeune fille se crispe.

— Au contraire, il m'avait parfaitement repérée !

— Hein ? Il a chargé ? Impossible ! Sauf si c'est un...

Il s'interrompt. Le visage de l'adolescente s'empourpre.

— Oui, Shaka, il m'a foncé dessus ! Délibérément !

Elle se tait, la gorge nouée. Se reprend vite :

— Enfin bon... Il m'a ratée, Shaka, et j'ai pu m'éloigner, mais je suis tombée trois cents mètres après, à cause de l'émotion. Il faudra retrouver très vite cette bête. Ramène-moi au centre du dôme !

— C'est que...

— C'est que quoi ? s'emporte la jeune fille. Tu contestes mes ordres, Shaka ?

— Non, mais... on n'est pas censés aller là-bas maintenant...

— Je parlerai aux gardiens. À Lémiso s'il le faut. On y va.

— Vous... vous ne les avez pas alertés, pour l'accident ? Vous ne portez pas d'anneau-com, mademoiselle ?

Elle grimace en montrant ses doigts nus.

— Je déteste ces gadgets, de vrais fils à la patte !

Tout en parlant avec le Zoulou, la jeune fille observe Jef, tentant de discerner s'il peut représenter un danger. Puis elle se décide :

— Je grimpe derrière. Reste en selle, Shaka, je ne conduis pas bien ces pétrolettes. De toute façon, mes fringues sont foutues.

Elle désigne Jef du menton :

— C'est qui, un nouvel OD ?

Jef se tasse dans un coin de la benne. Cette jeune fille bien mise, avec ses vêtements qui doivent valoir une fortune, l'impressionne. D'autant qu'elle est fort jolie ! Le pantalon qui moule ses jambes, le col ouvert à tous les vents de sa chemise, ses cheveux blonds décoiffés et ses iris, dont la couleur rappelle celle du ciel au-dessus de leur tête, la rendent très séduisante. Ses deux fossettes sur les joues aussi. À peine un zeste de maquillage autour des yeux. Jef apprécie : dans son pays en ruine, le maquillage est un signe extérieur de richesse plutôt mal perçu, et plus souvent de vulgarité.

— C'est Jef, mademoiselle. Il est arrivé aujourd'hui. Jef, Mlle Fox est la fille de...

La jeune fille lui coupe la parole et tend vers Jef une main décidée :

— Astrid Fox, dit-elle. Ne me confonds pas avec une touriste, je loge ici en permanence. Je suis née sur ce continent. Mon père, c'est Drake Fox.

Jef hoche la tête et serre la main tendue, surpris par cette marque de politesse. Il se garde de préciser qu'il n'a jamais entendu parler de Drake Fox.

— Tu viens d'Europe ? demande Astrid.

— Heu... oui.

— Ça se voit, c'est dingue. Ma famille vit en Afrikwana depuis six générations. Mes ancêtres avaient créé une ferme dans l'ancien Zimbabwe. Pourquoi t'es OD ?

Jef rougit, bafouille.

— Je...

— Autant le dire, parce que je peux regarder quand je le veux dans ton dossier.

— J'ai... J'ai été condamné pour insubordination.

La jeune fille lève un sourcil ironique puis affiche une moue amusée :

— Tiens donc ! T'as pas vraiment l'air d'un rebelle, pourtant, plutôt d'un gamin un peu largué !

Elle se détourne de Jef, dont le teint est devenu pivoine.

— Allez, roule Shaka, je dois parler de ce rhino maboul à mon père !

L'engin bondit sur la piste. Peu après, le trio passe devant la carcasse de la moto, une belle machine dorée, profilée, mais dont la fourche est tordue comme une branche de figuier.

— Pas la peine de s'arrêter ! crie Astrid. Vous reviendrez la chercher après !

— Mais... je dois présenter le parc à Jef, proteste Shaka sans conviction. Ce sont les ordres de Lémiso.

— Et moi, Shaka, je ne crois pas t'avoir présenté une requête... glousse l'adolescente. C'était un ordre, qui efface les précédents. J'ai pas été assez autoritaire ?

— Si, mademoiselle, concède Shaka, résigné. On ira la chercher !

— J'espère bien.

Jef observe Astrid en catimini, fasciné par les fossettes narquoises qui creusent le bas de ses joues, là où de douces mèches blondes viennent caresser une peau nacrée. Un cahot l'envoie valdinguer entre ses bras. Il bafouille, s'excuse, retourne dans son coin de benne.

Elle sourit – dentition impeccable – et le toise de haut en bas.

— T'as l'air robuste malgré les apparences, dit-elle avec le regard expert d'un vétérinaire auscultant un chat. Dommage que tu ne sois qu'un OD ! T'aurais été un visiteur friqué, je crois que t'aurais pu danser avec moi un de ces soirs...

Elle rit et de nouveau le délaisse, captivée par la piste. Lui, subjugué, n'a d'yeux que pour elle.

— Regarde plutôt le paysage, se moque-t-elle, le spectacle vaut le coup d'œil.

Il rougit, obéit... et les pensées qu'il consacre à l'adolescente s'envolent. Soufflées, disséminées aux quatre vents par la formidable vision qui s'offre à lui.

Devant le triad, qui cahote au sommet de la colline jaune, se dresse l'une des plus imposantes créations de l'humanité avec les pyramides d'Égypte, les prismes spatiaux et quelques autres merveilles : le dôme géant du Kilimandjaro Magic Eden.

— C'est là que je loge. Y'a pire comme coin. Stop, Shaka !

Le triad freine sur la ligne de crête.

Sous le choc, Jef contemple, posé sur l'horizon, l'immense trapèze que forme le Kilimandjaro.

La voilà ! Depuis cinq siècles, la montagne la plus célèbre et la plus mythique du continent africain ! C'est elle, presque à portée de main ! Divine et majestueuse.

Une couronne de petits nuages blancs encercle son sommet immaculé. Autour de la montagne, dans le ciel bleu roi, de grands oiseaux dorés montent ou descendent avec leur cargaison de fret ou de passagers : la flotte des vaisseaux civils de l'Afrikwana.

Mais ce qui frappe avant tout le regard exalté de Jef, c'est l'immense dôme translucide et irisé qui englobe la montagne tout entière et la savane qui l'entoure. Une bulle sur laquelle dansent des millions de reflets bleutés.

— Je te présente le Kilimandjaro Magic Eden, annonce Astrid, pleine de fierté. Des gens économisent durant toute une vie pour voir ce spectacle.

Jef ne dit mot. Il s'imprègne en silence du moindre détail, des sensations intenses qui l'assaillent : les couleurs saturées, le vent tiède, le bruissement des grandes herbes, la vibration lointaine des plus gros vaisseaux. Oui, c'est l'humanité qui a conçu cette merveille ; oui, il a réalisé son rêve. À cet instant précis, hypnotisé comme tous ceux qui viennent ici pour la première fois, il est persuadé de frôler la perfection, l'accomplissement.

Devant la bulle géante posée sur la savane, des girafes – des girafes, de vraies girafes ! – dressent leur long cou pour regarder par-dessus les branches hautes des acacias. Plus loin, des éléphants avancent avec indolence au milieu des graminées, agitant leurs grandes oreilles pour refroidir leur sang. Derrière eux, la paroi du dôme chatoie sous le feu solaire.

— Mais... la bulle, c'est bien la limite du parc ? interroge le jeune Européen. Que font ces animaux par ici ?

— Je n'ai pas réussi à lui sortir trois mots de la bouche, et voilà que, face au parc, il devient bavard ! raille Astrid. Je vais finir par être jalouse ! Shaka, explique-lui !

Le Zoulou s'exécute :

— Le dôme, c'est la limite de la zone climatisée, et l'endroit où sont situés les réservoirs de gel bleu, dont les anitrans – c'est le surnom qu'on donne aux animaux transgéniques – se nourrissent obligatoirement. C'est donc là qu'on trouve la très grande majorité des animaux et des touristes. Mais le dôme n'est qu'une barrière énergétique, un champ héliomagnétique, ce n'est pas un obstacle matériel. Les animaux comme les humains peuvent en sortir et se balader tout autour, dans la zone tampon.

— Ici aussi, les bêtes sont dociles comme des peluches ?

— Elles sont partout comme des peluches ! s'extasie Astrid. Dans toute l'Afrikwana ! Mais sous le dôme, il y en a plus encore que tu ne peux imaginer ! Ça grouille de partout ! Shaka, en avant !

Le triad redémarre sur les chapeaux de roue et dévale la colline. Shaka s'engage sur une piste cabossée. La tôle ondulée, vagues de terre que le vent a modelées sur la piste, fait s'entrechoquer les dents de Jef, agenouillé près d'Astrid.

L'engin cahote, mais l'adolescent ne songe ni à ses genoux meurtris ni aux douleurs qui se réveillent un peu partout dans son corps, encore marqué par le tabassage du début de matinée.

Jef est captivé par les images qui s'offrent à ses yeux écarquillés, que la poussière jaune finit par irriter sans qu'il le remarque.

Il observe les majestueux éléphants tanguant dans la

savane comme des navires sur l'océan, les girafes qui jouent à croiser et décroiser leurs cous, les zèbres et les gnous qui traversent parfois la piste au galop, les gazelles de Thomson accompagnées de nuées d'oiseaux blancs. Shaka se retourne parfois pour lui montrer une bête qu'il n'a pas remarquée – une antilope bariolée dans un entrelacs de branchages gris, un buffle allongé dans un trou de boue –, histoire de lui donner un nom, ou juste pour décocher un sourire ravi.

Pendant ce temps, l'immense dôme se rapproche, emplissant la plus grande partie du ciel.

Trois autruches mâles semblent papoter de part et d'autre de la piste. Shaka accélère, et les oiseaux, outrés, redressent leur cou maigrichon. Quand l'engin bringuebalant passe en trombe au milieu du trio, les autruches s'élancent dans son sillage. Les cuisses musclées des volatiles turbinent comme des pistons, mais ne parviennent pas à contrer le puissant héliomoteur du triad, qui avale la tôle ondulée sans se soucier du confort de ses passagers.

Astrid éclate de rire dans la benne verte, les mains soudées aux rebords pour ne pas rouler dans la poussière ou entre les bras de son voisin.

— Ce qu'elles ont l'air idiotes ! se moque-t-elle, hilare.

Jef, lui aussi, se sent porté par une vague euphorique. Un instant de bonheur exceptionnel après les épreuves. Dans ses rêves les plus dingues, il n'imaginait pas foncer ainsi sur une piste africaine défoncée, au milieu de la brousse et des animaux, en si charmante compagnie.

Dans ce pays, tout est possible, se réjouit-il en inspirant l'air de la brousse, *on peut sortir de l'ombre et gagner sa vie.*

Shaka, de son côté, songe à Lémiso. Cet homme est malade, paranoïaque. Les soucis du parc, comme cette histoire de garous, s'ajoutent à ses problèmes personnels pour miner sa raison. Quand il apprendra qu'un éléphant déviant et un rhino fou ont été repérés, il deviendra hystérique. Sa rage aura besoin d'une cible, et Jef sera dans sa ligne de mire.

CHAPITRE 7

Kilimandjaro Magic Eden

Ils approchent du dôme, qui, de près, paraît fragile. Évanescent. Des fantômes bleu et blanc flottent, de temps à autre, au-dessus des arbres, à la manière des lueurs dans les aurores boréales, mais semblent peu à peu se diluer. Le dôme est comme un mirage : net de loin, il s'évapore quand on s'en approche.

Shaka arrête le triad devant une barrière rouge horizontale : une entrée de service, réservée aux OD. Un bâtiment trapu, vert et ocre, somnole au bord de la piste. On a employé pour le construire d'anciens matériaux recyclables, dans un style écolobio début XXIe siècle. Sous le dôme, tout doit être beau, luxueux, irréprochable. Les visiteurs ont payé pour vivre le rêve africain, et ce rêve, les dirigeants des parcs – qui tiennent aussi, pour la plupart, les rênes de l'Afrikwana – comptent bien le leur fournir clés en main. Les parcs, comme les centrales hélio, rapportent gros, et la moindre des choses, quand on déniche un bon filon, c'est de le soigner.

Barrière, contrôle : Astrid saute à terre. Les gardiens,

tout de noir vêtus, la saluent, obséquieux. Confirmation pour Jef : Astrid est une personnalité non négligeable, même s'il ne sait toujours pas qui est son père, le fameux Drake Fox.

Les microdrones de contrôle, qui frétillent au-dessus des gardiens, émettent un avis positif, qui autorise les deux OD à pénétrer dans le parc.

Astrid parle du rhino qui l'a chargée, de sa moto endommagée. L'un des gardiens, plus gradé que les autres – deux barrettes dorées sur les épaules au lieu d'une seule –, l'écoute avec attention.

— Monsieur... J'ai aussi repéré un éléphant malade, intervient Shaka.

— Garou ?

— Je crois.

— Quel secteur ? grogne le gardien en sortant un bloc tactile de sa poche.

Shaka lui indique les coordonnées et précise la direction suivie par l'animal.

— Tu connais les consignes ? murmure le gardien en pianotant sur son bloc.

Shaka confirme. Sourcils froncés, l'homme lui fait signe qu'il peut rouler.

Jef attend que la barrière disparaisse derrière eux, puis s'adresse à sa voisine :

— C'est quoi, un garou ?

— Tu sais pas encore ça ? C'est le nom qu'on donne aux animaux qui ont des comportements bizarres.

Le mot « dangereux » serait plus approprié, songe Shaka.

— Et c'est quoi, les consignes ? insiste Jef.

— Le règlement stipule qu'il est interdit de parler à

quiconque de ces garous, hormis aux gardiens ou aux chasseurs. Tu viens de l'enfreindre, car je ne suis ni l'un ni l'autre. Je te conseille de respecter cette consigne, sinon tu auras affaire à Lémiso. Ou à mon père en personne.

Jef ne répond pas mais hausse les sourcils pour montrer son ignorance. Astrid soupire avec un air exaspéré.

— Shaka, tu ne lui as pas parlé de mon père ?

— Je... je n'en ai pas encore eu le temps, bafouille le Zoulou.

Astrid se redresse, mortifiée, et s'adresse à Jef sans le regarder.

— Sache, mon garçon, que mon père est le traqueur du parc. J'ai bien dit le traqueur, pas un simple chasseur. C'est lui qui prend en charge les garous, et qui règle le problème. C'est quelqu'un de très important, tu vois ce que je veux dire ?

— Rien de plus clair... répond Jef, qui se demande ce que peut être un traqueur.

Seul un arc bleuté, en travers de la piste, leur permet désormais de déceler la présence du dôme, dont ils sont très proches. L'arc s'agite dans le ciel, tressaute, s'efface quand ils passent dessous, pour réapparaître derrière eux, au-dessus d'un bouquet d'arbres.

— Drôles d'effets, hein ? s'amuse Shaka.

Jef constate que l'air est plus frais à l'intérieur du champ héliomagnétique. Climatisation.

Le triad s'enfonce dans un bouquet d'acacias jaunes, groupés autour d'un petit cours d'eau. Il ne tressaute plus, car la piste est mieux entretenue par ici. La tôle ondulée a été aplanie.

Derrière le bosquet, nouvelle vision fantastique. Les

animaux sont plus nombreux, l'herbe, bien verte. Des troupeaux de gazelles, de girafes, d'impalas et d'éléphants circulent, paisibles, entre les acacias. Astrid nomme les espèces : kobs, gnous, dik-dik. Entre deux hardes, un rhinocéros et son petit. Plus loin, un phacochère solitaire avec sa petite queue dressée comme une antenne, puis, soudain, une bande de guépards, sortis d'un fourré.

— Stop ! s'époumone Astrid.

Shaka appuie sur le frein, et le triad s'immobilise en bordure de piste.

Le conducteur d'un bus articulé, dont la coque arrondie, dorée, brille sous le soleil, a dû lui aussi localiser les fauves. L'appareil, divisé en quatre segments, louvoie entre les troupeaux comme une chenille caparaçonnée broyant l'herbe pour se rapprocher des félins. Deux gardiens sont assis dans le compartiment de tête, à l'air libre. Chacun des trois segments, derrière, couvert d'une coupole translucide, est chargé à bloc de grappes de touristes exubérants.

L'engin s'arrête à quelques mètres des guépards, indifférents à sa présence.

Les touristes s'égaillent dans la brousse, auréolés d'une nuée de bugs, ces horripilantes caméras volantes que plus d'un gardien aimerait écraser comme des mouches. Les enfants repèrent les guépards et se précipitent en criant.

Jef les regarde, sidéré, caresser les fauves, dont chacun des membres fins mais musclés pourrait leur arracher le visage. Une fillette aux traits asiatiques passe ses bras autour du cou d'une bête et enfonce son visage dans la soyeuse fourrure mouchetée comme s'il s'agissait d'une peluche grandeur nature. L'animal lui lèche le visage. Elle glousse, hilare.

— Tu sais maintenant pourquoi les Magic Eden fascinent tant d'enfants et d'adultes, murmure Astrid en observant le visage ébahi du jeune Européen. Les parcs ont été créés pour cela. Le travail des OD, et celui de mon père aussi, c'est de faire en sorte que toute cette belle machinerie tourne bien, pour que les familles puissent continuer à passer du bon temps, et les enfants à caresser les animaux. Tu te rends compte qu'il y a seulement quelques décennies les gamins auraient été terrifiés à la vue de ces guépards ?

Ceux-là seraient également terrifiés s'ils étaient au courant des accidents... estime Shaka, qui ne peut s'empêcher de frémir en regardant un garçonnet saisir à pleines mains les oreilles d'un félin.

— Comment... comment ont-ils fait pour réussir ce prodige ? souffle Jef, sous le choc.

— Manipulations génétiques, indique Astrid. Si tu veux des détails, tu demanderas à Shaka, il connaît tout cela.

— Je répondrai à toutes tes questions plus tard, confirme Shaka. On vous dépose où, mademoiselle ?

— Aux bureaux de la Compagnie. S'il n'est pas en vadrouille, mon père doit être là.

Derrière les fauves, dominant toute la brousse, le Kilimandjaro écrase l'horizon.

— Hé, mais... De la neige au sommet... souffle Jef. Il y a de la neige !

— Ça aussi, c'est un miracle ! s'enthousiasme Astrid. Elle avait disparu au XXIe siècle, mais elle est bien là, de retour ! Voilà l'une des raisons pour lesquelles les amis de mon père ont imaginé le dôme et la clim. Ils ont permis au Kilimandjaro de retrouver ses neiges éternelles, aux marais de se remplir à nouveau et à la savane de reverdir. Les visiteurs veulent caresser des bêtes autrefois sauvages, mais aussi bénéficier d'un haut standing hôtelier et d'un cadre prestigieux. J'adore cet endroit !

Elle sourit – ce qui creuse ses fossettes –, et ses yeux bleus brillent de ravissement. Avec le Kilimandjaro enneigé derrière ses boucles cendrées, elle est très séduisante.

Soudain, elle semble se rendre compte de l'impression qu'elle produit sur Jef. Elle lui jette un regard circonspect, et apostrophe Shaka :

— Qu'est-ce que t'attends pour démarrer ? Roule !

Shaka appuie sur l'accélérateur et l'engin s'élance. Cette fois, c'est Astrid qui bascule en arrière et heurte Jef. Elle se redresse, vive comme un serpent, et joue l'indifférente.

Le regard du garçon est attiré par ce qu'il découvre autour de lui : d'autres OD en salopette verte qui circulent à pied, sur des triads ou en camion, des gardiens juchés sur des appareils dotés de six ou huit roues motrices, des engins articulés, dorés, chargés de touristes jusqu'à la gueule.

Le triad passe sous un immense portique, qui enjambe la piste désormais couverte de gravillons blancs. « KILIMANDJARO MAGIC EDEN », peut-on lire en lettres flamboyantes sur un fond de zébrures noires et blanches. Juste après, de longues défenses d'éléphant incurvées sont plantées de part et d'autre des deux voies. Elles forment, au-dessus des véhicules, deux arches immaculées, étincelant sous le soleil matinal.

— Tu sais quel est le slogan des Magic Eden ? interroge Astrid, alors qu'ils passent sous cette voûte d'ivoire.

— Aucune idée.

— C'est dingue, vous êtes vraiment arriérés là-haut, remarque la jeune fille (et Jef comprend que, par « là-haut », elle désigne son continent, celui que les éléments déchaînés, et peut-être aussi sa morgue et son isolationnisme passés, ont ramené au rang de zone sous-développée). Le slogan est sublime, c'est : « Les lions te mangeront dans la main. » C'est un endroit fantastique !

Et même trop beau pour être vrai. M'étonnerait pas que Dame Nature nous présente un jour la facture... pronostique Shaka.

Alors qu'ils approchent de la forêt dressée au pied du Kilimandjaro, apparaissent les premières constructions : de gigantesques bâtiments translucides bâtis entre des bosquets de palmiers, de flamboyants, de frangipaniers et des bouquets de papyrus.

L'un des bâtiments, un polyèdre qui ressemble à un cristal de roche, se dresse près d'un baobab dont le tronc a le diamètre d'une maison.

Shaka freine à quelques mètres de l'édifice, devant un parterre de gazon émeraude. Pas un brin ne dépasse. Des fleurs multicolores ornent l'allée qui mène à une grande porte teintée. « COMPAGNIE DES MAGIC EDEN », indique une enseigne en surplomb.

— N'oubliez pas ma moto, je la veux aujourd'hui, lance Astrid en sautant du triad. Vous la laisserez au garage du parc. C'est bien compris, Shaka ?

Shaka acquiesce. Malgré le dôme et la clim, il fait de plus en plus chaud. Jef sent le soleil taper sur sa nuque, et la sueur couler sur ses flancs. Le sommet du Kilimandjaro disparaît peu à peu dans une brume de chaleur.

D'un simple geste du menton, Astrid les congédie. Puis, au moment où Shaka s'apprête à appuyer sur l'accélérateur, elle apostrophe le jeune réfugié :

— Attends ! Heu... Jef... C'est bien ça, Jef ?

— C'est ça, marmonne Jef, qui devine que la jeune fille n'a pas le moindre doute sur son prénom.

— On pourrait peut-être se revoir ? J'ai du bricolage à faire à la maison. T'as l'air débrouillard, je t'appellerai.

— Si tu veux.

Astrid paraît près de suffoquer.

— Hé, qui t'a permis de me tutoyer ? On n'a pas grandi dans le même trou ! Allez, dégage !

Elle se détourne, méprisante, et file à grands pas vers le bâtiment.

Shaka roule quelques dizaines de mètres en silence, puis jette un regard outré à son compagnon.

— Tu vas nous attirer des ennuis. Elle a beaucoup de pouvoir !

— ... et le caractère d'une autruche, marmonne Jef.

Shaka regarde de nouveau la route.

— Ça n'avait pas l'air de déranger tes beaux yeux alanguis...

— Les autruches ont de jolies plumes, rétorque Jef, goguenard.

Shaka s'esclaffe sur son volant :

— Jeune chien fou ! Cette fille est une catastrophe ambulante, mais, par tous les dieux de l'Afrique, qu'est-ce qu'elle est jolie ! Dingue !

Malgré la chaleur assommante, Jef sourit dans la benne du triad.

Chapitre 8

Troglodytes

Quand Jef et Shaka descendent du triad, à leur retour au sommet de la falaise, le soleil couchant baigne la savane d'une lumière de sang.

À peine Shaka a-t-il posé un pied à terre qu'un jeune OD noir se précipite vers lui.

— Hé, Shaka, faut que tu descendes voir Jungle !

— Qu'est-ce qu'il veut ?

— Les garous ! Il s'est passé un truc...

Shaka lui lance un regard assassin. Réalisant sa bourde, l'OD s'interrompt en dévisageant Jef, puis baisse la tête et s'éloigne, penaud.

On leur a pourtant dit d'être discrets avec les nouveaux ! fulmine Shaka.

Heureusement, Jef n'a pas relevé. Laminé par la fatigue, le jeune Européen paraît coupé du monde. Il est à ce point épuisé qu'il manque de s'endormir dans le monte-charge. Plusieurs de ses plaies se sont rouvertes, et la sueur coule à l'intérieur ; les coups de soleil ont peint en écarlate sa nuque et ses bras. Le manque de sommeil – il a peu dormi les nuits précédentes – transforme chacun de ses pas en effort surhumain.

En début d'après-midi, ils ont dû nettoyer et remplir une dizaine de réservoirs de gel bleu, puis débroussailler trois parcelles du parc. Jadis, les éléphants se chargeaient de cette tâche laborieuse, mais les éléphants, comme les autres anitrans, se contentent désormais de leur nourriture artificielle. Les autorités estiment avoir trouvé la parade : les OD, machette à la main, luttent contre les épineux et les arbres qui envahissent le parc. La végétation semble sous contrôle, mais ce n'est qu'illusion : des espèces ont disparu et d'autres ont pris leur place.

Au milieu de l'après-midi, alors qu'à l'extérieur du dôme, sous un soleil de feu, Jef pelletait de la caillasse pour restaurer une piste, Lémiso s'en est de nouveau pris à lui. L'adolescent a poussé des brouettes deux fois plus lourdes que les autres sur des centaines de mètres, et n'a pu retenir des larmes d'épuisement. Satisfait de le voir ainsi abattu, Lémiso a fini par le laisser tranquille et s'est éloigné à la recherche d'autres proies.

— Tu commences à piger comment doivent se comporter les asticots ? a jeté le gardien-chef par-dessus son épaule en s'éloignant.

Des vers, c'est tout ce qu'ils sont, puisqu'ils descendent à présent dans le ventre de la terre, dans ce monte-charge en ferraille qui tangue comme un bateau pourri jusqu'à la quille. Et Jef, qui oscille au rythme de la carcasse rouillée, sonné par la journée de labeur au soleil, n'a plus sous ses cheveux salis par la poussière que la conscience d'un ver.

Shaka le soutient le long des couloirs sombres, dans le flot morne et lourd des ouvriers épuisés. Blancs ou noirs, les visages affichent la même hébétude : des masques de pierre, privés de pensées et de sentiments.

La remarque du jeune OD à propos des garous occupe les pensées du Zoulou, mais il faut dans l'immédiat s'occuper de Jef.

À l'infirmerie, groggy, le jeune Blanc se laisse tomber sur un banc.

— Tu dois te laver, sinon tes plaies vont s'infecter ! râle Shaka.

Mais Jef, tête basse, ne bronche pas.

Alors Shaka lui enlève sa chemise et passe avec lui sous l'eau froide de la douche.

Jef ronchonne comme un homme ivre, crache, s'ébroue. Il finit par relever la tête.

— Lave-toi ! ordonne Shaka. Si tu te couches sale, demain tu ne pourras pas te lever. Lave-toi, et je te soignerai. Après, tu te nourriras. Je vais te chercher des fringues, je reviens dans cinq minutes.

Jef hoche la tête et obtempère en silence. Quand il sort de la douche, des sous-vêtements usés mais propres et une salopette verte l'attendent sur un banc. Shaka soigne de nouveau ses blessures, et, quand il quitte l'infirmerie dans sa nouvelle tenue d'OD, Jef se sent ragaillardi.

— Merci... souffle-t-il à l'adresse de Shaka. Je te revaudrai ça !

— Tu me dois rien, marmonne le jeune Zoulou. Quand les puissants sont sans pitié, les petits doivent se soutenir, c'est leur seul moyen de tenir le coup. Et c'est notre différence avec eux. Viens, on va manger avec les autres.

Dans les couloirs flottent de pesants effluves humains. Sueur, urine, infections.

Des senteurs plus alléchantes se mêlent bientôt à elles : Jef devine des parfums d'épices, des arômes qui réveillent son estomac.

Les couloirs sont moins silencieux que dans la matinée : ils bruissent, vibrent, grouillent de vie. Conversations feutrées, appels, rires, grognements, jurons, soupirs se mêlent à chaque carrefour. Des ombres se croisent sous les barres de vieux néons orangés. Jef a faim désormais. Dans certaines pièces, il devine la présence de braseros sur lesquels semblent mijoter d'appétissantes mixtures.

— Ils font du feu ici ? s'étonne-t-il, vigilant malgré sa fatigue.

— Ça ne risque rien. Suffit de se mettre sous les cheminées. La ventilation marche très bien.

— Je vais dormir où ?

— T'as une couchette près de la mienne. D'abord, on va bouffer, ça va te retaper un peu.

Ils arrivent dans le hall immense que Jef a aperçu plus tôt dans la journée. Il y a du monde partout. Visages noirs des ouvriers du continent, presque invisibles dans l'obscurité, et faces blanches, plus nombreuses, fantomatiques, des réfugiés venus du Nord. Des visages sans joie, sans âge. Partout, les mêmes verts de travail sales, troués. Les hommes sont debout ou assis en petits cercles à même le sol, parfois rassemblés comme des étourneaux sur les paliers métalliques accrochés aux parois. Certains dévalent les escaliers de fer à vive allure ; d'autres grimpent avec précaution, perclus de rhumatismes, de contusions, de crampes, victimes des coups, d'accidents ou des années.

Les braseros rougeoyants disséminés dans tout le hall, les néons orange et quelques lampes solaires encadrent un subtil ballet de silhouettes et de lueurs, qui semblent s'allonger ou se tordre au rythme des mouvements des figurants. Un théâtre d'ombres chinoises.

Quelques gardiens armés de bâtons se tiennent en retrait. Discrets dans leur tenue noire, mais attentifs. Tout le hall semble transformé en un chaudron palpitant, et les gardiens transpirent, figés dans la moiteur.

Jef suit Shaka dans ce labyrinthe de corps, de chaises, de bivouacs, de bric et de broc.

De partout lui proviennent des sons rythmés, cadencés : tam-tam, djembés et percus artisanales. Quelqu'un joue de l'harmonica. Des cordes de guitare égrènent un blues discret au-dessus de leur tête – peut-être dans l'un des nombreux dortoirs dont les portes sont restées ouvertes, là-haut dans les étages.

Shaka s'arrête à quelques pas d'un brasero. Du charbon brûle dans un conteneur de piles hélio défoncé que des OD ont découpé par le milieu. Au-dessus, des fumerolles s'échappent d'une marmite. Autour, des hommes sont assis sur des caisses, des pierres, de simples nattes miteuses. La plupart ont la peau noire.

— Les gars, je vous présente Jef, il est arrivé ce matin ! claironne Shaka.

Grand silence. Jef sent les regards peser sur lui.

— Ici, c'est pas vraiment un coin pour les asticots... grogne un type aux joues creuses.

Un grand Noir barbu, béret rasta en laine troué sur la tête, se lève. Plus costaud que Shaka. Une cinquantaine d'années, peut-être plus. Il parle d'une voix de stentor, même si on sent qu'il ne force pas.

— Écoute pas ce cul-noir, petit Blanc, dit-il en tapant sur l'épaule de Jef (qui, sous le choc, manque s'effondrer au milieu du groupe). Le soleil lui a grillé le peu de neurones que sa mère lui avait donnés ! Les gars, on m'a raconté ce que ce gamin a balancé à la gueule de Lémiso ce matin. Vous voulez savoir quoi ?

Plusieurs têtes noires approuvent. Tout ce qui concerne Lémiso les intéresse, surtout quand Lémiso n'est pas à son avantage.

Le barbu au béret raconte l'arrivée des prisonniers, répète la réplique de Jef sur les vers. Les jeunes rigolent ; les plus anciens hochent la tête en souriant.

— Shaka était là, termine le barbu. Shaka, ça s'est bien passé comme ça ?

Shaka confirme. Il raconte aussi ce qu'a dû endurer Jef dans la foulée, sans entrer dans les détails. Ici, chacun sait de quoi Lémiso est capable. Le barbu lève le bras du garçon, montre ses bleus et ses plaies à la ronde.

— Mon surnom, c'est Jungle, dit le géant. Je suis samburu. Y'a pas de peuple plus valeureux sur cette terre. Tu peux t'asseoir, Jef. Si quelqu'un est pas d'accord, il pourra venir me l'expliquer plus tard, en privé. On causera.

Personne ne proteste. Un homme aux cheveux gris s'écarte et laisse une place à Jef et à Shaka sur une natte colorée.

Jef hérite d'une gamelle cabossée pleine d'un bouillon odorant. Il remercie. Avale en silence, lampée sur lampée. Il crevait de faim ; ça fait du bien. Quelqu'un demande comment on peut mettre autant de soupe dans un corps aussi maigre. Ça rigole. Jef sourit, acceptant la raillerie. Il a un peu oublié sa fatigue.

Des hommes chantent, une mélopée triste et grave, venue du fond des âges. Puis le guitariste dit :

— Une chanson pour ceux du Nord, pour ceux qui ont tout quitté.

Quelques OD noirs ronchonnent, disent que c'est bon pour les Blancs, ces trucs vieillots. Le grand Jungle leur dit de la fermer.

— Une chose est sûre, ici c'est un coin pour les Noirs, ronchonne l'homme aux joues creuses.

— Une chose est sûre, toi tu brilles pas dans le noir, rétorque Jungle, et tout le monde s'esclaffe.

Le guitariste entonne une très vieille ritournelle européenne : *Let it be*. Jef sent sa gorge se serrer. Sa mère la chantait souvent. Pour les gens du Nord, elle évoque la nostalgie de l'âge d'or perdu. Attirés par la mélopée, des Blancs s'approchent. Pas trop près, à la frontière mouvante qui sépare l'ombre de la lumière. Certains hochent la tête en cadence, murmurent, ferment les yeux. Quelques-uns pleurent.

— Que veux-tu savoir au sujet des Magic Eden ? interroge Shaka, alors que quelqu'un vient de remplir pour la troisième fois la gamelle de Jef.

— Tu sais comment ils ont réussi à transformer les animaux en peluches vivantes ? Astrid a dit que oui...

— Il sait, confirme Jungle, qui tend l'oreille. Avant, Shaka était un savant !

Shaka écarte la remarque d'un geste de la main.

— Jungle, j'étais un simple étudiant ! Je préparais une licence, rien de plus...

— Mais un crack. C'est ce qu'on m'a raconté. Et t'étudiais à la capitale, en plus !

— La capitale de l'Afrikwana ? lâche Jef, dubitatif. T'étais étudiant à Johannesburg, Shaka ?

— Logique, je suis zoulou ! Je suis né dans l'ancienne Afrique du Sud.

— T'étudiais quoi ? L'hélio-ingénierie ? C'est ça que j'aurais aimé faire !

— C'est pas mon truc. Je préférais le génie génétique.

— Un génie, c'est ce que je disais ! intervient Jungle en souriant dans sa barbe.

Shaka a un geste agacé.

— Maudit Samburu, vas-tu la fermer ?

— Les Samburus sont plus costauds que les Zoulous et les Massaïs réunis, plaisante Jungle en bandant l'un de ses biceps à la manière d'un catcheur.

— Alors ? dit Jef entre deux lampées de soupe. Comment ils ont fait pour les anitrans ?

Shaka redevient sérieux.

— Depuis des décennies, les généticiens afrikwanais travaillaient sur le comportement des animaux. Ils cherchaient à repérer les gènes régulant l'agressivité des animaux sauvages, mais c'était une impasse. Quand les hélio-ingénieurs ont réussi à maîtriser l'énergie solaire, il y a un demi-siècle, les fonds ont brusquement afflué dans les labos, et la recherche a fait un grand bond en avant. Ils ont changé d'approche, et découvert un lipide qui agit comme un calmant sur l'organisme des mammifères, et de bon nombre de vertébrés. Ce lipide a un nom scientifique, mais on le désigne plutôt par son surnom : la drogue zen.

— Ils droguent les animaux ? Tous les animaux ?

— Non, ce serait trop compliqué de leur injecter à tous des doses de zen. Ils ont trouvé mieux : ce sont les animaux transgéniques – on dit plutôt des anitrans – qui synthétisent la zen, en complète autonomie. En fait, on a modifié certaines de leurs enzymes de manière à les forcer à produire la zen.

Jef cesse de manger.

— Sérieux ? Ils fabriquent eux-mêmes le calmant ?

— Je suis très sérieux. Grâce à ce procédé, personne n'a plus à intervenir. Les anitrans se droguent eux-mêmes, et modifient en permanence leur propre comportement. C'est comme si tu sécrétais ton propre calmant pour être zen à longueur de journée. Pas de cachets, pas d'injections. Dans la savane, c'est très pratique.

— Le gel bleu, c'est à cause de la zen ?

— Comme ils ont perdu toute agressivité, les fauves ne chassent plus. Il faut les nourrir d'une manière ou d'une autre.

— Comment ils savent que le gel bleu est leur nourriture ?

— Ils ont également été génétiquement modifiés pour ça : ils sont attirés par le gel bleu comme l'aiguille d'une boussole par le nord. C'est leur unique nourriture ; elle contient tout ce dont ils ont besoin. Les réservoirs de gel sont disséminés dans tout le dôme. Tu as vu que les anitrans étaient libres de quitter le parc, mais ils ne s'en éloignent que rarement, et ils reviennent très vite vers les réservoirs. C'est l'autre avantage du gel bleu.

À côté d'eux, Jungle ricane :

— Ça, c'est quand tout va bien ! Mais il y a le problème des garous...

Shaka roule de gros yeux.

— Méfie-toi, Jungle, il y a beaucoup d'oreilles indiscrètes dans ce hall. Tu connais les règles... Et puis on a dit qu'il fallait faire attention... (Il jette un regard à Jef.)

Jungle ignore la mise en garde et poursuit :

— Tout le monde sait qu'il y a des garous, Shaka, et même de plus en plus ! Jef a le droit de le savoir aussi ! Parce que, mon gars, qui est en première ligne ? Les gardiens ? Les chasseurs ? Le grand traqueur ? Non, ce sont les pauv' OD qui reçoivent un coup de griffe quand ils s'y attendent le moins. Pas vrai, les gars ?

Hochements de tête, grognements d'approbation discrets dans l'obscurité.

— D'ailleurs, les gars, nous avons ici parmi nous Makena. Il était prof, avant de faire preuve d'ambition. Il a tout fait pour devenir OD !

L'assemblée rigole. Makena, un homme d'une quarantaine d'années, salue de la main, un sourire timide sur les lèvres.

— Je plaisante, évidemment ! clame Jungle. Makena a lancé un journal virtuel un peu trop satirique, il y a deux ans. J'ai tellement ri en lisant ses articles que j'en ai pissé dans mon froc. Mais les autorités de l'Afrikwana, ça leur a plutôt donné la chiasse. Alors elles ont proposé un petit stage d'OD à Makena, dont l'ambition a été satisfaite.

Nouveaux rires dans l'assemblée. Jungle redevient grave :

— Makena vient d'arriver ici. Avant, il était dans un autre parc : l'Okavongo Delta Magic Eden. Il a un truc à nous raconter. À toi, Makena...

Makena se lève, sans doute un vieux réflexe de prof. Il dit en préambule que cette histoire est vraie, et qu'elle s'est déroulée il y a un an dans le delta de l'Okavango, puis il commence à témoigner, sobre dans ses mots comme dans ses gestes.

Quatre hommes sur un rafiot. Deux Blancs, deux Noirs, dont Makena. Les deux Blancs et Makena sont OD. L'autre, sanglé dans son uniforme sombre, est gardien.

Leur embarcation : un hydrohélio construit au siècle dernier. Rien à voir avec les machines sophistiquées utilisées pour transporter les touristes d'un bout à l'autre du delta, avec coque flamboyante, bar d'ébène et passerelle panoramique ; juste une barge grise montée sur coussins d'air, qui avance grâce aux antiques panneaux solaires fixés sur son toit. Presque un objet de collection.

Les trois OD posent un regard désabusé sur l'animal qui tourne en rond sur son îlot. Ce bovin s'est laissé piéger par la montée des eaux. Il faut le voir pour le croire : l'animal a dû grimper jusqu'au sommet de ce promontoire, et maintenant il s'inquiète, renâcle. Aucune rive n'est visible à l'horizon, et le courant est puissant. À peine distingue-t-on, loin au-dessus des eaux, les reflets bleutés de l'énorme dôme énergétique qui protège toute la zone.

— À mon avis, le gel bleu, ça les rend pas forcément plus intelligents, commente l'un des Blancs. Faut vraiment être un con d'anitrans pour se retrouver coincé comme ça.

— Attention à ce que tu dis, Paulo ! grogne le gardien.

Le Blanc hausse les épaules et continue ce qu'il a commencé à faire : manœuvrer l'embarcation avec assez de dextérité pour l'amener jusqu'à l'îlot malgré le courant.

— Il a peut-être vu des crocodiles... murmure l'autre Blanc, avec un fort accent germanique.

Le pilote balaie l'hypothèse d'un geste de la main.

— Y'a plus de crocos, Helmut. Ils ont tous été nettoyés depuis longtemps. Les seuls que tu peux voir sont dans les vivariums au centre du dôme, et c'est des anitrans.

— Ouais, mais si y'a des garous survivants dans ces marais...

Le gardien réagit :

— La ferme, les aspirines, encore une remarque de ce genre et je fais un rapport !

Les hommes se taisent, parce que la manœuvre est délicate à cet endroit.

— Au fait, Helmut, c'est pas des marais ici, juste un delta qui se remplit deux fois par an, glisse le pilote, qui transpire à la barre. L'eau, elle stagne pas, t'as vu le courant ? Et dire que j'ai même pas d'IA pour m'assister !

— C'est vrai qu'une intelligence artificielle serait pas de trop pour ton petit cerveau de Blanc ! ricane le gardien.

— Ek, ta cervelle a dû griller quand elle a compris qu'elle était aussi blanche que la nôtre.

Les autres ricanent, puis se taisent quand Ek pose une main sur sa ceinture. Le gardien porte un pulseur contre son flanc. Et la brûlure d'un pulseur vaut la piqûre d'un frelon.

La barge touche enfin l'îlot. L'eau glisse à grande vitesse autour de l'obstacle naturel, sauf dans le contre-courant, en aval, où le pilote a conduit l'engin. En amont, les berges commencent à s'effriter.

Des ancres jaillissent des flancs de l'hydrohélio et vont se planter dans ce qui reste du promontoire immergé. Le buffle sursaute. Ses yeux roulent sous ce qui ressemble à un casque de barbare orné de poils noirs et de cornes torsadées. La proue de la barge s'abaisse et forme une passerelle jusqu'à la bande de terre.

— Allez, on se grouille, le courant se renforce, dit le pilote. On fait monter la bestiole et on dégage.

Les deux Blancs et Makena descendent, mais le gardien reste en arrière, près d'un des boudins de l'hydrohélio. Les instructions sont claires : toujours maintenir une bonne distance de sécurité entre soi et les OD quand on est seul. Ces types-là sont comme d'anciens animaux de cirque : tu crois les connaître, et un jour ils te sautent à la gorge.

Les trois OD vont mains nues. Leur plan est simple : contourner l'animal puis le pousser vers la barge, en évitant d'être piétinés par ses huit cents kilos de muscles et de graisse.

Au milieu de l'îlot, Paulo se fige. C'est le plus ancien ici, Ek compris : il est arrivé sept ans plus tôt dans ce parc, alors qu'Ek n'est là que depuis dix-huit mois. Et il sent que quelque chose cloche.

Ce n'est pas l'eau. Ce n'est pas l'un de ses compagnons. C'est le sabot du buffle qui gratte la terre rouge.

La dernière fois qu'il a vu un animal avoir ce genre de manie, c'était un cheval, et ça remonte à la nuit des temps, puisque c'était là-haut, au milieu de l'Europe moribonde. Il se souvient de ce cheval, un puissant, et des hommes qui voulaient le tuer à coups de hache parce qu'il représentait un sacré paquet de viande à bouffer. Le cheval n'était pas d'accord et grattait le sol. Râk, râk, râk. Il se rappelle les cris des hommes ensanglantés quelques secondes plus tard, piétinés par les sabots du cheval fou.

Râk, râk, râk, fait le sabot du buffle.

— Attendez ! lance-t-il d'une voix rauque.

Trop tard. L'animal s'élance.

— Garou ! hurle-t-il.

L'animal n'a pas trois mètres à courir pour faucher Helmut. Ses cornes ont la puissance d'un bélier médiéval : les os craquent, l'abdomen s'ouvre. Paulo se jette au sol, la tête entre les bras. C'est ainsi qu'il fallait faire devant une vache énervée, il s'en souvient, mais le buffle n'a pas les mêmes souvenirs : ses sabots broient pêle-mêle les mains et le crâne des deux Blancs, dans des geysers de cervelle et de sang.

Makena, pendant ce temps, a sauté à l'eau, aussitôt happé par le puissant courant.

Sur la barge, le gardien n'a pas bougé, bouche bée, son pulseur dérisoire à la main.

— Oh ma mère, oh ma mère, bafouille-t-il en refluant à l'intérieur de la barge.

Le buffle s'amuse à réduire en miettes les cadavres des deux humains qui ont cherché à l'agresser sur le peu de territoire qu'il peut encore contrôler.

Le gardien recule, pas à pas. Dans son dos, il y a la petite cabine de la barge. L'armature en fibres et les vitres renforcées pourront peut-être le protéger.

D'un bond, il s'élance, entre dans la cabine, claque la porte, puis hurle en assistant à la terrifiante charge du buffle écumant.

Le pont de l'hydrohélio tremble, et la cabine se disloque, comme frappée par un missile sol-air.

Quand le buffle parvient à extraire sa tête aux yeux fous de la carcasse de la cabine, un corps sans vie est accroché à l'une de ses cornes. Il s'ébroue, et le cadavre tombe sur le sol avec un bruit mat.

Le buffle le réduit en bouillie, puis, têtu, retourne sur son îlot.

C'est son territoire, et il ne laissera personne s'en approcher.

Makena se tait. Tout le monde, dans l'assemblée, reste bouche bée.

— J'ai coulé quand j'ai sauté à l'eau, et le courant m'a fait glisser sous la coque de l'hydrohélio, précise l'ancien prof. Je me suis accroché *in extremis* au gouvernail. Ensuite, j'ai réussi à escalader le bastingage. La radio marchait encore et j'ai appelé des secours. Le garou a été abattu.

— J'avais pas raison ? s'exclame Jungle. Des accidents de ce genre, y'en a de plus en plus. Ici, mais ailleurs aussi, on dirait !

Les hommes murmurent, hochent la tête ou froncent les sourcils. Beaucoup sont en désaccord, mais tous sont inquiets.

Malgré son épuisement, Jef a remarqué que deux gardiens s'étaient approchés à pas de loup. Leurs regards sont braqués sur le groupe massé autour du brasero. Jungle et Makena sont au centre de leur attention.

Jef connaît bien les individus comme ceux-là ; ils pullulent dans son pays en ruine. Il les surnomme les hommes-loups à cause de leurs yeux toujours en mouvement et de leur façon de courber l'échine pour passer inaperçus, et ainsi mieux s'approcher de leurs proies. Au service de gens puissants, sans scrupules, qui savent rester dans l'ombre, les hommes-loups accomplissent les basses œuvres : voler et terroriser les pauvres, trouver des esclaves féminins ou des garçons soldats. Jef a appris à repérer ces loups depuis sa plus tendre enfance. Question de survie.

L'adolescent donne un coup de coude dans les côtes de Shaka et lui montre les gardiens d'un signe du menton. À son tour, Shaka effleure le flanc de Jungle. Jungle hoche la tête, se racle la gorge – roulements de tonnerre – en lançant des regards appuyés aux plus bruyants de l'assemblée. Les conversations meurent. Repérés, les deux gardiens refluent dans l'ombre.

Jungle lance un clin d'œil à Jef.

— Bien joué, mon garçon ! beugle-t-il. Vous avez gardé de bons réflexes, vous autres du Nord ! Par tous les grigris du Kili, les gens d'ici ont les sens aussi émoussés que ceux d'un vieux gibbon !

Il ricane, mais Jef le sent amer.

— Mes ancêtres, tu sais, ils combattaient les lions à la sagaie, reprend le Samburu. Mais moi, ce soir, je n'ai pas repéré ces espions. Je n'ai pas été digne de mes pères : ils auraient été furieux contre moi ! Mieux vaut que j'aille me coucher.

Sur ces mots, Jungle se lève et disparaît dans les ténèbres.

Son départ est un signal. D'autres hommes s'étirent et s'éloignent. L'ouvrier aux joues creuses, qui n'a pas été agréable avec Jef, est l'un des premiers à se fondre dans la nuit. L'adolescent le suit des yeux. Le type marche vers les escaliers métalliques puis, au dernier moment, semble se raviser et change de direction, en jetant un regard fuyant vers l'assemblée. Le regard d'un homme-loup. Jef mettrait sa main à couper qu'il va tenter de retrouver les gardiens, mais les ténèbres l'empêchent de voir plus loin.

Il s'étire à son tour et constate que les flammes des braseros se sont muées en rougeoiements. La plupart des orchestres improvisés ont cessé de jouer. Les hommes savent qu'ils devront se lever tôt le lendemain, avant même le lever du soleil.

— J'irais bien dormir... articule-t-il en bâillant.

Shaka se redresse :

— Moi aussi, on va rejoindre notre dortoir.

Ils saluent tous deux les hommes encore massés autour des braises, qui leur répondent sur-le-champ : la mise en garde de Jef au sujet des gardiens espions les a rendus affables ; ils savent désormais qu'il est de leur côté, et qu'il peut être utile.

Dans le dortoir, Jef tombe sur son matelas et, en quelques secondes, bascule dans un profond sommeil. Comme toutes les nuits, ses cauchemars sortent de leur antre.

Chapitre 9

Les hommes-loups

L'homme-loup le guette, là, de l'autre côté de l'avenue. Jef le sait, et l'homme-loup sait qu'il le sait. L'homme-loup est bien embêté, car c'est un pleutre. Si cet enfant avait dormi comme il aurait dû le faire à son âge, l'homme-loup aurait pu approcher sans faire de bruit. Mais l'enfant est réveillé, et, même s'il n'a que quatre ou cinq ans, l'homme-loup hésite.

Jef s'est levé une minute plus tôt, au milieu de la nuit, avec une furieuse envie de pisser. Il a quitté sa paillasse, enfilé ses sandales, passé la porte du cabanon en tôle et gagné la grande route boueuse, qui était une avenue en dur autrefois, d'après maman. Se soulager dans une ruelle du bidonville est passible d'une déculottée publique, et Jef a appris à respecter cette consigne : il marche toujours jusqu'à l'avenue, même la nuit. « Un rat ne chie pas dans son nid », ne cesse de rappeler Vieux Bob. Le cabanon est situé en bordure du bidonville, et ce n'est pas compliqué pour se soulager : il suffit de marcher vingt mètres et de « sortir le bazooka » (une expression de

Vieux Bob que maman n'apprécie pas) dans l'avenue déserte.

Jef venait de commencer à uriner, contemplant d'un œil morne les ornières creusées par les charrettes et les camions, quand il a aperçu le visage de l'autre côté de l'avenue, éclairé par la lune aux trois quarts pleine. Blanc comme une tête de mort.

À quatre ans, Jef sait déjà reconnaître une menace critique. Cet homme, planqué derrière une palissade éventrée, n'a rien d'un simple voyageur. C'est un prédateur.

Il a cessé d'uriner, même si cette interruption lui a été pénible : l'impression d'avoir craqué une allumette à l'intérieur de sa verge.

L'homme, de son côté, a compris le danger en l'apercevant : ce mioche, malgré sa terreur et ses yeux embués de sommeil, était sur le point de donner l'alerte et de compromettre son plan. Il a fait signe au gamin de la fermer en plaçant son index devant ses lèvres, sourcils froncés sur des yeux menaçants. Ensuite, il a détaché son index de ses lèvres pour le pointer dans la direction du garçonnet. Le même index est remonté jusqu'à son gosier, mimant le mouvement d'une lame de scie très tranchante.

Jef a reçu le message cinq sur cinq : le silence ou la mort.

Il hésite, tremblant de froid et de peur dans ses sandales et sa tunique trouée.

Soudain, il repère deux autres silhouettes, plus loin sur la route. Elles viennent de traverser l'avenue défoncée, sautant avec vivacité par-dessus les ornières, et de se planquer près d'une cabane en tôle. Ces intrus ont des trucs dans les mains. On pourrait penser à des bâtons, mais Jef parierait plutôt sur des fusils. D'autres hommes-loups. Armés.

Le bidonville va être attaqué !

Jef fait volte-face et détale. Les semelles de ses sandales claquent dans les flaques d'eau. On est à la fin du printemps, et les rues sont détrempées. Cette année, les pluies semblent ne jamais devoir s'arrêter.

Il pénètre essoufflé dans le cabanon. La fenêtre, protégée par un simple film de plastique, laisse passer la morbide lumière lunaire. Jef se précipite vers la couche de sa mère. Avant qu'il n'ait eu le temps de lui toucher le bras, maman a levé la tête dans la pénombre. Comme tous les habitants du quartier, elle est rodée aux alertes nocturnes.

— Bandits ! chuchote-t-il. Tout près... (Il montre la porte restée entrouverte du doigt.)

Sa mère bondit hors du lit sans un mot. Elle l'agrippe par les épaules et le force à courir jusqu'à la cheminée de fortune, au fond de la pièce : un tas de cendres grises surmonté par un entonnoir de tôle inversé, noir de fumée, ouvrant sur un trou percé dans le toit. Elle tire sur un cordon de métal qui pend derrière une batterie de casseroles cabossées. Les cendres se soulèvent comme par magie. Une trappe rectangulaire apparaît dans un nuage gris. Dessous, un obscur réduit.

— Descends, souffle maman. Je vais chercher ta sœur !

Jolie-Rose dort un peu plus loin, dans sa petite caisse en bois.

Comme Jef hésite au bord du trou, les yeux pleins de larmes de terreur, maman le prend sous les aisselles et le laisse tomber à l'intérieur. Il chute sur la terre meuble du réduit, minuscule et humide. De quoi cacher deux enfants, pas plus.

La porte métallique du cabanon grince. Maman pousse

un cri, furieuse de ne pas avoir été assez rapide, et surtout terrifiée.

— Salut, mignonne ! gronde une voix d'outre-tombe. T'as des mioches, ici ?

Jef se recroqueville dans le noir, les oreilles grandes ouvertes pour comprendre ce qui se passe. Il place ses mains devant sa bouche pour s'empêcher de crier, comme maman le lui a enseigné. « Bouffe-toi les doigts si tu veux, mais je veux pas entendre un son ! » a-t-elle sifflé ce jour-là, les yeux illuminés par quelque chose qui ressemblait à de la colère, mais qui était peut-être aussi du désespoir, de la tristesse, de la fatigue... sans doute tout cela à la fois.

Maman recule vers le fond de la pièce et fait tomber la batterie de casseroles par terre. En même temps, elle rabat la trappe d'un discret coup de pied.

Jef se retrouve dans le noir. Terrifié, aux aguets. Sa mère a fait exprès de bousculer les casseroles, pour fermer la cache sans que l'homme-loup s'en aperçoive. Maintenant, il l'entend frotter ses semelles pour étaler les cendres grises sur la trappe.

— Qu'est-ce que tu fous à danser comme ça ? raille la voix masculine. Tu caches quelque chose ? Je parie que t'as des mioches !

— Non... gémit maman, pas vraiment convaincante. Pas de gosses ici !

Jef perçoit le cliquetis d'ustensiles de cuisine s'entrechoquant. Maman vient d'attraper quelque chose.

Venant de beaucoup plus loin, il entend aussi des cris et des rafales d'armes automatiques. Le bidonville est attaqué en plusieurs endroits.

— Salope, lâche ce couteau ! beugle l'homme-loup.

Une série de pas lourds à travers la pièce.

— Alors, tes mioches, ils sont où ?

Jef serre ses petits poings contre sa bouche. Il fait très noir dans ce trou, il discerne à peine le blanc de ses bras. Il sent la cendre voltiger autour de ses narines. Ça risque de le faire éternuer.

— J'ai pas d'enfants ! répète maman.

Et Jolie-Rose se met à pleurer.

— Menteuse ! Salope ! Je vais t'apprendre !

Il y a un bruit de lutte. Jolie-Rose hurle. Elle a treize mois et commence à tenir debout dans son lit. Jef imagine son visage déformé par la peur, comme quand elle fait un cauchemar au milieu de la nuit.

Maman pousse un cri aigu, très bref. Puis il y a d'autres chocs étouffés, des grognements, des gémissements, des injures. Jolie-Rose hurle, hurle.

— Ta gueule ! crie l'homme-loup.

Jef ferme les yeux et appuie plus fort sur sa bouche pour étouffer ses gémissements. Plus tard, il verra qu'il s'est mordu les doigts jusqu'au sang et que ses incisives ont même à demi sectionné son index gauche.

Le son sec d'une gifle donnée à pleine volée. Jolie-Rose hurle de plus belle, jusqu'à ce que son cri soit étouffé. Un bâillon ? Un oreiller sur la tête ?

Remue-ménage.

Les pas de l'homme. Lourds, puis légers.

Enfin le silence, vide et terrifiant.

L'homme-loup a quitté le cabanon, et probablement n'est-il pas parti les mains vides.

Jef croit percevoir un dernier cri lointain, puis plus rien.

— Non... gémit-il entre ses doigts poisseux de sang. Non non non non non...

Il se passe beaucoup de temps. Jef pisse dans sa culotte. L'humidité entre ses jambes devient glaciale. Il pleure et gémit, mais sans jamais enlever ses doigts de ses lèvres. Des bêtes lui chatouillent le cou, les cuisses. Son ventre gargouille. Il souille encore son pantalon, bascule dans une sorte de torpeur pleine de terreur, rouge et ténébreuse.

Quand la trappe s'ouvre, beaucoup plus tard, et qu'un voisin lui touche l'épaule, la lumière du jour lui brûle les yeux. Il hurle comme un damné, encore et encore.

***

Plus tard, Jef a appris qu'il était resté quarante-huit heures sous la terre. Percée par trois coups de couteau – son propre couteau de cuisine, que l'homme-loup a facilement retourné contre elle –, sa mère a échappé de peu à la mort, mais elle s'est murée dans le silence et le désespoir.

Comme elle, Jef n'a jamais revu Jolie-Rose. Les hommes-loups ont lancé un raid pour trouver des esclaves. Ils ont tué cette nuit-là huit adultes et enlevé douze enfants.

Dont Jolie-Rose, treize mois.

Au centre de secours, les généreux médecins d'une ONG afrikwanaise ont écouté le récit des mères éplorées et leur ont promis qu'ils mèneraient l'enquête, mais Jef, qui accompagnait sa mère, a lu dans leurs yeux ce qu'ils pensaient : on ne retrouverait pas ces enfants. Jamais. Il valait mieux s'habituer à vivre sans eux.

Jef rêve depuis des années d'une fillette debout sur son lit. Jolie-Rose ! Divine Jolie-Rose !

Des hommes-loups, souvent, hurlent dans ses nuits.

CHAPITRE 10

Chez les Massaïs

— **Par ici, les troglos,** et plus vite que ça ! hurle Lémiso.

Shaka, puis Jef sautent du vieux camion qui les a conduits jusqu'au village massaï de Torosei, et courbent la tête en approchant. Lémiso tient une baguette fine à la main, qui cingle l'air comme un fouet. « Une branche mâchonnée par un koudou, s'est-il vanté tout à l'heure près d'un autre gardien. Y'a pas mieux, pas plus dur, car la sève a fui vers les racines. » La baguette laisse des traînées brunes sur les bras ou les épaules des OD maladroits ou trop lents.

— En ligne le long de la piste ! hurle le gardien-chef.

Les OD obtempèrent. Ils sont une quarantaine surveillés par neuf gardiens, dont le chef Lémiso. Il fait moins chaud que la veille : un voile blanc donne au soleil matinal un air de lampadaire cerné par la brume.

Jungle, le puissant Samburu, se place près de Jef. La sueur dégouline déjà sous son bonnet rasta.

— Il a l'air encore plus nerveux que d'habitude, ce fumier ! glisse le géant d'un air narquois.

Devant eux, une rivière tumultueuse. De loin, les eaux semblaient bleutées. De près, les remous roulent, crasseux, au milieu du lit, et des zones brunes croupissent sous les branchages. Shaka observe le courant avec intérêt.

— Par tous les dieux de l'Afrique, qu'il fait chaud, dit-il. Je prendrais bien un bain dans ce...

Il est interrompu par les aboiements de Lémiso :

— Le Magic Eden reçoit demain des officiels ! Des gens importants, pas des moins que rien comme vous ! Ils passeront ici, dans le kraal de ces bouseux de Massaïs, alors faut qu'on nettoie leur porcherie ! Pas intérêt que ça traîne ! Pigé ?

Il claque des doigts. Quatre OD se détachent du rang, grimpent dans un camion et distribuent des pelles, des seaux, des sacs.

Lémiso pointe Shaka, Jef et Jungle du doigt :

— Vous trois, prenez des pelles et des sacs ! Faites le tour du village et ramassez toutes les bouses qui traînent ! Y'en a un sacré paquet, ça vous apprendra à causer ! Les autres, de corvée sur la piste et à l'entrée du village, on a une estrade à construire.

Le village – ou kraal – de Torosei se dresse au bord de la rivière Tanya, à la limite de la zone tampon qui ceinture le parc, sur un promontoire de terre dont le sommet est aplani. De loin, on ne distingue qu'une palissade de branches entrecroisées. Les gardiens poussent les prisonniers dans le sillage de Lémiso, qui file vers le promontoire.

— Les Massaïs ont des ennemis ? demande Jef en observant la palissade de bois, qui ne semble pas très robuste mais qui encercle le village.

— Avant, il y avait des animaux sauvages, explique Shaka. Maintenant, c'est juste pour empêcher les vaches de trop s'éloigner la nuit. C'est aussi pour le folklore. De temps en temps, les autorités du parc organisent une visite. Ils paient les Massaïs pour les inciter à conserver à leur kraal un aspect authentique.

— Ils les paient des clopinettes ! grommelle Jungle. Ces Massaïs se rempliraient mieux les poches s'ils organisaient eux-mêmes les visites ! Et puis, ces barrières, ajoute-t-il, mystérieux, peut-être qu'elles sont utiles contre les garous...

Lémiso marche devant, droit comme une autruche. Il pénètre dans le village par un trou dans les branchages qui fait office de porte entre deux poteaux verticaux. Deux femmes s'égaillent, effarouchées. Jef est surpris par leur taille. Elles sont grandes, minces, et ont le crâne rasé. Elles portent de longues tuniques bariolées et des colliers de perles multicolores, si larges qu'ils forment comme des collerettes au-dessus de leurs épaules.

À l'intérieur de l'enclos, des huttes en forme d'igloo couvertes de chaume. Le sol est poussiéreux. La température, heureusement, n'est pas encore caniculaire. L'endroit paraît désert. Shaka chuchote que les habitants se cachent, intimidés par l'arrivée de Lémiso.

— Je hais cette odeur de bouse de vache ! siffle le gardien-chef. Au boulot, les OD ! Je vais à la case des guerriers. Ces pouilleux savent très bien qu'on est arrivés, mais ils ne daignent pas se déplacer !

Puis il se tourne vers Jef, Shaka et Jungle :

— Vous trois, faites comme j'ai dit. Je ne veux plus voir une seule bouse dans ce camp, y compris sous le cul des vaches. Koinnage, tu les surveilles !

Un gardien, dont la carrure rivalise avec celle de Jungle, s'approche, maussade.

— Allez, grogne-t-il, en leur montrant les allées qui s'enfoncent entre les cases, faites le tour de l'*enkang* et ramassez !

— C'est quoi, l'enkang ? demande Jef en aparté à Shaka.

— On y est, c'est le centre du village.

Des bouses de vache, il y en a à la vérité très peu sur le sol. Pourtant, Jef sent l'odeur caractéristique des excréments de bovin. D'où provient-elle ?

Shaka, qui avance près de lui, un sac et une pelle à la main, glousse en le voyant scruter le sol.

— Faut pas chercher par terre, dit-il, c'est sur les murs.

— Hein ?

— La bouse que tu sens, elle est sur les parois des cases. Mélangée avec de l'argile.

Jef observe les murs des huttes de bois. Des branchages entrelacés, mais aussi une sorte de ciment ocre utilisé pour colmater les fissures. Qu'est-ce ? Non ! Mais si, c'est de la bouse ! Ces gens fabriquent leurs maisons avec de la bouse de vache ! Jef, qui a vu pas mal de taudis laisser passer l'air et la pluie dans son pays, s'approche, tâte les constructions du doigt. Elles ont l'air étanches, solides. Ingénieux !

— Bouge de là, grogne le gardien nommé Koinnage. La vraie merde, c'est derrière, fais le tour !

Jef contourne des habitations et repère enfin des habitants. Des enfants, des femmes et des vieillards, qui se sont réfugiés à l'arrière du kraal, loin de Lémiso et de ses sbires en uniforme.

— Y'a pas de vaches, ils les rentrent dans l'enkang que pour la nuit, l'informe Shaka. C'est dans ce coin-là qu'elles dorment.

Jef le suit jusqu'à une zone dépourvue de cases où le sol a été piétiné. Quelques déjections, de-ci de-là. Il se baisse et commence à travailler avec sa pelle. Lémiso lui a donné ce travail pour laminer son moral, il en est conscient, mais le gardien-chef a raté son coup : Jef a connu pire au cours de ses dix-sept années d'existence. Il a pataugé dans la fange bien des fois, et finalement ce travail n'est pas si répugnant. La bouse de vache, ce n'est rien à côté des déchets que produisent parfois les humains...

Quand il relève la tête pour s'essuyer le front, Jef constate qu'il est observé. Shaka et Jungle ont disparu derrière des huttes, de même que le gardien chargé de leur surveillance, mais des dizaines de paires d'yeux sont braquées sur lui. Des femmes dans leurs vêtements chamarrés, calebasses à la main, qui chuchotent entre elles à l'entrée des huttes, des vieillards taciturnes accroupis à même la poussière au pied des murs de branchages, mais surtout des dizaines d'enfants aux yeux malicieux.

Jef a vu beaucoup d'enfants de toutes sortes au cours de ses pérégrinations, en Europe, puis plus bas vers le sud, mais rarement des visages plus sympathiques. Des traits fins, des visages presque osseux, une peau noire aux reflets moirés, des regards francs et enjoués. Les fillettes, ornées de parures de perles comme leurs mères, se pressent contre les robes des femmes, alors que les garçons, vêtus de simples pagnes élimés, se sont rassemblés en petits groupes à l'écart des huttes. Tous ont les yeux braqués sur lui et le sourire aux lèvres.

Qu'est-ce qui les divertit à ce point ? Sûrement pas la couleur de sa peau : le mode de vie de ces Massaïs ne semble pas avoir changé depuis des siècles, mais ils ont souvent vu des OD blancs par ici. D'après ce que Shaka a dit, des réfugiés européens travaillent dans les parcs depuis plusieurs décennies.

Alors ? Jef observe le sol tavelé de déjections bovines, son sac...

Une femme, dont le crâne est rasé comme les autres, se gondole, puis une autre. Elles comprennent son désarroi, et la situation les amuse beaucoup. Leurs rires font tinter les pendentifs qui tanguent sous les lobes distendus de leurs oreilles.

Jef ne se démonte pas. Il saisit sa pelle avec fermeté, ramasse une galette desséchée par le soleil et la jette avec entrain dans son sac. Puisqu'il semble englué dans le ridicule, autant y plonger jusqu'au cou. Il amplifie ses gestes jusqu'à la pantomime, comme ces comédiens de rue qu'il applaudissait parfois sur les places de son pays transformées en cours des miracles. Sa pelle, il ne la lorgne que du coin de l'œil. L'essentiel de ses regards, il les garde pour les gamins et les gamines qui se tiennent en arc de cercle autour de lui. Tout en ramassant les déjections, il sourit de toutes ses dents.

Le résultat ne se fait pas attendre : les garçons éclatent de rire ; les filles pouffent entre leurs mains. L'humour, ça transcende toutes les langues, toutes les civilisations ; Jef l'a appris au cours de sa longue errance.

Il salue, comme un saltimbanque à la fin d'un spectacle. Les rires redoublent. Au moment où il se détourne pour continuer son travail – le garde ne va pas tarder à revenir, et Lémiso est capable de soupeser son sac pour vérifier son travail –, quelque chose heurte sa colonne vertébrale.

Rien de grave, juste un léger choc. Ni arme ni pierre.

Il se retourne, étonné. Un bloc brun informe, de la taille de sa main, gît à ses pieds. Circonspect, il tâte la chose du bout de sa sandale et doit se rendre à l'évidence : une bouse de vache.

Il dévisage les enfants, interloqué. Un garçonnet, guère plus haut qu'une chèvre, tente de cacher ses rires derrière un aîné. Jef ramasse le projectile, grimace de dégoût en regardant l'assemblée – cette fois, même les vieux sont hilares – et feint de viser le garçonnet. La bouse s'écrase aux pieds du petit, qui, à n'en pas douter, est son agresseur.

C'est le signal qui déclenche la bataille générale. Les garçons courent, se baissent, lancent des bouses de vache en tous sens. Une bonne moitié du bombardement vise Jef, mais le petit garçon, qui a osé déclencher les hostilités, n'est pas épargné. Les femmes, prudentes, refluent sous les huttes. Les vieux croisent leurs mains au-dessus de leur visage, mais personne n'a le toupet de les viser. Jef en oublie son sac, sa pelle, la tâche qui lui a été demandée. Il saisit des galettes brunes à pleines mains, les coupe en deux, trois ou quatre, et balance ses projectiles vers les enfants. Plusieurs missiles heurtent ses membres, son thorax. L'un éclate sur son menton : il crache pour éviter d'avaler la matière nauséabonde. Et court à son tour pour tenter de trouver un abri. Les enfants crient, rient. Lui est hilare aussi. Quand il trébuche sur une jarre lâchée par une jeune fille surprise par la bataille, les rires des gamins se transforment en hurlements d'extase. Jef titube, tente de se redresser, est touché au cou par deux bouses qui éclatent en des dizaines de fragments (il en trouvera encore des traces en ôtant son vert de travail le soir) et roule à terre.

Quand il se rétablit, à quatre pattes dans la poussière, c'est pour se retrouver nez à nez avec un vieillard assis en tailleur.

— Heu... bonjour, hésite Jef, haletant.

— Salut, répond le vieil homme en swahili.

Il a des yeux étranges, dans lesquels se mêlent le brun des huttes et le chaume de la savane – les couleurs d'un jeune lion.

Jef s'apprête à se relever, mais la main osseuse du vieil homme lui serre le poignet.

— C'était bien... dit l'ancien. Très bien. Merci.

Jef l'observe avec plus d'attention. De rares cheveux gris, une barbe presque blanche, des joues creuses, une peau crevassée, une bouche en partie édentée. Une vieille étoffe rouge entoure sa taille et couvre l'une de ses épaules. Ses pieds sont couverts de callosités. Drôle de bonhomme.

— Merci pour quoi ?

— Pour nous avoir fait rire, bien sûr, jeune homme...

L'ancien se moque-t-il ? Sa poigne est dure, forte, malgré son âge avancé. Jef s'agenouille au lieu de se relever, pour ne pas le bousculer.

— C'était pas compliqué, ils m'ont montré comment faire !

Le vieil homme hoche la tête, comme si Jef venait de proférer la maxime du siècle. Son regard est fascinant. Combien d'années peut bien avoir ce tas d'os ? A-t-il vu la naissance des Magic Eden ? A-t-il vu le Kilimandjaro sans son dôme ? Sans sa neige ?

— Tu aurais pu leur en vouloir, murmure l'ancien.

Sa voix est grave et assourdie, cassée, comme celle d'un homme qui a trop crié.

— Leur en vouloir ? Pourquoi, monsieur ?

— Pour le mauvais accueil que ceux de ma couleur t'ont réservé depuis que tu es entré dans ce pays. Tu venais de loin, et ils n'ont pas su se souvenir des règles sacrées de l'hospitalité. Un toit et un repas pour le voyageur égaré.

Jef hausse les épaules.

— Bah, ces enfants ne sont pas responsables, et la couleur n'a rien à voir là-dedans !

Le vieil homme approuve, grave. Il lâche le poignet de Jef, mais colle son index décharné sur la poitrine du jeune homme.

— Qui es-tu, garçon de l'eau ?

Grâce à Shaka, Jef sait qu'il ne faut pas se formaliser. Les Massaïs surnomment parfois les Européens « hommes de l'eau ». Il préfère qu'on l'appelle garçon ou homme de l'eau plutôt qu'asticot, aspirine ou cul-blanc.

— Jef Cody.

— Et tu viens de là-haut...

Par « là-haut », Jef comprend que le vieil homme veut signifier l'Europe.

— C'est ça. Excusez-moi, mais...

— Tu as traversé la mer ? Le désert ?

— Les deux. Mais si je ne me remets pas au travail...

Le vieil homme lève ses mains, les agite et glapit quelques sons étranges, sans doute dans la langue maa de son peuple, que Jef ne comprend pas.

Il réalise que les enfants ont cessé la bataille sans qu'il s'en rende compte et semblent captivés par leur conversation. Lorsque le vieil homme cesse de parler, les filles et les garçons se précipitent vers le centre de la cour poussiéreuse. Les plus grands se baissent et commencent à ramasser les bouses à pleines mains, puis courent jusqu'à une sorte de grand bac en bois, à l'ombre d'une hutte. Des filles, équipées de balayettes de cuir, nettoient les restes.

— Qu'est-ce qu'ils font ? interroge Jef.

— Ne t'inquiète pas, dit le vieil homme d'une voix apaisante, cette partie de l'enkang sera très vite plus propre que le cœur du Magic Eden.

— Pourquoi ils mettent la bouse là-bas ? Les gardiens vont râler...

— Les gardiens ne vont rien dire du tout, car nous sommes des Massaïs libres, et ils sont chez nous. Cette bouse, comme le reste, comme nos troupeaux, est nôtre.

— Mais... Vous gardez la bouse ?

— Tu vois de la bouse ? Moi, je vois des maisons pour nos enfants...

Jef se rappelle les explications de Shaka. Les branches et le mortier à base d'argile et de déjections. Il sourit.

— J'ai trouvé ça très ingénieux, dit-il.

— Je le dirai à mes ancêtres, merci.

— Vous êtes le sorcier de Torosei ?

C'est au tour du vieillard de rire.

— Juste le doyen. Et aussi le *loïbon,* une sorte de guérisseur. Un peu prêtre et un peu devin. Mon nom est Naphtal. Naphtal Ole Tutu.

Jef se souvient avoir entendu Shaka prononcer ce nom. Il lance à Naphtal un regard entendu.

— Chez nous aussi, le doyen était vénéré...

— Tu vivais dans un village comme le mien, dans ton Europe ?

Jef regarde autour de lui.

— Non, c'était un bidonville. Mais c'était pas riche non plus.

Le vieil homme hoche son crâne chauve, bosselé.

— Alors tu es un peu africain, Jef Cody.

— Je connais pas grand-chose ici. À part le Magic Eden, un peu...

Naphtal Ole Tutu crache par terre. Sa salive roule dans la poussière.

— Les Magic Eden, c'est pas l'Afrique. On a volé les pâturages des Massaïs pour en faire des parcs artificiels. Maintenant, c'est ici, l'Afrique, pas sous le dôme. Ici et dans la grande forêt.

— Mais... les animaux sont dans le Magic Eden !

De nouveau, Naphtal Ole Tutu crache par terre.

— Ces choses ne sont pas des animaux. Les animaux chassent, tuent et mangent. Ou courent, meurent et se font dévorer. À ces conditions seulement, ce sont des animaux d'Afrique.

— Au parc, les gardiens appellent ça des « garous ».

— Ils les appellent comme ils veulent. Mais peut-être que c'est eux, les garous. Peut-être que c'est eux qu'on aurait dû modifier, pour les rendre moins agressifs.

— Super idée, rigole Jef.

— Non, juste une plaisanterie, corrige le vieillard. On ne trafique pas les êtres vivants comme des machines quand il a fallu des millions d'années pour les créer. Les animaux, tout ça les attriste.

— Ça les attriste ? Vous savez ce qu'ils pensent ?

— Personne ne sait, jeune homme. On peut néanmoins toujours tendre l'oreille. Les animaux ne palabrent pas comme les humains, mais ils ont plus d'un tour dans leur sac.

Jef est fasciné par le vieillard. Il ne parle avec lui que depuis quelques minutes, et a la curieuse impression de l'avoir toujours connu.

— Bonjour, Naphtal Ole Tutu, dit soudain une voix dans le dos de Jef.

Toujours agenouillé près du vieil homme, l'adolescent se retourne. Shaka pose sur eux un regard intrigué. Derrière lui, les enfants ont presque terminé de nettoyer la cour.

— Salut, Shaka Dingaan. Je discute avec ton compagnon.

— Je vois ça. Tu discutes avec un petit Blanc, grand-père ?

— Je ne suis pas ton grand-père, et ce n'est pas un petit Blanc.

— Ah, soupire Shaka. J'avais cru. Ma vision me joue peut-être des tours.

— Oui, sûrement que tu n'as pas les yeux en face des trous, Shaka, car tu as eu le malheur de naître zoulou, pas massaï, raille le vieillard.

Shaka ricane.

— Si je ne te savais pas taquin et très vieux, je pourrais te transpercer d'un coup de sagaie, l'ancêtre.

Naphtal sourit – il lui manque deux incisives, de sorte que sa dentition évoque un clavier de piano, avec toutefois plus de blanches que de noires.

— Ce garçon est blanc, c'est vrai, mais il est plus africain que toi et que tous les gens qui vivent dans les grandes villes modernes de l'Afrikwana. Nous sommes du même sang, lui et moi.

Jef, sous le charme, regarde le vieil homme. Il ne saisit pas tout ce que l'ancêtre raconte, mais les anciens parlent souvent de manière bizarre. Vieux Bob, le doyen du quartier des Veuves, dans le bidonville, était coutumier des phrases semblant venir d'une autre planète. Jef aimait ces mots simples qui cachaient des idées complexes.

— Il faut qu'on termine le travail, dit Shaka. Sinon, Lémiso va s'énerver, et le petit Blanc va payer.

Naphtal Ole Tutu crache par terre.

— Lémiso est un pourceau.

Du coup, Jef sourit sans retenue.

— Je dois y aller, dit-il au vieillard, sans pour autant se relever – il a appris le respect des aïeux entre les tôles de son quartier, où il fallait attendre un signe avant de prendre congé.

Le vieil homme se penche et pose sa main droite, qui n'a plus que la peau sur les os, sur l'épaule de l'adolescent.

— Va, Jef-du-bidonville. Et reviens me voir un de ces quatre.

Dans les pas de Shaka, Jef marche vers le centre de la cour pour récupérer son sac.

— Dépêche, dit le Zoulou. Jungle s'est arrangé pour retenir le gardien plus loin. T'es cinglé ! S'il t'avait surpris à discuter comme ça, t'aurais passé un mauvais moment ! Tu sais où t'es, petit Blanc ? Par tous les dieux de l'Afrique, t'es plus dans ton quartier !

Jef crache par terre.

— Je suis en Afrique.

Les enfants qui l'observent éclatent de rire en le voyant cracher, et se mettent à l'imiter. Jef salue les gosses de la main, et crache de nouveau par terre.

— Je suis en Afrique, je suis en Afrique, je suis en Afrique ! répète-t-il au pauvre Shaka, consterné. T'as entendu ce qu'a dit le vieux ? Lui et moi, on est du même sang, c'est ce qu'il a dit. Alors arrête de me parler comme si t'étais ma mère. Je suis pas venu en Afrique pour courber la tête devant des salauds comme Lémiso.

Shaka se renfrogne, mais garde le silence. Derrière le voile de nuages blancs, le soleil fait tout pour briller, mais semble un peu trop éloigné.

Jef n'est pas le premier réfugié à croire qu'il va s'en tirer.

CHAPITRE 11

Minikilis

Ce matin-là, comme chaque jour, les OD s'éveillent aux aurores.

Jef bâille, se gratte les cheveux. Il a du mal à se lever si tôt. La veille au soir, il a joué aux dés avec Shaka, Jungle, Makena et quelques compagnons.

Encore une minute, songe-t-il en s'étirant. Une toute petite minute de répit avant l'écrasante journée de labeur !

Mais il n'a guère le temps de s'attarder.

— Debout là-dedans ! hurle un gardien, qui vient de surgir dans le dortoir. Cody, Dingaan, on vous attend là-haut ! Mission spéciale sous le dôme ! Le camion part dans cinq minutes, grouillez !

Jef bondit de sa couche. Les retards ici coûtent cher.

Shaka est déjà debout.

— C'est quoi, cette mission ? demande le Zoulou au gardien.

— Aucune idée, l'ordre vient de Mlle Fox. Il vous reste quatre minutes !

Trois minutes plus tard, les deux OD grimpent dans

l'un des camions qui effectuent la navette entre les logements des troglos et le dôme.

Trajet classique le long des pistes. Les amortisseurs hydrauliques à l'ancienne du camion ont depuis longtemps rendu l'âme. Jef se protège de la poussière et du soleil grâce à un chèche que lui a fourni Jungle.

— Si tu ne veux pas avoir la nuque brûlée jusqu'aux vertèbres, mets ça de temps en temps, lui a conseillé le grand Samburu. En dehors du dôme, le soleil est méchant. Et mets-le aussi quand il y a de la poussière, ou tu vas pleurer des larmes de sang.

— C'est que... j'ai pas grand-chose pour te payer... a murmuré Jef.

— T'as des yeux et des oreilles qu'ont l'air de bien marcher. Observe ce qui se passe, et préviens-moi au besoin, comme l'autre fois. En échange, si t'as un souci avec un gardien ou un OD, tu viens me voir.

À l'instant où le camion sort d'un bois, une escadrille de vaisseaux le survole avant de piquer vers le dôme et le Kilimandjaro. Un troupeau de zèbres traverse la piste. Les rayons du soleil, orange en ce début de matinée, rasent la plaine, presque à l'horizontale, illuminant de biais la fabuleuse montagne. La neige, à son sommet, scintille comme les feuilles d'or sur le toit d'un temple oriental. À chaque fois, Jef, fatigué ou non, sent son cœur s'épanouir dans sa poitrine.

— T'es dingue, lui dit Shaka entre deux cahots.

— Quoi ? rétorque Jef en tentant de cacher son euphorie sous un froncement de sourcils.

— Te fatigue pas, je vois que tu prends ton pied... Tes yeux, on dirait des phares !

Jef ne dément pas.

— Ma mère voulait que je vienne ici. Elle me parlait toujours de l'Afrique. Mon arrière-grand-père y était allé, et il lui avait raconté plein d'histoires sur ses voyages pendant son enfance. Elle connaissait le nom de tous les animaux, et aussi celui de cette montagne, le Kilimandjaro. Elle m'en parlait souvent.

Shaka hoche la tête. Il n'a plus envie de se moquer.

— Si elle sait que tu es là, elle doit être fière de toi...

Jef se rembrunit.

— Elle est morte.

Le camion grince, craque dans la poussière. Shaka toussote.

— Vraiment désolé. C'est pour ça que t'es parti ?

— Non, je l'ai appris par les gardes-frontières qui m'ont coincé à Gibraltar. Ça leur a fait plaisir de me le dire.

Shaka garde le silence, le regard rivé à la piste. Un koudou aux yeux vides se détourne quand ils passent.

— Alors elle sait que tu es là, dit le Zoulou après quelques cahots, et elle est fière de toi.

Jef observe la savane, emmitouflé dans son chèche kaki. Des éléphants progressent, le dos rond sur la ligne jaune et vert de l'horizon. Ils avancent d'un pas résolu, sans redouter aucun obstacle. Où ont-ils décidé d'aller ? Ont-ils un but ou progressent-ils au hasard ?

— Je ne serai pas OD toute ma vie, souffle le jeune Européen. Un jour, je serai citoyen de l'Afrikwana.

Ils pénètrent dans le dôme. Verdure, souffle d'air frais, touristes aux chaussures lustrées, enfants bien coiffés, caméras volantes dernier cri. Animaux dociles et doux. Harmonie.

Le camion bifurque et emprunte une route que Jef ne connaît pas.

Un immense portique lumineux enjambe la chaussée entre deux magnifiques flamboyants en pleine floraison, garnis de grappes de fleurs rouges. Le halo qui l'entoure prouve qu'il s'agit d'une projection holographique. Quand le camion passe dessous, l'image s'anime. Un lion baisse la tête et un éléphant lève la trompe pour accueillir les passagers du camion, qu'un détecteur stupide prend pour une navette chargée de touristes. Un slogan déroulant apparaît :

MAGIC EDEN : PASSEZ LES PORTES DU PARADIS !

Une gamine colle sa frimousse au museau noir du grand lion. Le fauve semble sourire ; on voit ses canines effilées. Un nouveau slogan clignote en grosses lettres dorées :

MAGIC EDEN

LES LIONS VOUS MANGERONT DANS LA MAIN !

Dans le camion, les prisonniers s'esclaffent et sifflent le fauve virtuel, qui se blottit maintenant contre la fillette à la manière d'un gros chat.

— Pourquoi ils sifflent ? s'étonne Jef.

— Il y a deux semaines, une lionne-garou a bouffé la main d'un OD, l'informe Shaka. C'était dans la zone tampon, pas loin d'où on crèche.

Le camion roule encore durant une vingtaine de minutes. Jef a le temps de contempler de gracieuses girafes qui courent dans la savane et une bande de babouins juchés sur les branches d'un acacia desséché. Un étrange engin ovoïde à la carrosserie dorée – la couleur fétiche de l'Afrikwana, fascinée par le tout-puissant soleil qui l'a rendue si prospère – les survole un instant.

— Un criquet, l'informe Shaka. Il survole la savane avec des touristes à bord et peut se poser à peu près n'importe où grâce à ses pieds rétractables. C'est pour les gens très riches, ceux qui préfèrent voir le paysage d'en haut plutôt qu'entassés dans les chenilles.

Alors qu'il s'approche du Kilimandjaro, dont les pentes paraissent bleutées en ce milieu de matinée, le camion s'engage sous une futaie de banians, de palmiers et de frangipaniers. Des goyaviers, des citronniers, des bouquets de roseaux et des euphorbes candélabres ont également été plantés au milieu de pelouses bien irriguées. Les feuillages bruissent entre les canaux d'irrigation. L'air est rafraîchissant, la lumière, féerique.

Le camion contourne une tour translucide dont la forme rappelle une stalagmite de glace, et pénètre dans un garage camouflé par un rideau de bambous.

« Royaume des Chimpanzés, entrée de service », indique un panonceau.

Les vingt OD entassés dans le véhicule sont sommés de descendre au milieu d'un couloir gris, réservé au service.

— Vous allez remplir les biberons des bébés singes et terminer le nettoyage de leur bâtiment ! aboie un gardien. Y'a des gosses qui viennent jouer chaque jour avec les singes, je veux pas qu'une mère exaspérée me ramène le moindre poil. Cody, Dingaan, vous restez là, quelqu'un a demandé à vous voir !

Jef et Shaka patientent, curieux, alors que les autres

s'éloignent vers le Royaume des Chimpanzés. Que leur veut Astrid ?

Une porte s'ouvre, et la blonde jeune fille apparaît, vêtue d'une chemise et d'une robe bleues, qui, à l'image du dôme, sont presque translucides. Dessous, on distingue ses sous-vêtements clairs.

— Les garçons, nous avons un problème, dit-elle sans prendre la peine de les saluer.

Jef et Shaka ouvrent la bouche comme des poissons sur la berge. La jeune fille feint de ne pas voir leurs regards aimantés par ses courbes magnétiques.

— Il s'est passé quelque chose de dingue dans le Monde des Minikilis, continue-t-elle. Suivez-moi.

Le trio passe une première porte de service, grise et neutre. Un hall, d'autres portes, des couloirs. Astrid marche vite, un pli en travers du front. Décidée, préoccupée. Jef perd le sens de l'orientation dans ce labyrinthe propre et sophistiqué.

Ils débouchent dans un vaste hall. De la lumière à profusion. Des plantes, vertes ou fleuries, à perte de vue. Rayons laser décoratifs, musiques chaloupées, parfums exotiques. Foule. Bruissement des conversations, appels et rires des enfants. Jef est pris dans un tourbillon de couleurs, de formes, de sons, d'odeurs. Dans les airs tournoient des hologrammes d'animaux, semblables à ceux de l'extérieur.

— Ce n'est pas le Monde des Minikilis, c'est juste son antichambre, explique Astrid. Mon endroit préféré dans le parc, mais les jours de relâche, quand il n'y a personne !

D'énormes bébés animaux en peluche, animés, sont accrochés aux murs. Visage exalté entre les jambes de leurs parents, les enfants en bas âge grouillent dans cet espace bigarré et animé, avalant des poignées de bonbons et de gâteaux multicolores. Les cris hystériques des gamins, les appels des parents assaillent les tympans. Une musique de fond aux sonorités orientales et des messages audio incessants ajoutent à la confusion. « Après le Monde des Minikilis, visitez notre nouvelle attraction : la Rivière des Hippo ! » martèle une voix chantante.

— Ne vous laissez pas distraire, le temps presse ! lance Astrid aux deux OD.

Elle coupe une file de visiteurs et se dirige vers un rideau de lianes fictives, holographiques. « Minikilis, le pays des vrais doudous », lit Jef, étourdi, au-dessus du passage.

— Attendez-moi quelques minutes ici, lance Astrid avant de traverser, je vais voir où ça en est et je reviens vous chercher.

Shaka et Jef s'immobilisent dans le hall. Une hôtesse, grand sourire artificiel sur les lèvres, leur tend une brochure en théorie destinée aux touristes. Jef parcourt le document des yeux.

Bonjour, petit humain !

Bienvenue dans le Monde des Minikilis, le pays des vrais doudous !

Tu veux connaître son secret ? Ici, les doudous ont un cœur qui bat !

Oui, les doudous sont vivants !

C'est féerique, incroyable, même tes parents vont adorer !

Dans le Monde des Minikilis, tu vas pouvoir caresser des dizaines de bébés animaux, d'espèces très différentes.

N'oublie pas de respecter les consignes suivantes :

— Ne leur tire pas les oreilles, la queue, les poils, ou toute autre partie du corps ;

— Ne mets pas tes doigts ou ta main dans la bouche, les yeux, les oreilles des animaux ;

— Ne tente pas de grimper sur leur dos : ce sont des bébés ; ils sont trop petits pour cela !

Bon séjour dans le Monde des Minikilis !

Des souvenirs incroyables à raconter à tes copains et copines à ton retour !

Note aux parents

• *Gardez s'il vous plaît toujours l'œil sur vos enfants. Les animaux sont totalement pacifiques, mais, comme dans toute aire de jeu classique, un minimum de vigilance est de mise.*

• *En cas de problème, veuillez contacter l'un de nos ani-Mateurs, reconnaissables à leur blouson fluorescent. Veuillez s'il vous plaît respecter leurs consignes.*

• *Respectez les limites d'âge minimum imposées dans certaines zones du Monde des Minikilis. Nous les avons établies en liaison avec des services vétérinaires et pédiatriques. Les aires accueillant des bébés fauves sont interdites aux enfants de moins de 4 ans.*

• *Vos enfants sont beaucoup plus en sécurité ici que dans un environnement strictement naturel. Profitez de votre passage dans le Monde des Minikilis pour vous détendre. Des boissons et de délicieux en-cas sont à votre disposition dans le hall. Pour commander...*

Astrid, de retour, interrompt sa lecture :

— On peut y aller, les garçons. Suivez-moi !

Ils traversent dans son sillage le rideau de lianes holographiques. Les voilà dans la savane !

Rien à voir avec la brousse extérieure cependant. C'est une savane *indoor,* en miniature, reconstituée au cœur d'une gigantesque pyramide transparente, plus grande que l'un des stades en ruine qui parsèment encore l'Europe. Un parc dans le parc.

Des herbes jaunes, hautes d'une vingtaine de centimètres. Des acacias nains, un baobab aux allures de bonsaï, des euphorbes plantées comme des plumeaux. Des grappes de fleurs, des murs de plantes grimpantes.

Et surtout, là-bas, au centre de la pyramide – mais oui ! –, le Kilimandjaro, ou plutôt le petit frère du Kilimandjaro. Une réplique artificielle exacte de la montagne, neige comprise, haute de quelques dizaines de mètres au lieu des cinq kilomètres du modèle original.

Des centaines d'enfants jouent dans cette savane en compagnie d'une foule d'animaux modèles réduits. Éberlué, Jef contemple une série de scènes qui semblent sorties d'un conte de fées. Des éléphanteaux avancent à la file indienne, trompe en l'air, chaperonnés par une troupe d'enfants. Une mère soulève sa fille pour lui permettre de poser la main sur le cou gracieux d'un girafon. À quatre pattes, des bambins batifolent sur une étendue d'herbe rase en compagnie de lionceaux, de petits guépards et de minuscules chiots marron pourvus de drôles d'oreilles de lapin – des lycaons, précisera plus tard Shaka.

— On continue, ordonne Astrid. C'est l'espace jeu des gazelles qui pose problème.

Derrière un baobab nain, un panneau fléché pointe vers un défilé artificiel qui court entre deux pans de roche en plastique. Un message holo rouge flotte au milieu du défilé : « LE GAZON DES GAZELLES EST FERMÉ POUR ENTRETIEN. » Les touristes qui tentent d'y pénétrer sont refoulés par deux jeunes gens en blouson fluo. Astrid traverse le message holo et fait signe à Shaka et à Jef de la suivre.

Derrière les simili-rochers, une pelouse parfaite, vert pomme, sans un brin qui dépasse. Dans un coin, derrière des grillages provisoires, de minuscules gazelles, pas plus grandes que des chats, ont été parquées. Leurs yeux noirs semblent irradier une profonde détresse. Les bêtes tremblent sur leurs pattes, pas plus épaisses que des baguettes de sourcier.

Au milieu du gazon, une masse informe fait désordre. Poils ocre, organes sanguinolents et fragments de membres mêlés. On distingue, en y regardant mieux, un

œil déjà desséché, un sabot noir, une oreille triangulaire.

Une gazelle morte, devine Jef. Dépecée pour être plus précis.

Quelques personnes discutent autour du cadavre.

— Me voilà ! lance Astrid. J'ai trouvé deux OD un peu moins sales que la moyenne !

Un homme se retourne. Grand, large d'épaules, début de bedaine. Il porte un chapeau rond à large bord, une chemise et un short couleur sable, comme les explorateurs cent cinquante ans plus tôt – et comme les Afrikwanais du bush il y a vingt ans, quand le style néocolonial avait remis au goût du jour ces tenues antiques.

— Astrid ! Parole d'honneur, je t'attends depuis trop longtemps ! grogne le géant.

Il se dégage de lui une aura de mâle dominant. Aucune grâce, mais un charme brutal. Visage rougeaud de celui qui ne boit pas que de l'eau pour étancher sa soif. Des traits carrés, un peu empâtés. Un nez large et plat comme un mufle, avec une petite moustache noire, taillée trop vite, dessous. Une cicatrice court en zigzag de la racine de ses cheveux, sur le front, à sa tempe gauche. Mais surtout, deux yeux aussi différents l'un de l'autre que le zèbre l'est du lion. L'un est gris et perçant ; l'autre, côté cicatrice, est globuleux, plus grand, et brille comme une pépite d'or. Un éclat qui n'a rien de naturel.

Un œil artificiel, comprend Jef, avec un frisson de répulsion. Il sait que ce genre d'organe existe, qu'on peut en choisir la couleur, et qu'il vaut plus d'argent qu'aucun réfugié ne peut imaginer. Cet homme impressionnant, qui le domine de plus de vingt centimètres, a opté pour l'or, symbole de la puissance afrikwanaise. Ce n'est pas un hasard : les gens groupés autour de lui le regardent comme on considère une icône : avec crainte et vénération. Tous paraissent insignifiants. Ce type a la stature d'une cathédrale de la vieille Europe : carré, massif, usé mais indestructible.

Astrid soupire, et oublie sa condescendance habituelle pour répondre :

— Je voulais trouver des OD qui sauraient tout nettoyer et rester discrets, papa. Il m'a fallu un peu de temps.

Jef tombe des nues. Astrid est la fille de ce gorille qui semble échappé d'une lointaine préhistoire !

Le regard gris et or du géant moustachu se pose sur lui. L'œil artificiel semble le percer jusqu'au tréfonds de l'âme. Il ne s'attarde que quelques secondes, mais Jef a l'impression de subir un examen complet. Puis l'inspection s'achève. Les yeux du géant ne font que glisser sur Shaka.

— Qu'ils nettoient tout cela vite fait. Et si j'entends un seul mot de cette histoire un jour, parole d'honneur, je les expédie au tribunal de Nairobi. Mets-les en garde, Astrid !

— Ils savent la règle, papa. Ils ne te désobéiront pas.

Le géant hoche la tête et s'éloigne vers le corridor, puis se retourne, sourcils froncés, comme s'il venait de se remémorer quelque chose. Son regard vairon se pose sur le groupe qui entoure le cadavre de la gazelle. Un petit homme sombre, costume immaculé, cravate violette autour du cou, se ratatine.

— Au fait, Sith, gronde Drake Fox, j'ai oublié de vous dire : vous êtes viré !

— Monsieur ! Mais... non !

— Si. Vous étiez responsable de cette attraction, oui ou non ? J'ai parlé à la direction générale : vous êtes viré. Barrez-vous de ce parc.

Sith ouvre de grands yeux atterrés qui rappellent ceux des gazelles parquées derrière lui.

— Mais, monsieur Fox... Je ne pouvais pas savoir que...

— Par tous les démons de l'Afrique, il fallait savoir ! tonne le géant. Je ne veux pas de garous dans ce parc, encore moins chez les minimachins ! C'est le paradis des gosses ici, pas un rayon boucherie !

— Mais...

— Il n'y a pas de « mais » ! Deux lionceaux ont déchiqueté une gazelle sur cette pelouse, alors je me fous de vos plates excuses ! Encore un mot, parole d'honneur, et j'ordonne qu'on vous exécute sur-le-champ comme un garou ! Dégagez illico ! Les autres, venez avec moi !

Fox fait volte-face – plus leste que Jef aurait pu le croire – et disparaît derrière les rochers factices. Les adultes, cois et tremblants, se précipitent dans son sillage. Hormis Sith.

Astrid, Shaka, Jef et l'ex-directeur du Monde des Minikilis restent seuls.

— Les garçons, voici le matériel de nettoyage, indique Astrid en désignant un chariot roulant. Mettez les restes de l'animal dans le sac argenté. Tout sera incinéré.

— Que s'est-il passé ? murmure Shaka à l'adresse de Sith. Deux lionceaux ont vraiment dévoré cette gazelle ?

Pâle, courbé, Sith semble sur le point de se tirer une balle dans la tête :

— Cette nuit... lâche-t-il. Ça s'est passé cette nuit. Ils lui ont presque arraché la tête. Comment j'aurais pu prévoir ? Des garous ici, chez les Minikilis !

— Sith, vous feriez mieux d'obéir immédiatement et d'aller faire vos bagages, lance Astrid, glaciale. Et soyez heureux que ça se soit produit la nuit. Il n'y a pas eu de témoins, et pas de victimes.

L'homme soupire de nouveau et s'éloigne en traînant des pieds.

— Tout cela finira mal... très mal... maugrée-t-il, tête basse.

— Vous avez une heure, dit Astrid en braquant sur Jef un regard dont l'éclat rappelle celui, inflexible, de son père. Et n'oubliez pas : vous ne devrez parler de cela à personne. Mon père est intraitable sur ce point, et il ne pardonne pas à ceux qui désobéissent.

Elle s'éloigne à son tour.

Shaka se dirige vers le chariot, et Jef lui emboîte le pas.

— Alors c'est lui, Drake Fox ? demande le jeune Européen.

— Ouais, le traqueur du parc. Chargé de détruire les garous avec l'unité Saturne, sa meute de chasseurs et de rabatteurs.

— Tu sais comment il a perdu son œil ?

— Certains disent qu'il a été arraché par un lion. Je sais pas si c'est vrai, mais en tout cas son œil artificiel n'est pas un simple gadget. Il lui permet de voir plus loin que nous dans la savane. Très pratique pour chasser...

— Tu l'as déjà vu à l'œuvre ?

— Aucune chance, ça se passe loin des regards.

— Pourquoi ?

Shaka, qui vient de saisir le sac argenté, s'immobilise et observe Jef comme s'il avait affaire à un enfant en bas âge :

— Tu crois qu'il se passerait quoi si tous les braves touristes apprenaient que, de temps en temps, un animal pète les plombs et bouffe le bras d'un ouvrier ? Ou, pire, que deux des gentils lionceaux qui jouaient quelques heures plus tôt avec leurs enfants se sont amusés à désosser une petite gazelle innocente dans le Monde des Minikilis, le pays des vrais doudous ?

Le travail est écœurant, mais Shaka et Jef arrivent au bout de leur mission. Quand ils relèvent enfin le nez, une heure après avoir commencé le nettoyage, le gazon a retrouvé son aspect originel. À peine deux ou trois brins artificiels devront-ils être changés : c'est l'opinion d'Astrid, de retour avec un type en blouson orange fluo, qui inspecte lui aussi leur travail et indique que le résultat est correct. Le Gazon des Gazelles va pouvoir rouvrir ses portes.

— Je vous raccompagne, déclare la jeune fille. Un OD ne doit pas circuler seul par ici.

Elle contemple leur vert de travail et grimace.

— Shaka, ta salopette est propre, mais Jef, la tienne a du sang. Tu ne peux pas traverser le hall comme ça, je vais te trouver une autre tenue ! Venez.

Ils franchissent une porte dérobée, cachée derrière un bosquet. « Réservé au personnel », indique un panonceau. Couloir jaune, bloc sanitaire.

— Entre là et enlève cette horreur, ordonne Astrid, je vais te chercher une salopette propre.

Jef lève les yeux au plafond en observant Shaka, qui rit sous cape, et se déshabille. Le voilà en caleçon. Dans la glace, il aperçoit son corps, qu'il juge trop maigre, à peine bonifié par quelques muscles qui saillent, ses cheveux roux et son visage parsemé de taches de rousseur, que ses sourcils froncés et ses quelques cicatrices – merci Lémiso, merci les gardes-frontières – ne parviennent pas à rendre, de son point de vue, assez mature. Il lorgne vers Shaka, qui continue à se marrer en silence.

— Encore un mot, parole d'honneur, et j'ordonne qu'on t'exécute sur-le-champ comme un garou ! murmure-t-il en tentant d'imiter Drake Fox.

Shaka s'étrangle de rire au moment où Astrid revient, une salopette pendue à son bras. Elle tend le vêtement sans détourner les yeux. Pourtant habitué à la promiscuité, Jef trouve le regard insistant de la jeune fille un peu gênant. Veut-elle lui prouver ainsi que rien ne la déstabilise ? Il se rhabille en feignant l'indifférence – le self-control, il connaît aussi –, mais sent les yeux bleus glisser sur sa peau. Sa tension fait des bonds. Surtout ne pas songer aux vêtements diaphanes dont elle a cru bon de s'affubler.

Quand il a fini de s'habiller, ils refont le chemin en sens

inverse. Aux portes du Royaume des Chimpanzés, Astrid se retourne :

— Shaka, tu peux continuer. Les OD terminent le nettoyage à côté, tu n'as qu'à les rejoindre. Jef, j'ai deux mots à te dire.

Shaka lance un regard appuyé à son compagnon, opine du chef et passe la porte.

— Jef, comment es-tu arrivé ici ? demande Astrid.

— À bord d'un vaisseau de l'Afrikwana.

— Ne fais pas l'imbécile. Pour quelle raison as-tu été condamné ? Insubordination, je sais. Mais encore ?

Jef comprend qu'il est inutile de mentir : Astrid peut obtenir la réponse dans le quart d'heure si elle le désire. Elle l'a peut-être déjà fait.

— J'ai insulté un garde, dans un camp de réfugiés à Mombasa, et je l'ai frappé.

— Dingue... Ce n'est pas une chose à faire !

Jef hausse les épaules, peu désireux de s'expliquer davantage.

— Tu n'es pas comme les autres, remarque Astrid. Mais pour l'instant et pour longtemps encore, tu n'es rien qu'un pauvre OD. Tu n'aimerais pas plutôt travailler ici ?

— Dans ce bâtiment ?

— Celui-là ou un autre. Plutôt que d'être juste un OD, tu pourrais bosser dans le parc comme membre du personnel. Ani-Mateur, par exemple.

— M'étonnerait, j'ai été condamné.

— Je suis la fille de Drake Fox, OK ?

En disant cela, elle pose sa main sur le bras de l'adolescent.

Jef frémit à ce contact et plante son regard dans celui,

bleu de glace, qui lui fait face. Son cœur en est au stade où il pourrait tomber en rade.

— C'est que... j'ai des amis, là-bas, lance-t-il. Il faudrait qu'ils viennent aussi.

La main se retire.

— C'est dingue ! Je parle de toi, de ton avenir. Que t'importent les autres réfugiés, les autres troglos ?

— Je suis un réfugié.

— Si je te prends sous ma protection, tu ne le seras plus. Tu seras un Afrikwanais, ou presque.

Cette fois, la main féminine se pose sur sa joue, descend dans son cou. Effleure sa cicatrice, la contourne. Et continue à descendre. Jef doit inspirer beaucoup d'air pour garder un semblant de flegme.

— Je... Il faut que je réfléchisse.

— En es-tu certain ?

Jef est fasciné par les lèvres ourlées d'un zeste d'humidité. On dirait un fruit mûr, rouge, délicieux à croquer, comme il n'en existe plus beaucoup en Europe.

La main d'Astrid joue avec la fermeture zip de son vert de travail, et commence à la descendre, centimètre par centimètre. Jef est plus que jamais conscient de ne porter qu'un simple caleçon dessous.

— Je... Il faut vraiment que j'y réfléchisse, confirme-t-il, la gorge sèche.

Astrid sourit, mais son sourire est polaire.

— Pas trop longtemps, Jef Cody... Je suis comme mon père : j'aime que les choses tournent rond, qu'elles aillent vite. Et il n'est pas question pour moi de côtoyer un troglo. Si tu veux qu'on se connaisse mieux, il faut que tu travailles ici. Rejoins tes amis pour l'instant si ça te chante, mais décide-toi vite.

Elle lâche la fermeture de sa salopette et lui montre la porte, puis se détourne et disparaît au coin d'un couloir, dans un froissement d'étoffes translucides.

Jef reprend son souffle, puis s'engouffre dans le Royaume des Chimpanzés.

— Fascinante, hein ? lui lance Shaka alors qu'il rejoint le groupe des OD en plein boulot.

— Dingue, dit-il en secouant la tête.

CHAPITRE 12

Nuit de brousse

Les ombres des buissons s'étirent comme des serpents sur la savane, mais il n'y a pas de coucher de soleil dans la fourmilière des troglos.

Fumées des braseros et des joints qui circulent, odeurs lourdes des corps encore ruisselants, souffles et grognements des hommes fatigués. Jef commence à apprécier ce moment, seul répit au milieu d'une vie de labeur. Le temps semble ralentir, piégé dans les volutes bleutées des brasiers, des mégots et des narguilés. À cet instant-là, une gamelle ou une canette à la main, des compagnons de galère contre vos épaules, la vie paraît un peu plus chaude, presque lumineuse, comme les tisons qui crépitent sous les trépieds supportant les marmites de brouet.

Quelques hommes jouent aux dés. Un vieux sculpte un bout de bois torsadé ; il dit vouloir en faire un bâton magique.

Jef, un peu absent, ne fait rien de particulier : il a des images de vêtements translucides en tête. Les mots d'Astrid l'ont perturbé plus qu'il ne l'aurait pensé. Ensorcelante Astrid ! Terrible dilemme auquel il doit faire face.

— Regardez la dernière débilité pondue par la Compagnie ! s'exclame Jungle.

Il montre à l'assistance un dépliant publicitaire qui vante les mérites de l'Afrikwana. Quand on ouvre le document plié en trois volets, une image en trois dimensions du Kilimandjaro surmonté de son dôme apparaît, flottant au-dessus du papier glacé.

— Magique, hein ? s'esclaffe Jungle. On peut même déformer le Kili ! Hop !

Le Samburu gondole le papier du document. La montagne sacrée devient une sorte de patate couverte de crème glacée.

Les hommes se marrent à l'unisson.

— Je trouve ça extra ! se gausse Jungle. Déformer l'Afrique, c'est exactement ce qu'ils font !

— Pourquoi il dit ça ? chuchote Jef à l'adresse de Shaka.

— Tout le monde n'apprécie pas les Magic Eden et ces animaux trop gentils fabriqués pour les touristes, lui répond le Zoulou en clignant de l'œil. Faudrait que tu causes à Naphtal, ton nouvel ami. Il te dirait ce qu'il en pense.

Jungle triture la montagne sacrée en tous sens, en continuant à railler les promoteurs des Magic Eden, puis il se tourne vers le jeune Européen :

— Tiens, Jef, garde ça en souvenir, c'est un truc pour les p'tits Blancs !

Jef sourit sans s'offusquer et prend le dépliant qu'on lui fait passer. Il sait qu'en réalité c'est aux familles riches de l'Afrikwana que ce prospectus est destiné. Feignant de se passionner pour son contenu, il garde un œil attentif sur l'homme aux joues creuses, qui, plus loin, le nez dans sa gamelle, semble écouter le grand Samburu d'une oreille distraite. Cet homme, Jef s'en méfie depuis le début de son séjour chez les troglos. Désormais, il connaît son nom : Bhekizitha. La plupart des fidèles de Jungle l'appellent Bhek. Jef essaie, autant que possible, de ne jamais le perdre de vue. Surtout quand Bhek donne l'illusion de ne pas écouter.

Cette fois, Bhek relève le nez. Les ombres et les lueurs du foyer accentuent les reliefs sur son visage, creusent ses joues un peu plus que d'ordinaire.

— Pourquoi t'es si moqueur, Jungle ? lance-t-il d'une voix étouffée – à peine un souffle en vérité.

— Parce que c'est de la propagande. Et la propagande, j'aime pas ça ! Mais je me doute que toi, Bhekizitha, ça te fait kiffer.

— C'est la vérité, c'est tout. Les Magic Eden sont la fierté de l'Afrikwana. On reçoit des touristes du monde entier.

— *On* reçoit ? T'as bien dit « on » ? Tu te prends pour qui, Bhek, pour un des leurs ? T'es rien qu'un pauvre OD comme moi, un troglo !

— Moi, j'ai tué personne.

Un instant, Jef croit que Jungle va se lever. Mais, alors que seul le craquement des braises trouble le silence autour du foyer, le Samburu ricane :

— Moi si, et j'ai payé ma dette... mais il me prend parfois l'envie de rouvrir un crédit.

Un lourd silence plane autour du brasero. Jef interroge Shaka du regard.

— Jungle a tué deux hommes à mains nues, murmure le Zoulou.

— Hein ? Et il a pas été condamné aux travaux forcés ?

— Si, mais c'était il y a vingt ans. Depuis, il a purgé sa peine. Il a échoué ici pour d'autres raisons.

Pluie d'enfer ! deux hommes à mains nues ! Jef, qui a été plus d'une fois confronté à de la violence extrême, sait qu'il faut une sacrée détermination pour arriver à ce genre d'extrémité.

— C'est des menaces ? susurre Bhek.

Jungle ricane avant de daigner répondre.

— J'ai cité ton nom ? Je sais ce que tu vaux, crapule – ça, c'est pas une menace, c'est une insulte –, et j'ai pas peur d'affirmer que les Magic Eden, c'est une honte pour l'Afrikwana. Un danger pour tout le monde.

— C'est rien que des rumeurs, siffle Bhek entre ses dents.

— Par tous les grigris du Kili, j'ai pas inventé toutes ces braves bêtes qui nous croquent les mains au lieu de bouffer dedans ! Les garous, ouais les garous ! Tu te souviens de Francis ? Shaka et Jef l'ont vu revenir plein de sang ! « Une attaque de chacals », c'est tout ce que ce pauvre bougre a eu le temps de déclarer. Dans les cinq minutes qui ont suivi, il a été embarqué dans une navette ambulance, et depuis on l'a jamais revu.

Au loin, un joueur de djembé s'est lancé dans une impro lancinante. Les sons distordus d'une guimbarde se mêlent aux percussions et forment une étrange musique syncopée, hypnotique, mélange de douceur et de déchirement.

Bhek baisse la tête, embarrassé : il s'est laissé embarquer dans une conversation interdite. Son désir d'argumenter est plus fort cependant que celui de se taire.

— T'es un anachronisme, Jungle. Tout le monde

trouve les Magic Eden extra dans l'Afrikwana. À Jo'burg, d'où je viens, mais aussi à Nairobi, à Mombasa, au Cap. Partout.

— C'est toi qui planes, mon pauv' couillon ! rugit Jungle. Tu sais pourquoi il est ici, Shaka ? Et Makena, là-bas, qui nous a raconté cette belle histoire l'autre jour ? Et tous les autres brav' négros ? Parce qu'ils ont osé critiquer les Magic Eden, par tous les grigris du Kili ! Et critiquer les parcs sacrés, c'est comme dire que les dirigeants de l'Afrikwana sont aussi couillons que toi ! Et moi, tu crois que je suis là pour quoi ? Pour les meurtres ? Couillon !

Des gouttes de sueur coulent sur les tempes de Jungle, qui arrache son bonnet de laine et le pose sur ses genoux. Bhek ouvre la bouche pour répondre, mais le Samburu ne lui en laisse pas le temps :

— Y'avait déjà longtemps que j'avais payé pour ces meurtres quand ils m'ont de nouveau condamné. Je suis là, tu sais pourquoi ? Parce que j'ai gueulé trop fort que c'était bizarre d'accueillir tous ces touristes pleins de pognon, de Chine ou d'ailleurs, en laissant en même temps croupir des dizaines de milliers de réfugiés dans des camps de transit ! Ou, pire, de les empêcher d'arriver en Afrikwana en chargeant d'autres pays de les bloquer par tous les moyens aux frontières. Couillon, je suis puni pour avoir dit la vérité !

Les joues de Bhekizitha se creusent.

— On peut pas accueillir toute la misère du monde... maugrée-t-il.

— Va expliquer aux réfugiés que tu peux pas leur filer une gamelle, quand tu cires les pompes de tous les friqués de la planète, Bhek.

Bhek se lève.

— Si t'es ici, Jungle, lâche-t-il entre ses dents, c'est surtout parce que t'as cassé la gueule de trois policiers, y'a pas si longtemps.

— Y'en a qui parlent avec leur langue, d'autres avec leurs poings. Toi en revanche, je comprends pas ce que tu fous là. Ils auraient dû te filer deux médailles. Une très belle, bien ronde, brillante, pour ton patriotisme, à coller sur ta cage thoracique.

Bhek hoche la tête et gonfle sa maigre poitrine sans percevoir l'ironie.

— Et l'autre ?

— Recordman de la couillonnerie. Faudrait qu'elle soit beaucoup plus grosse. Et que tu te la colles ailleurs que sur la cage thoracique.

Bhek crache par terre, se dresse et disparaît dans l'ombre.

— Tu vas t'attirer des ennuis, Jungle, grommelle Makena.

— Ça va pas me changer, mec. Allez, se fait tard, je vais me pieuter. Demain, je crois qu'on doit réparer les chiottes d'un restau de touristes, c'est le genre de truc qui se bouche facilement !

Alors qu'il se lève, le géant se penche vers Shaka et glisse :

— Toi et Jef, venez me voir... j'ai un plan pour vous cette nuit.

Shaka hoche la tête de manière imperceptible. Bhek n'est plus là, mais peut-être les observe-t-il, caché dans l'ombre.

***

Jef découvre une sortie qu'il ne connaît pas : un conduit d'aération qui débouche à flanc de falaise, à près d'un kilomètre du terrain d'atterrissage sur lequel il a débarqué.

— Ça vous dit d'aller au village massaï cette nuit ? leur a demandé vingt minutes plus tôt Jungle, alors que Shaka et Jef allaient le retrouver dans le dortoir qu'il partage avec une dizaine de gaillards noirs.

Jef, sur le coup, n'a pas cru au sérieux de la proposition.

— Pourquoi ? Visite touristique nocturne de Torosei ?

Ricanement amusé de Jungle :

— Non, p'tit Blanc, mais Naphtal m'a dit qu'il aimerait te rencontrer.

— Naphtal Ole Tutu ?

— L'ancêtre du village. Je sais pas pourquoi, mais il voudrait parler avec toi.

Jef a accepté sur-le-champ.

Surplombant Shaka, il descend maintenant une échelle de corde que le jeune Zoulou a lancée le long de la falaise. Même si la demi-lune les éclaire d'une lumière blanchâtre, l'exercice n'a rien d'une gentille balade nocturne. Ils doivent avoir des gestes précis, et l'échelle tangue de manière inquiétante. Jef va vite. Il est habitué à se déplacer de nuit, à travers ruines et débris, dans des zones où l'éclairage urbain a disparu depuis longtemps, mais son compagnon n'a pas la même aisance. Plusieurs fois, le jeune Européen doit ralentir pour ne pas écraser les mains de son ami.

— J'ai le vertige, chuchote le Zoulou, arrivé en bas. J'imagine toujours que l'échelle va casser.

Son visage ruisselle de sueur.

— Faudrait pas qu'on nous surprenne... commente Jef. On y va !

Pas question d'utiliser un engin motorisé, même si la rivière Tanya et le village massaï sont distants de trois kilomètres. Pour la première fois, Jef marche au cœur de la nuit africaine. Ce qui le surprend au premier abord, c'est le silence qui règne dans la savane. Oubliés le bruissement des insectes, les chants des oiseaux, les cris et les craquements, ce murmure perpétuel qu'on ne remarque qu'à la nuit tombée, quand il s'est tu et que le soleil a disparu.

Dans le ciel, la lune pare de splendides franges laiteuses les lourds cumulus qui s'amusent à la caresser. Une brise tiède caresse la peau.

Les garçons courent sur la terre rouge. Ils évitent de traverser les sombres fourrés, non parce qu'ils craignent des attaques d'animaux – la mise au point des anitrans a rendu la savane sûre, *a priori* –, mais pour ne pas les effrayer. Nul n'est à l'abri d'un mouvement de panique, d'une cavalcade de buffles ou d'éléphants.

Ils parviennent enfin en vue de la palissade de branches mortes entrelacées qui cerne Torosei. Deux jeunes hommes élancés, couverts de plaids pourpres, armés chacun d'une lance, les attendent. Des moranes : c'est ainsi qu'on appelle les adolescents circoncis, guerriers mais pas encore mariés, donc pas adultes à part entière. Les seuls à porter en général des cheveux longs, tressés. Ils ne vivent pas dans le village mais à l'écart, dans des *imanyat,* des camps en pleine forêt qui leur sont réservés.

Après quelques salutations et palabres, tous pénètrent dans le kraal.

Passé le maigre rempart de bois, la nuit s'anime. Des lueurs percent les murs de branchages, de bouse et de terre.

— Je vais discuter avec quelques amis, dit Shaka. Toi, tu peux aller voir Naphtal. Suis ces deux moranes.

Jef est impressionné. Il devine que des dizaines de paires d'yeux l'épient, mais parvient à peine à distinguer les corps noirs dans la pénombre. Juste des silhouettes devant les flammèches des feux de cuisine ou des lampes tempête. Il n'est pas dépaysé : cette ambiance lui rappelle celle du bidonville dans lequel il a grandi. Le plus étonnant, c'est de retrouver ici, dans cette Afrikwana moderne, en pointe dans la plupart des technologies, ce mode de vie ancestral.

Les deux moranes marchent d'un pas vif, et Jef, qui n'a pas d'aussi longues jambes, doit presser le pas pour les suivre.

On lui désigne une case du doigt. Les moranes s'écartent et se postent de part et d'autre de l'entrée. *Comme des gardes,* songe Jef, étonné. Pourquoi ces précautions, alors que les Massaïs n'ont plus d'ennemis en théorie dans la savane, ni humains ni fauves ?

Il baisse la tête pour pénétrer dans l'habitation.

À l'intérieur, une atmosphère enfumée, chaude. Un parfum d'encens. Des hommes âgés, vêtus des traditionnels *lessos* rouges, assis en demi-cercle, éclairés par les lueurs d'un feu central, sirotent une boisson odorante. D'autres, plus jeunes, à peine vêtus, élancés, se tiennent debout derrière. Pas de Blancs.

Face à l'entrée, Jef reconnaît le vieux Naphtal, emmitouflé dans une couverture de laine pourpre, assis dans la même position que lorsqu'il l'a vu quelques jours plus tôt, sur une peau qui ressemble fort à celle d'un lion. Les autres, autour, se contentent de cuirs de vache durcis.

— Salut, Jef, dit l'ancêtre. Assieds-toi avec nous, et surtout ne crains rien. Tiens, voici une petite boisson pour te souhaiter la bienvenue.

Jef saisit le gobelet et remercie, continuant à observer les hommes – une quinzaine au total – présents dans la case. Il ne perçoit aucune menace, même s'il ne comprend pas pourquoi il a été invité ici. Il salue, et s'assoit. De nouveau, l'ambiance lui rappelle son pays, quand il a eu le droit, à quatorze ans, d'assister à son premier conseil de quartier. Il s'assoit en tailleur sur une peau agréable au toucher – un autre lion peut-être.

— Tu n'as pas l'air dépaysé... on dirait que tu es déjà venu, glousse Naphtal, comme s'il lisait dans ses pensées.

Le vieil homme plisse ses yeux malicieux, au milieu de son visage mangé par les rides et les ombres.

Jef hoche la tête.

— Ce village ressemble un peu à mon quartier, reconnaît-il.

— Tu n'es pas un homme civilisé alors, dit Naphtal en buvant une gorgée de son breuvage. Du moins pas plus que les Massaïs de Torosei.

Sur le coup, Jef, piqué, songe à une réplique cinglante, mais il garde le silence. Il faut savoir prendre son temps, quand on découvre une autre culture. Ce que vient de dire le vieil homme n'est pas une critique.

À son tour, il porte son gobelet à ses lèvres. Le liquide descend dans son gosier, sucré et puissant.

— De l'hydromel, indique Naphtal, devançant sa question. Ça réchauffe le cœur et ça délie les langues.

Jef hoche la tête pour signifier qu'il n'en doute pas, et se racle la gorge. Puis renoue le fil de la conversation :

— Mon pays n'est plus vraiment civilisé... dit-il.

— Le nôtre l'est beaucoup. Les Blancs comme les Noirs, en Afrikwana, sont devenus des hommes modernes. Ils fabriquent des images holo, ils ont des caméras volantes, ils voyagent vers les étoiles. Et ils créent de merveilleux animaux. Mais ils ne savent plus pourquoi les éléphants remuent leurs oreilles.

Les grandes mains ridées de l'ancêtre, qui s'agitent au-dessus des braises, miment le mouvement. Jef perçoit l'ironie dans les mots et les gestes du vieil homme. Il repère des grimaces amusées, parfois des rictus agacés sur les visages qui l'entourent. Fumée et pénombre rendent les expressions ambiguës, mais les regards francs, éloquents, semblent approuver l'ancien.

Jef sourit pour montrer son accord avec ce qu'il vient d'entendre.

— D'après toi, pourquoi les éléphants remuent-ils leurs oreilles ? interroge Naphtal.

— Quand je suis arrivé, je croyais qu'ils faisaient ça pour s'éventer.

— Et maintenant, tu penses que ce n'est pas le cas ?

— C'est pour refroidir le sang quand il passe dans leurs oreilles.

— Comment le sais-tu, Jef d'Europe ?

— J'ai discuté de ça avec Shaka Dingaan, en regardant les éléphants.

— Tu as donc observé l'Afrique, parlé avec un Africain et appris l'Afrique. Tu es sur la bonne voie, Jef.

Jef comprend qu'il vient de passer un test avec succès.

— Que penses-tu des anitrans ? demande Naphtal.

— Hum... Ce sont de belles peluches.

— Pouah ! dit une voix aux intonations juvéniles dans un coin de la case, presque dans son dos – sans doute un tout jeune Massaï, caché dans la pénombre, qui n'a pas compris l'ironie de la remarque.

Le doyen sourit, amusé.

— De belles peluches que tous les enfants aiment caresser, n'est-ce pas ? interroge-t-il.

— Oui, des jouets vivants.

— Et que penses-tu des garous ?

Petit temps d'hésitation : chacun sait que le sujet est proscrit. Où veut en venir Naphtal ? Jef décide de continuer sur le chemin qu'on l'invite à suivre.

— C'est un risque pour les enfants et pour les OD, répond-il, et sûrement un très gros souci pour les autorités du parc.

— Tant mieux ! dit la voix du jeune garçon invisible derrière lui.

D'autres murmures dans l'assemblée. Naphtal lève une main et obtient le silence.

— Les autorités du parc ne savent pas comment expliquer ce phénomène, dit-il, d'autant qu'il n'existe pas qu'ici, au Kilimandjaro, mais aussi dans d'autres parcs.

Jef se souvient du récit de Makena. Le fléau, c'est vrai, n'est pas circonscrit au Kilimandjaro Magic Eden.

— Pourquoi m'avez-vous demandé de venir ? demande-t-il.

— Parce que tu es différent. Intelligent, malin. Nous aimerions que tu sois nos yeux sous le dôme. C'est un endroit où les Massaïs de Torosei n'ont pas le droit d'aller.

— Il y a Shaka, et Jungle, et d'autres... Ils peuvent vous renseigner.

— Oui, ils nous informent. Mais toi, tu nous ressembles. Tu as l'œil, Jef !

Jef ne peut s'empêcher de sourire.

— Je vous ressemble ? (Il montre ses bras, désigne son visage.) Pas tout à fait !

— Tu nous ressembles. Bien sûr, je ne parle pas de la couleur de la peau, dit Naphtal. Je parle de choses plus essentielles.

Jef hoche la tête.

— Je comprends.

— Pourquoi lui faire confiance ? interroge la voix du jeune garçon.

Cette fois, Jef se retourne. Ces impertinences commencent à l'agacer.

L'inconnu s'est avancé à la limite de la pénombre. Impossible de voir son visage, mais Jef distingue une longue jambe noire, aux reflets mordorés, un pagne rougeâtre, un buste et... des seins nus ! L'inconnu qui ne cesse de lancer ses piques n'est pas un jeune garçon ! C'est...

— Ma petite fille, Soïla, annonce Naphtal Ole Tutu. Jef, pardonne-lui son outrecuidance. Qu'as-tu à dire, Soïla ?

Soïla est jeune, mais n'est plus une enfant. Éclairées par les flammèches, ses jambes luisent, fascinantes. Plus haut, Jef distingue le creux d'un ventre ferme. Plus haut encore, des seins galbés. Une chevelure noire épaisse, tressée, tombe du crâne sur le front : d'après les coutumes massaïs, cette fille est coiffée à la garçonne ! Les traits du visage restent cachés dans les ténèbres.

— Vous devez avoir à peu près le même âge... précise Naphtal. Soïla, as-tu quelque chose de particulier à dire ?

— Il n'a pas été mis à l'épreuve ; il n'a pas souffert comme un vrai Massaï ! On ne sait pas ce qu'il vaut !

Irrité, Jef ouvre le col de sa chemise. Il exhibe sa cicatrice.

— J'ai été mis à l'épreuve. C'était en venant chez vous.

Silence lourd sous le toit de branchages.

— Je devine que tu as vécu quelques-unes de ces épreuves qui forgent un caractère, murmure Naphtal Ole Tutu. Tu as tué ton lion. Une nouvelle fois, pardonne son impertinence à Soïla.

La jeune fille soupire, montrant son exaspération, et recule dans l'ombre.

— J'ai tué mon lion ? interroge Jef. Qu'est-ce que ça veut dire ?

— Autrefois, les moranes pouvaient tuer un lion, armés d'une simple lance, pour prouver leur valeur. C'est interdit depuis longtemps, mais nous avons trouvé d'autres moyens pour permettre à nos jeunes de faire leurs preuves... et l'expression est restée.

Nouveau silence. Jef choisit d'attendre. Il n'aime pas parler pour ne rien dire. On lui tend un autre gobelet. Il contient cette fois du thé au goût caramélisé. Succulent.

— Alors, veux-tu nous aider, Jef venu du Nord ? interroge le doyen.

— J'aimerais en savoir plus. Ce que vous pensez des Magic Eden, par exemple.

En disant cela, Jef se penche en avant. Son amulette glisse par son encolure et se balance devant lui. Il l'attrape et la ramène contre sa poitrine.

— J'ai pourtant tout dit, Jef Cody, mais tu as beau être comme nous, tu n'es pas d'ici. Je veux bien te parler encore, toi qui portes, comme bon nombre de mes ancêtres, une amulette autour du cou. Que veux-tu savoir ?

Un homme jette du bois sur le feu. La fumée monte, grise. Elle pique les yeux.

— Pouvez-vous m'expliquer de nouveau ? Ce que vous êtes, ce que vous voulez...

— Nous sommes des Massaïs. Ici, nous avons cherché à retrouver le mode de vie de nos ancêtres. Ce ne sont pas les autorités du parc qui nous ont demandé de nous plier à cette évolution. Nous avons pris cette décision il y a de nombreuses années. La compagnie des Magic Eden a profité de l'occasion pour organiser ensuite des visites, mais nous n'avons pas été forcés.

— Je comprends cela, mais je ne comprends pas pourquoi vous avez refusé le confort. Chez moi, on aurait accepté les richesses si on avait eu le choix.

Naphtal sourit, exhibant le trou entre ses dents de devant.

— Je suis très vieux. J'ai testé la ville comme quelques autres ici. J'ai même étudié à l'université. Mais au bout du compte, qu'ai-je trouvé ? Rien.

— Rien ? Et l'argent ? Et le confort ?

— Rien. Pas de bonheur. Je n'étais plus un Massaï. Pire, je n'étais pas plus heureux que dans mon kraal, pendant mon enfance. Alors, avec quelques-uns, nous sommes revenus à Torosei, malgré le Magic Eden. D'autres nous ont rejoints, des enfants sont nés, et nous vivons désormais comme avant. Ou presque. Nous ne sommes pas fous ; nous acceptons par exemple les soins médicaux.

Jef hoche la tête pour montrer qu'il comprend. Lui aussi a été heureux dans son bidonville, malgré les privations. Il avait sa mère, Vieux Bob, ses amis, ceux du conseil. Personne ne vivait isolé, sous les toits de tôle.

— Vous vivez comme avant, au milieu de la savane, mais on dirait que vous n'aimez pas les anitrans... lance-t-il.

Gloussements approbateurs de Naphtal.

— Les anitrans sont contre nature. En leur donnant la vie, les autorités jouent aux apprentis sorciers.

— Vous préférez les animaux quand ils peuvent vous attaquer, comme les lions avant ?

— Oui, Jef venu du Nord. Oui, nous les préférons ainsi. Pour nous, ce ne sont pas les garous qui sont une menace, mais les anitrans. Les garous sont en réalité des animaux tout à fait normaux, tels qu'ils ont existé durant des milliers d'années. Ils peuvent être la terreur et la mort, c'est vrai, mais aussi la beauté et la vie. Reviens me voir un jour, je te parlerai du monde sauvage et de ses troublants mystères. Mais pas maintenant, car le temps passe ; il faut que tu regagnes ton dortoir.

Jef songe à son bidonville, à ce qu'il a connu depuis qu'il est arrivé ici. À l'Afrique telle qu'il la rêvait. À ce qu'a dit Naphtal sur le bonheur. À sa manière de parler de la vie, animale ou humaine. Il n'y a pas d'argent, pas de situation enviable à gagner en collaborant avec les Massaïs, mais peut-être autre chose...

— Je vous dirai ce qui se passe, dit-il. Sous le dôme et autour.

— Tu nous parleras des garous ? J'ai du mal à le croire... intervient la voix, qu'il sait désormais féminine.

— Je vous parlerai des garous, confirme-t-il.

Celle qui s'appelle Soïla, petite fille de Naphtal Ole Tutu, jure dans son dos et marmonne quelque chose. Jef enregistre. Il faudra qu'il se méfie de cette jeune femme, qui semble douter du moindre de ses mots.

Naphtal lui tend sa main ridée, sèche. Jef la serre avec plaisir.

— Jef, dit l'ancien, aujourd'hui, tu es l'ami des Massaïs. Demain peut-être, un Massaï.

***

L'escalade le long de l'échelle a été éprouvante, et Shaka n'a pu retenir un cri quand l'un de ses pieds a glissé sur un barreau. Ils ont attendu en silence à flanc de falaise, pétrifiés par la peur, saoulés de fatigue. Aucun gardien n'est apparu.

Maintenant, Jef est allongé dans la caisse qui lui sert de lit. Il fait chaud, une torpeur à la fois équatoriale et humaine, où se mêlent les parfums de la brousse cuite par le soleil et les effluves de l'homme harassé. Tout le monde dort dans le dortoir des troglos, des paillasses du rez-de-chaussée à celles installées là-haut, près du plafond bosselé, taillé à la va-vite.

Après sa discussion avec Naphtal, Jef a parlé un peu avec les Massaïs, puis a retrouvé Shaka à la sortie du kraal. Le retour dans l'obscurité a été plus difficile que l'aller. Shaka a peiné, le souffle court. Jef avait les jambes lourdes lui aussi, et la tête pleine d'interrogations que la fatigue transformait en brume cotonneuse.

D'abord, qu'allait-il répondre à Astrid ? N'était-il pas venu ici, en Afrikwana, pour s'extraire de la boue dans laquelle il avait grandi ? N'avait-il pas promis à sa mère que, dans l'éden africain, il ferait tout pour devenir quelqu'un, pour gagner sa vie ? S'il restait chez les OD, que pouvait-il espérer des années à venir ? Astrid venait de lui servir un laissez-passer sur un plateau. Mais que dire à Shaka, à Jungle ? Comment réagiraient ses amis s'ils apprenaient qu'il les quittait pour vivre sous le dôme ? Et les Massaïs ? Leur serait-il plus utile chez les OD ou chez Astrid, qui disposait à coup sûr d'informations de première main ? Aurait-il vraiment envie de jouer les espions pour le compte de guerriers d'un autre âge ?

Jef s'enfonce dans la somnolence qui précède le véritable sommeil.

Les barreaux de l'échelle sur la paroi l'obsèdent, lui rappellent une autre escalade, une ancienne terreur. Grimper, grimper plus haut, avec la sueur qui vous mouille les paumes et vous pique les yeux...

CHAPITRE 13

Dans les barbelés

Il a chaud dans cette tenue étrange. C'est le passeur qui leur a fourni le matériel, contre un gros paquet de billets, la montre de Téo et le bracelet de Jef.

Jef se moque d'avoir perdu son bracelet. Sa mère lui a donné cet objet dans un but précis quand il a quitté le bidonville : « Avec ça, tu paieras le passeur », a-t-elle dit. Idem pour les billets, qu'il a cachés dans ses semelles. Des bijoux et des billets, ça vous garantit un passeur honnête... si on peut considérer qu'un passeur puisse être honnête.

Au moins les tenues semblent-elles efficaces. Ils ont déjà franchi la barrière énergétique qui sépare, dans ce secteur, l'Europe de l'Afrique. Ils vont maintenant devoir affronter le plus redouté des obstacles : le Mur, pièce maîtresse du Rempart, avec ses parois de céramique, ses plaques renforcées de ciment, ses miradors, ses barbelés, ses drones et ses patrouilles de surveillance.

Quand la situation économique s'est inversée, au siècle dernier, les autorités des pays tampons, au sud de la

Méditerranée, grassement payés par l'Afrikwana, ont tourné le dos à leurs anciens alliés européens sans états d'âme. Les murs et les barrières créés par les Occidentaux pour empêcher les émigrants du Sud de monter sont restés en place, et les forces de l'ordre n'ont eu qu'à diriger leurs capteurs et leurs armes dans la direction opposée. Lorsque les Européens ont réalisé, incrédules, ce qui leur arrivait, il était trop tard pour regretter l'attitude passée. Ils n'étaient plus la puissance dominante : le revers de leur arrogance leur a brisé les dents. « On a toujours besoin d'un plus petit que soi, nos aïeux ont été très imprudents », rabâchait Vieux Bob pendant les conseils de quartier.

Jef et Téo rampent entre les rocailles. Ici, entre mer et désert, le Mur semble quasi insurmontable. Mais rien n'est impossible à ceux qui rêvent d'un monde meilleur.

Comme la plupart de ses concitoyens, Jef a vu des images de réfugiés piégés par la barrière énergétique, victimes de brûlures au second degré, de pertes de la vue ou de l'ouïe, de troubles mentaux. Dans les centres de charité créés par les ONG afrikwanaises, aux portes des bidonvilles, on diffuse sans relâche des images de victimes avec ces slogans : « L'Afrikwana n'est pas un Eldorado », « On est plus heureux chez soi », « Votre avenir est à votre porte ».

Les passeurs ont trouvé la parade : pour franchir la barrière énergétique, ils ont mis au point des combi-kystes. En abrégé : CK. Une CK permet à un humain de se couper totalement de son environnement. À l'intérieur, les champs énergétiques n'ont aucun effet. Il faut s'équiper d'une bonne CK, car un simple trou ou un défaut de conception rendent la protection inefficace. Le défaut peut même démultiplier les effets néfastes de la barrière. Des réfugiés ont cuit ou sont devenus de vrais légumes pour avoir porté des CK achetées à bon marché. Des CK, on en trouve sur tous les étals du coin, mais pour obtenir un équipement qui assure un isolement maximal, il faut mettre le prix, et tomber sur un marchand à peu près honnête. La plupart des réfugiés ne parviennent ni à l'un ni à l'autre.

Ce que l'on ne voit jamais sur les images des campagnes dites d'information, mais que l'on peut découvrir sur des vidéos clandestines vendues sous le manteau, c'est le Mur. Solide, en dur. Le Mur face auquel Jef et Téo, engoncés dans leur CK, tremblent à présent de terreur.

Jef tape sur l'épaule de son compagnon et glisse dans une ornière, à l'abri d'une touffe de graminées couverte de poussière. Il se blottit contre la terre et se contorsionne pour se débarrasser de sa CK. Le passeur, un type nommé Miguel qui a perdu un œil lors d'une échauffourée avec les gardes-frontières, leur a spécifié d'abandonner leurs tenues une fois la barrière énergétique franchie. Une consigne à ne pas oublier : après leur avoir sauvé la vie, les CK constitueraient un grave handicap pour la suite.

Comme son compagnon, Jef ne porte sous sa combinaison qu'un pantalon et un tee-shirt élimés, trempés de sueur. Malgré la tiédeur de l'air nocturne, il frissonne sous le tissu mouillé.

Miguel leur a recommandé un endroit où les barbelés ont été cisaillés deux nuits plus tôt. C'est là qu'ils doivent franchir l'obstacle. Rien de garanti : la clôture a peut-être été réparée depuis. Mais les gardes ont des milliers de kilomètres de frontière à surveiller le long de la zone tampon : une brèche reste parfois ouverte durant des semaines, à condition d'être discrète.

« Quand vous arrivez au premier barbelé, s'il n'y a pas de patrouille en vue, courez, leur a dit Miguel. Pas la peine de ramper, vous serez de toute façon repérés. Il faut courir, c'est la rapidité qui compte. »

Jef regarde Téo. Ils sont devenus amis deux mois plus tôt, au début de leur périple. Téo est plus jeune – quinze ans –, mais très débrouillard. Et puis, ils viennent du même coin, parlent la même langue maternelle. Depuis leur rencontre, il y a huit semaines, ils s'épaulent face aux ennemis : les trafiquants de toute sorte, leurs sbires que

Jef surnomme les hommes-loups, les anciennes autorités transformées en milices armées, les réfugiés plus forts qu'eux et prêts à tout pour passer, les polices des zones tampon et les tordus en tout genre, que la présence de garçons perdus transforme à chaque fois en redoutables prédateurs. Jef et Téo ont ensemble trouvé de quoi se nourrir et des endroits pour dormir – pas toujours au sec. Ils sont devenus frères de galère, et frères de sang. Frangins de l'exode. Ensemble, ils ont eu peur, mal, ont serré les dents, essuyé leurs larmes. Et souri aussi, après des courses effrénées qui se sont avérées payantes. D'un regard, ils se comprennent, au point, bien souvent de ne plus avoir besoin d'échanger un mot avant d'agir.

En ce moment, Jef sait que Téo est terrifié. Les mèches noires de son ami tombent devant ses yeux sombres. Téo a peur, mais il ira jusqu'au bout. Jef montre du doigt le grand mur qu'ils aperçoivent au loin. Téo lève le pouce. Jef lui serre l'épaule, pour l'encourager et pour tout ce qu'ils ont vécu. À la grâce de Dieu. Ou des hommes, puisque ce n'est pas Dieu qui tient les fusils.

Ils s'élancent. Le vent chaud soulève leurs cheveux trempés de sueur.

Un trou dans le premier barbelé : ils s'y engouffrent. Jef a glissé son amulette dans sa poche pour ne pas risquer de l'accrocher à un obstacle ; c'est son seul bagage. Un trou dans le second barbelé : ils passent. Le troisième est intact. Jef escalade, se perce les paumes des mains, mais sent à peine la morsure de l'acier. Téo pousse un cri à côté de lui : il a la cuisse prise dans des pointes d'acier. Jef redescend, l'aide à se libérer. Le pantalon de son jeune compagnon est lacéré, sa chair déchirée.

Ils finissent par se faufiler, alors qu'un grondement retentit dans la nuit : un véhicule terrestre approche ! Sifflement dans le ciel : un drone de surveillance !

Lumière. Un rayon blanc perce la nuit. Fouille les barbelés à leur recherche.

— Grouille ! souffle Jef.

Mais Téo boite, son visage encore enfantin crispé par la douleur. Il parvient tout de même à forcer l'allure. Son pantalon, grenat, est gorgé de sang.

— Allez, on lâche pas ! l'encourage Jef, qui ralentit pour rester à son niveau.

Le Mur, immense. Chaque passeur a sa technique pour franchir l'obstacle. Gants et chaussures à ventouses, catapultes, grappins à l'ancienne : la liste des équipements disponibles au marché noir est longue. Miguel leur a vendu un nouveau gadget : les ancras.

Les fugitifs sortent chacun une petite boule noire de leur poche et l'ouvrent en deux, comme un œuf, au pied de la paroi verticale : une bestiole mécanique jaillit de chacune des boules. Ces microrobots ont toutes les caractéristiques d'une araignée. Les ancras se précipitent, escaladent l'obstacle, laissant traîner derrière elle un filin presque invisible. Le filin est relié aux ceintures-harnais des deux fugitifs. Arrivés au sommet du mur, les ancras plongent leurs griffes au cœur de la céramique et rembobinent le câble qu'elles ont déroulé quelques instants plus tôt : Jef et Téo s'élèvent le long de la paroi.

Le grondement de moteur est tout proche, le sifflement du drone aussi. Deux faisceaux fouillent les ténèbres, font danser des reflets métalliques sur les barbelés. Puis l'un des rayons les happe. L'autre le rejoint.

— *Vous êtes repérés, veuillez vous immobiliser et vous rendre !* lâche une voix tonitruante jaillie d'un haut-parleur.

Les ancras continuent à les hisser. Il est impossible d'interrompre cette manœuvre.

— *Nous allons devoir ouvrir le feu !*

Terreur, adrénaline, colère. Jef ne veut pas mourir contre un mur, suspendu au fil d'un robot araignée à deux doigts de ce pays tampon à partir duquel, ensuite, il devrait pouvoir pénétrer en Afrikwana.

Les balles sifflent. Jef sait que ce ne sont pas des balles en caoutchouc ou électrisantes. Ce sont de vraies balles : les clandestins sont prévenus à longueur de temps, dans les villes frontalières, qu'après la barrière les gardiens sont autorisés à tirer à vue. Et un gardien autorisé n'hésite jamais.

En théorie, ils devraient déjà avoir été touchés, mais les ancras ne sont pas de simples grappins mobiles : ils ont aussi la capacité de brouiller les radars des machines volantes et des armes automatiques.

Les rayons de lumière aveuglent Jef et Téo. Des fragments du Mur explosent sous leurs pieds. De nouveaux faisceaux quadrillent la céramique. Plus concentrés que les précédents. Leur lumière semble incandescente. Jef comprend que ces rayons sont létaux. Ils transpercent les corps comme des aiguilles.

Jef hurle, s'agrippe et arrive au sommet du Mur. Qu'y a-t-il de l'autre côté ? D'après Miguel, un ruisseau, en crue à cette époque de l'année : il faut sauter. Ensuite, un no man's land d'une centaine de mètres, encore des barbelés, puis des kilomètres de fourrés. Il faut y arriver ! Que fait Téo ?

Le voilà à son tour en haut du Mur. Douleur et terreur déforment ses traits. Sur son visage, les larmes se mêlent à la sueur.

Jef attrape son ami par la ceinture et se laisse tomber, l'entraînant dans sa chute. Le filin des ancras réagit et freine leur descente.

Le moteur du véhicule tout-terrain rugit. Un monstre frustré de voir sa proie s'échapper. Des drones sifflent au-dessus de leur tête et mitraillent l'obscurité. Sans les brouilleurs des robots araignées, Jef et Téo auraient été déchiquetés.

Choc thermique, souffle coupé : Jef vient d'entrer en contact avec l'eau froide du ruisseau. Il coule, se débat, fait surface, crache. Téo apparaît à son tour, affolé comme un chaton jeté dans un seau.

— Coupe le filin ! hurle Jef en appuyant lui-même sur l'interrupteur positionné à cet effet près de la boucle de sa ceinture.

Téo semble incapable d'agir. Jef tâtonne, trouve le bouton, libère son compagnon. Quelques brasses, et ils se hissent en gémissant sur la berge.

Le haut-parleur continue ses mises en garde de l'autre côté du Mur. Les drones se rapprochent : le brouillage des ancras, dont les batteries s'épuisent, perd de son efficacité.

Au loin, des phares !

— D'autres blindés ! hurle Jef. Cours !

Mais Téo, blessé, titube. Jef le soutient, conscient de perdre des instants précieux.

Derniers barbelés. Trois fois la taille d'un homme. Jef grimpe, et de nouveau les pics d'acier lui labourent la paume des mains. Il parvient au sommet, passe une jambe, et saute. Roulé-boulé dans un taillis.

Il se relève. Entre le Mur et le barbelé, un ballet lumineux et sonore. Les drones foncent sur eux, clignotant dans l'obscurité. Les rayons tueurs se croisent. Grondement de véhicules en approche.

Où est Téo ?

Merde. L'adolescent est pendu au milieu du barbelé. Son bras est enroulé dans un fil d'acier, et ses jambes, coincées, déchirées, perdent des flots de sang.

Jef s'égosille :

— Téo ! Monte !

Dans un dernier sursaut, Téo essaie de se dégager. Sa peau craque, ses os se tordent ; il crie. Les barbelés sont les pires des pièges : ils mordent comme des loups, piquent comme des serpents, étripent comme des hyènes. Mais sont l'œuvre des hommes.

— Jef... souffle Téo, le visage exsangue. Fous le camp !

— Conneries.

— Fous le camp, Jef... Ça fait mal...

Jef observe les taillis, qui l'attendent. Dans ce fouillis végétal, les gardes ne le retrouveront pas. Ils le pourraient en y mettant les moyens, mais ils auront d'autres chats à fouetter, d'autres centaines d'incursions à bloquer dans la nuit. Ils hausseront les épaules et considéreront que Jef a gagné cette manche, quand mille autres la perdront. Jef sera intégré dans le faible pourcentage des incursions réussies. La vie n'est parfois qu'une question de quota.

L'Afrikwana est à sa portée, maintenant ou jamais. Derrière ces taillis, l'espoir. Pas encore le but, mais l'espoir. Droit devant. Il suffit de plonger dans les ténèbres. Quelques pas.

— Va-t'en... râle Téo.

— Va te faire foutre ! gronde Jef.

Il escalade de nouveau le barbelé. C'est absurde, il le sait. Le chacun pour soi est la condition de la réussite, leur a répété Miguel. Ne penser qu'à soi. Courir, et ne penser qu'à soi. On ne gagne qu'en solitaire, c'est notre monde qui veut ça, a dit Miguel.

— Pas d'accord ! martèle Jef, alors que les pics d'acier déchirent ce qui reste de ses mains. Allez tous vous faire foutre ! hurle-t-il au sommet du barbelé.

Ensuite, il dégringole au milieu des gardes qui accourent, soulève les jambes de son compagnon et lui crie de ne pas renoncer. De monter, de monter, de monter.

Une décharge de matraque électrique lui arrache un cri de douleur.

CHAPITRE 14

Sous les yeux du guépard

— Veux-tu caresser un guépard, Jef ?

Tu parles. C'est comme lui demander s'il désire avaler l'un des paquets de bonbons multicolores qui garnissent l'étal du kiosque à pâtisseries dans le Monde des Minikilis.

— Ce serait pas de refus, dit l'adolescent en suivant la blonde chevelure d'Astrid.

Elle est venue le chercher alors que son groupe d'OD nettoyait la Forêt des Babouins, un peu plus loin. Pour l'attirer sans éveiller les soupçons de Lémiso, qui patrouillait dans la zone, elle a prétexté un incident quelconque dans ses appartements privés et a tenu à ce que ce soit Jef, « un garçon propre sur lui », qui l'accompagne.

Les deux jeunes gens traversent des pièces plus somptueuses les unes que les autres.

En fait d'appartements, il s'agit plutôt d'une sorte de palais, à l'écart des bâtiments touristiques, protégé des regards par une barrière de bambous, et des incursions par une palissade électrifiée.

La demeure a été construite dans le style néocolonial, lancé vingt ans plus tôt par la bourgeoisie noire pour brocarder l'époque de la suprématie blanche. Un esthétisme clinquant aujourd'hui démodé. Jef découvre, fasciné, un dédale de colonnades, de patios, de jardins intérieurs, le tout décoré, orné, sculpté, ciselé à profusion dans du marbre, de l'or ou de l'acajou. Un vrai labyrinthe et un incroyable musée !

Ils débouchent dans une pièce vaste, aérée, décorée par des objets qui doivent dater du XXe siècle, et peut-être même d'avant. Dessertes en gypse, tables d'ébène, banquettes en argile, coussins ornés d'animaux stylisés, moustiquaires oscillant comme des voiles dans les alizés. Jef ouvre des yeux ébahis de lémurien en les traversant : jamais il n'a vu une telle opulence !

Le fauve est là, avachi sur un canapé d'osier qui doit valoir quelques milliers d'afrirands. Libre. Jef s'agenouille, plonge sa main dans la fourrure de l'animal.

Dieu qu'elle est douce ! Le guépard se coule comme un chat le long de ses doigts, de ses bras. Taches noires, reflets jaunes : le pelage est somptueux. Astrid sourit de son plaisir. Jef se tourne vers la jeune fille. La peau qu'il devine à travers le col en V de sa chemise en soie, au creux de son cou, semble elle aussi veloutée. Astrid rit de plus belle quand l'adolescent colle son nez à la truffe luisante de l'animal. Jef tressaille lorsque les longues moustaches viennent lui chatouiller les joues.

Il tente de s'écarter, ravi mais embarrassé par les démonstrations d'affection de la bête. En vain. Sensuel, le félin insiste, ronronne, frotte ses oreilles contre son visage. Jef s'apprête à se redresser, mais Astrid pose une main chaude sur son épaule.

— Fais-lui plaisir, joue encore un peu avec lui, Jef. J'ai une petite affaire à régler et je reviens.

— Je suis venu pour réparer quelque chose, non ? C'est ce que tu as dit aux gardiens...

Bien entendu, il n'a pas tutoyé Astrid au hasard ; c'est un pari. Suspense... Elle braque sur lui son regard banquise.

— Chaque chose en son temps, ne sois pas si pressé, dit-elle en s'éloignant. Occupe-toi du guépard.

Jef soupire, intrigué et inquiet. Que lui veut exactement Astrid ? Cette fille est si étrange... mais tellement séduisante aussi. Il a bien compris qu'elle le trouvait appétissant ; il faudrait être aveugle pour ne pas le deviner. C'est d'ailleurs une idée qui le perturbe. Il n'est ni innocent ni novice – difficile de l'être quand on a vécu dans la promiscuité depuis sa naissance –, mais pas non plus un spécialiste du sexe féminin. Disons qu'il a goûté à quelques petites choses, mais sans vraiment s'attarder.

Quand Astrid revient, il comprend qu'elle lui offre la possibilité d'approfondir ses connaissances. La jeune fille a quitté sa chemise et son pantalon de toile ; elle porte un maillot de bain deux pièces qui met en valeur ses courbes harmonieuses. Il y a en elle un peu du guépard qui se prélasse sur son canapé, mais aussi beaucoup de ces petites antilopes innocentes, nerveuses, qui arpentent la savane avec leurs grands yeux satinés.

— On se baigne ? demande-t-elle en désignant un bassin intérieur, un peu plus loin.

— Heu... Je devais pas réparer un truc ?

— Justement, c'est dans le bassin...

Astrid se dirige vers l'étendue d'eau. Jef la suit, comme

une comète incapable de résister à l'attraction d'une étoile.

Le bassin, aménagé autour d'une vasque centrale en marbre nervuré d'où tombent des filets d'eau claire, est entouré de plantes fleuries : bougainvilliers, frangipaniers, et d'autres splendides essences que Jef ne connaît pas. Cascades de verdure et de couleurs. Un décor enchanteur.

Astrid entre dans le bassin. L'eau clapote autour de ses cuisses blanches et fuselées.

— Mon problème, c'est le tuyau d'évacuation, au fond. Il a l'air bouché, dit-elle. Viens voir !

— C'est que, je n'ai...

— Pas de maillot de bain ? Je m'en doute. Et alors, tu portes quelque chose sous cette salopette, non ?

— Un caleçon.

— Alors viens, il faut réparer ça ou le bassin va s'encrasser.

Jef hésite une seconde. Regarde autour de lui. Des plantes, rien que des plantes. Et le guépard, vautré sur son fauteuil, là-bas. Personne, hormis la naïade qui l'attend.

Son cœur bat vite, trop vite. Il est habitué à gérer ses émotions, son stress, mais ce sont des ennemis ou des dangers mortels qu'il affronte d'ordinaire, pas des adversaires aussi ensorceleurs.

Sans se presser – il ne veut pas donner cette impression –, il pose sa combinaison sur la branche d'un arbuste en pot. Il sait que son caleçon est loin d'être neuf, mais il est propre. Rien à redire de ce côté-là. Ce n'est pas le cas de tous les OD.

Astrid ne sourit plus. Elle le regarde avec insistance.

Il entre dans le bassin, gêné par ses bras un peu trop

longs, un peu trop maigres, par ses côtes saillantes, ces quelques kilos manquants qui ne seraient pas de trop pour le remplumer un peu. Mais il sait aussi que sa vie d'errance et les travaux au parc ont endurci, affermi ses muscles. Et Astrid, il le devine, n'est pas insensible à ce détail. Après tout, le guépard qu'elle semble tant apprécier n'a pas non plus un gramme de graisse en trop.

— C'est où ? demande-t-il en s'avançant au milieu du bassin.

— Là, dit-elle, en montrant une grille à ses pieds.

Il prend sa respiration et s'accroupit. L'eau est claire. Il place sa main au-dessus du conduit. Sent l'aspiration sur sa paume.

Qu'est-ce que raconte Astrid ? Ce trou n'est pas bouché ! Tout a l'air de bien fonctionner.

Il se relève, crache, s'essuie le visage.

Astrid n'a plus de soutien-gorge. Ses seins blancs, fermes, luisent, parcourus de gouttelettes translucides.

Elle pose ses mains sur les épaules de Jef.

— Alors, as-tu réfléchi à ma proposition ? demande-t-elle.

Jef déglutit. Ses sens sont au paradis ; son esprit, en enfer. Que faire ? Cendres du monde ! Que décider ?

— Écoute, je ne peux pas quitter mes amis...

En disant cela, il songe à Shaka, à Jungle, à Naphtal Ole Tutu, aux autres Massaïs.

— Je ne te fais pas d'effet ? demande-t-elle, alors que ses doigts palpent les épaules, les biceps de l'adolescent.

— Ce n'est pas le problème... dit-il d'une voix rauque... C'est...

— Je sais que j'ai du charme, le coupe-t-elle. Ne fais

pas semblant de penser le contraire. D'ailleurs, ton caleçon n'a rien d'un maillot de bain ; le tissu est un peu lâche...

Il rougit, lorgnant son sous-vêtement déformé. En même temps, l'insistance d'Astrid et la manière dont elle tente de le manipuler renforcent sa résolution.

— Je ne peux pas les laisser tomber, répète-t-il.

— Je pense pouvoir te faire changer d'avis.

— Tu ne peux pas.

Rapide, elle plaque son ventre contre le sien.

— J'obtiens toujours ce que je veux, murmure-t-elle.

Il plante ses doigts dans ses reins.

— Tu te trompes, je ne renierai pas mes amis, souffle-t-il. Mais pour le reste, c'est toi qui décides !

Astrid observe le visage tendu, les yeux brillants de désir mais inflexibles qui lui font face. Elle comprend qu'elle vient de perdre une bataille. Il ne cédera pas. Mais, collée à ce garçon qui l'attire, captive de ses sens, elle ne peut plus reculer. Elle réalise qu'elle a trouvé plus coriace qu'Astrid Fox. Et cette découverte décuple son désir au lieu de l'émousser.

Comme deux fauves dans la savane, ils se jettent l'un sur l'autre.

Plus tard, Jef quitte le palais. Seul. Astrid reste prostrée près du bassin, vaincue. Il a tenu parole, obéissant mais sans céder. Elle a joué et perdu, telle une jeune lionne aguichant un mâle d'un clan adverse jusqu'à l'embraser. Maintenant, il rejoint les siens.

En marchant vers le complexe touristique où l'attend l'équipe des OD, il avance comme un zombie. En la quittant, il a perçu la rancœur de la jeune fille, et il en éprouve un peu de honte. C'est Astrid cependant qui a insisté malgré ses mises en garde. Elle s'est jetée dans ses bras, sûre de sa victoire. Elle a goûté au plaisir, mais aussi, dans la foulée, à l'amertume : les enfants gâtés comprennent un jour qu'on ne peut tout acheter.

Elle va lui en vouloir. Peut-être le détester pour ce qu'elle lui a donné sans qu'il daigne payer. Et puis, ils savent tous deux que ce qu'ils ont vécu ne se reproduira pas. Elle en était consciente, tout comme lui, au moment de se déchaîner. C'est sans doute ce qui explique leur fougue et l'intensité de l'instant, puis l'impression de vide qui a suivi.

Brusquement, ses pensées se glacent. Il oublie Astrid. Se fige, estomaqué.

Lémiso l'attend derrière un bosquet avec trois gardiens.

Des gros, des baraqués.

— Qu'est-ce que tu fous là ? demande le gardien-chef, une lueur meurtrière dans ses yeux injectés de sang.

Jef recule d'un pas. Les gardiens l'encerclent.

— Astrid voulait que je répare un truc...

Lémiso tend un doigt sale vers les cheveux de l'adolescent.

— C'est pour ça que t'es trempé ?

— La réparation, c'était dans la piscine.

Lémiso ricane :

— Dans la piscine ! Et tes joues qu'on dirait des gyrophares, c'est parce que t'es allergique à l'eau ?

— Je...

— Ta gueule, p'tit cul-blanc. Mes amis et moi, on va t'expliquer qu'il faut pas s'approcher de la fille du traqueur. Jamais.

— Mais je...

— Ta gueule. Il est vrai que cette fille est parfois volage. Si c'était la mienne, elle recevrait quelques bons coups de trique et je l'enfermerais dans sa chambre. En plus, je sais qu'elle aime que les pâlichons, ceux qui viennent du Nord. T'es venu bouffer dans nos gamelles, et maintenant tu veux te taper nos femmes. La fille du traqueur a beau être blanche, elle est née en Afrikwana. Elle devrait être à nous, pigé ?

— C'est son père qui vous... ?

— On s'en fout, de qui décide quoi. Ce qui compte, c'est que je suis là, moi, avec mes amis. Et qu'on a tout notre temps pour te faire comprendre qu'une larve d'asticot doit pas coucher avec une Afrikwanaise.

Jef s'élance, avant que tout espoir de fuite ne soit perdu.

L'un des gardiens a anticipé son geste. Il l'attrape par un bras et le jette dans la poussière, au milieu du quatuor.

Tous sont chaussés de godillots de brousse, assez épais pour supporter le sabot d'un buffle.

Jef tente de se relever.

Les semelles commencent leur violent et douloureux ballet.

CHAPITRE 15

La charge du rhino

Trois jours plus tard, Jef parvient enfin à marcher. Il ne fait que quelques pas en grimaçant. La douleur est telle, à la hauteur de son bas-ventre, là où les semelles ont tapé le plus fort, qu'il évacue une larme du coin de l'œil, en veillant à ce que Shaka ne remarque rien. Le jeune Zoulou a détecté son geste furtif, mais a la pudeur de se taire. Quand un gardien a jeté le corps inerte de Jef à ses pieds, trois jours plus tôt, le Zoulou a cru que l'adolescent était mort. Mais le cœur battait encore, et les lèvres du blessé ont laissé échapper ces mots : « Elle était trop belle. » Sur le coup, Shaka n'a pas compris. Maintenant, il sait que Jef parlait d'Astrid, et que ces simples mots étaient à la fois une victoire sur Lémiso – il pensait à elle quand les chaussures broyaient sa chair et ses organes –, mais aussi, peut-être, l'aveu d'un échec personnel.

Lorsque les OD, noirs ou blancs, ont vu l'état de Jef, Shaka a senti que Lémiso avait commis une erreur. Jef est le plus jeune des OD du Kilimandjaro Magic Eden. C'est également un garçon qui a su se faire apprécier.

S'il voyait maintenant Lémiso, Shaka lui sauterait à la gorge. Et quelque chose lui dit qu'il ne serait pas le seul, que Jungle et d'autres pourraient agir de la même manière.

Puisque Jef peut marcher, les gardiens ont estimé qu'il était bon pour le service. Shaka, lui, aurait prôné trois jours de repos supplémentaires, mais ce n'est pas Shaka qui décide.

Aujourd'hui, leur équipe d'OD doit arpenter les pistes pour ramasser les déchets jetés par les touristes massés dans les véhicules de safari : emballages, dépliants publicitaires, batteries, jouets... Au besoin, ils ont aussi pour mission d'activer des balises A, de petits émetteurs qui signalent aux pilotes des engins tout-terrain la présence d'anitrans intéressants. En général, depuis la mode « Out of Afrikwana » lancée par un styliste de renom il y a quatre ans, les visiteurs demandent à caresser les *big five,* ces cinq grands animaux mythiques que les chasseurs aimaient tirer et ramener comme trophées du temps d'Hemingway ou de John Huston : éléphant, buffle, léopard, lion et rhinocéros.

Hier soir, Lémiso a expliqué leur mission à Shaka et a terminé par ces mots : « Je pensais vous demander de travailler à la réfection des pistes, mais je crois que ton cul-blanc préféré ne sera plus capable de soulever une brouette, pas plus qu'autre chose d'ailleurs, avant longtemps. »

Shaka s'est imaginé cognant les dents jaunes du gardien-chef contre le rebord du bureau jusqu'à l'obliger à les avaler avec ses glaires et son sang. Il est sorti de la pièce en silence – un excès de colère aurait été préjudiciable à Jef –, mais sa fureur est intacte. Un jour, l'heure venue, il réglera ses comptes.

Les deux garçons pénètrent dans la cabine du monte-charge. Jef titube, et des OD s'empressent de lui laisser la place, comme s'il était un grand blessé de guerre.

Sommet de la falaise. Ce matin, le soleil est de retour sur la savane après plusieurs jours de nuages anthracite. La saison des pluies approche, mais il faudra attendre encore un peu avant de voir des murs d'eau énerver la rivière. En attendant, une lumière dorée transforme les graminées en gerbes de feu.

— C'est chouette, dit Jef, qui a du mal à prononcer le « ch » à cause de ses lèvres tuméfiées.

Et le voilà qui sourit ! Shaka est sidéré. Une telle raclée lui aurait brisé les os et le moral pour longtemps. Pas Jef. Jef est au-dessus de cela. Ou plutôt, à côté. Se faire massacrer la tronche, c'est pour lui dans l'ordre des choses. Il en faut plus pour l'abattre. Pour l'abattre, peut-être que la seule solution serait de le tuer : voilà ce que pense Shaka. Jef, finalement, c'est un lion. Tire dessus tant que tu voudras : si tu ne touches pas une zone vitale, le lion finira par te sauter à la gorge, sans jamais renoncer à son assaut. En observant le visage ravagé de Jef qui sourit au soleil levant, Shaka se pose soudain une question : et si Lémiso, en blessant ce jeune fauve sans le tuer, avait commis une erreur majeure ?

Un ouvrier noir, que Shaka ne connaît que de vue, arrive au guidon d'un triad.

— C'est pour vous, dit-il en descendant de l'appareil. Ça t'évitera de marcher pour rien, ajoute-t-il avec un clin d'œil à Jef.

Jef lui sourit en retour, et pas du bout des lèvres. Une preuve de reconnaissance qui, estime Shaka, doit être douloureuse.

— Merci Tobiko ! lance l'adolescent. Je te revaudrai ça !

Tobiko ? Mais comment fait Jef pour apprendre si vite les prénoms des ouvriers ? s'interroge Shaka, qui ne savait pas que ce mec s'appelait ainsi. Sans doute un copain de Jungle. Ou pas. Jef ne reste plus toutes ses soirées collé au grand Samburu, près du feu. Maintenant qu'il est devenu familier du grand hall, il se lève parfois pour traîner d'un bivouac à l'autre, d'un groupe au suivant, sans jamais imposer sa présence. Un électron libre, qui va et vient quand bon lui semble, et qui observe. Shaka n'est pas comme lui : il préfère son petit groupe, ses habitudes, son cercle de sécurité. Un véritable éléphant !

Jef grimpe dans la benne du triad, en grimaçant à cause de ses hématomes.

— On y va ? dit-il. Le soleil est déjà levé, ça va taper !

Après quelques kilomètres de route, et quelques papiers ou emballages collectés, ils aperçoivent un animal au comportement étrange. Gris, massif, cuirassé. Puissant, brut.

Un rhinocéros !

La bête semble fulminer. Elle gratte le sol, soulevant d'épais nuages de fumée ocre. Souffle comme ces vieilles machines à essence du XXe siècle.

— On s'approche pas ! dit Shaka. Il a l'air timbré !

Jef confirme :

— Sûr. On dirait qu'il a un grain dans le cerveau, ce char d'assaut.

— On va prévenir les gardes.

— On va pas les prévenir, infirme Jef.

Sur les lèvres du jeune homme, un sourire en demi-teinte rappelle le rictus d'un tueur en série devant le cadavre de sa victime. Shaka s'inquiète :

— T'as vu cette masse ? On dirait une bombe sur le point d'exploser !

— C'est un garou, je sais. T'as des balises A ?

— T'es malade ?

— Je vais lui en coller une au cul.

— Tu peux pas faire ça, Jef ! Ça va attirer des touristes...

— Ça va attirer les mouches à merde, d'accord avec toi. File-moi une balise.

Shaka est pétrifié.

— Hé, Jef, faut pas te venger comme ça ! Ces touristes, ils sont pour rien dans...

— T'es d'accord avec tout ça ? l'interrompt Jef, englobant dans un seul geste le rhino, le dôme et l'ensemble du parc.

— Quoi ? Avec tout quoi ?

— Tu sais de quoi je parle. Toute cette connerie... le Magic Eden. T'es d'accord ?

— C'est pas une raison pour...

— Shaka, file-moi une balise ou casse-toi.

Le Zoulou s'exécute. Il sait qu'il ne devrait pas, que ce n'est pas conforme à ce en quoi il croit. Que les innocents ne doivent pas payer pour les atrocités des fous. Mais ses croyances à cet instant n'ont aucune importance. C'est ce qu'il ne veut pas qui compte. Et ce qu'il refuse, c'est de perdre l'amitié de Jef. Or Jef n'a pas digéré la deuxième raclée de Lémiso. L'adolescent a caché son jeu, refoulé sa haine derrière ses sourires de façade, mais sa douleur est à vif. Alors Shaka, qui l'aime malgré tout comme un frère, lui tend la balise.

— C'est dangereux, souffle-t-il.

— Moins que trois cons autour de Lémiso, ricane Jef.

L'adolescent saisit la balise, saute au bas de la benne en manquant de s'étaler dans la poussière, grimace, jure, et s'avance vers le rhino en boitillant.

L'animal, furibond, n'a pas l'intention de laisser approcher un inconnu. C'est un garou. Un bon vieux rhino, avec son caractère de célibataire capricieux, dérangé au beau milieu de sa crise de nerfs. Des yeux pas vraiment en face des trous, mais des oreilles comme des radars. À peine Jef repéré, le monstre s'élance, naseaux écarquillés, et sa course n'a rien d'une charge de cavalerie légère. Roulement des sabots, souffle de forge, brame du cerf en rut et rapidité d'un vélociraptor : il n'y a qu'un éléphant qui puisse faire plus effrayant.

Jef ne semble pas décontenancé, malgré la terre qui tremble sous ses pieds. Il a déjà eu affaire à des bovins énervés. Avant tout, résister à la tentation de faire volte-face et de prendre ses jambes à son cou. Au contraire, comme à la corrida, laisser le monstre approcher, jusqu'à ce que, emporté par sa masse, il ne puisse plus dévier de sa trajectoire. Et à ce moment-là, à ce moment-là seulement, l'éviter.

— Jef ! hurle Shaka. Dégage !

Mais Jef ne bronche pas, poings serrés le long de son corps maigre. Le rhino, montagne de muscles et de peau cuirassée, ne va pas se contenter de l'encorner : il va le pulvériser !

In extremis, le jeune homme se jette sur le côté et roule dans la poussière. La corne la plus longue de l'animal frôle sa hanche et un sabot frappe la terre à quelques centimètres de sa jambe. Jef se relève déjà. Il sprinte, visage tendu par l'effort, dans le sillage de l'animal. Quelques secondes encore, et la bête va se retourner pour une seconde charge.

Le rhino freine en s'arc-boutant. Jef allonge le bras, colle la balise A sur la croupe caparaçonnée et plonge dans un buisson d'épineux alors que la bête achève son demi-tour dans un nuage de poussière. Shaka repère la diode bleue au milieu du capteur quand elle commence à clignoter, sans parvenir à y croire : Jef a fait ce qu'il avait annoncé !

Dopé par l'adrénaline qui fuse maintenant dans ses veines, le Zoulou gare le triad sous les arbres, loin du rhino qui continue de charger à tort et à travers.

L'animal grogne et laboure la terre, mais sa myopie l'empêche de repérer celui qui, immobile à l'ombre du buisson, a osé le défier. Finalement, l'animal s'éloigne en soufflant.

Jef rejoint le triad en clopinant et remonte dans la benne.

— T'es totalement malade ! laisse échapper Shaka.

— Avoue que c'était chouette, rétorque Jef en souriant.

Ils patientent dans la chaleur. Shaka, pâle, n'a plus de salive sous la langue. Jef sifflote en contemplant les zigzags de l'animal. La poussière roule en vagues sèches.

L'inévitable finit par se produire : une chenille, dorée, étincelante et pleine à craquer de vacanciers heureux, apparaît entre un bosquet d'épineux et un figuier sauvage.

L'engin déverse ses flots de touristes éperdus entourés de caméras volantes, qui ne voient pas les sabots du rhino raclant la terre, qui ne l'entendent pas renâcler. Des bruits qui feraient pourtant déguerpir le plus idiot des chimpanzés.

Le chauffeur non plus ne voit pas, n'entend pas. Son voyant électronique lui a dit que la balise était quelque part dans le coin. Est-ce que l'on conteste un voyant électronique ? Bien dressé, l'employé a arrêté son moteur, puis a demandé à tout le monde de descendre. Où est la balise ? Sur ce rhino, là. Un beau rhino à observer de près, c'est ce qu'il y a, pile poil devant sa chenille high-tech. S'il avait connu autre chose que les anitrans, le gardien se serait méfié de cette corne qui tangue comme un cobra dressé, mais il y a longtemps que la nature n'est plus, pour cet homme, qu'un inoffensif décor de carton-pâte. Comment pourrait-elle receler encore, en ce début de XXIIe siècle, au beau milieu de l'Afrikwana, avec toutes ces incroyables technologies, le moindre danger ?

Les gens descendent. L'animal s'énerve, renâcle encore, gronde.

Quand le rhinocéros s'élance, les touristes, incrédules, crient, puis refluent. Et pleurent, comprenant – un peu tard – la précarité de leur existence.

Shaka court à son tour. Le Zoulou, plein de remords, ne peut supporter que des innocents soient piétinés, encornés. Il court et appelle l'animal fou – ou revenu à la normale, selon que l'on se place du point de vue de Lémiso ou de Naphtal Ole Tutu.

L'animal, furieux, le localise à sa voix, et modifie sa trajectoire. Jef entre à son tour dans la danse. Car Jef aussi regrette son geste. Même si des centaines, des milliers – des millions sans doute – d'enfants sont morts dans les bidonvilles des pays sinistrés, même si quatre hommes l'ont frappé sans retenue, il n'a pas le droit de céder à la tentation de la vengeance aveugle. Et puis, dans l'immédiat, il doit sauver Shaka, qui, face au mastodonte, ne fait pas le poids. Jef gueule, insulte pour attirer l'attention de la bête. Ça fonctionne ! L'animal oublie Shaka, qui tremble, plié derrière une touffe de graminées, et pointe ses cornes vers sa nouvelle cible.

Trois fois, Jef évite le mastodonte. À la quatrième charge, la corne la plus longue le touche à l'intérieur de la cuisse. Pendant ce temps, les touristes – pour la plupart asiatiques – ont tous regagné l'habitacle sécurisé de la chenille.

Au sol, Jef se sait condamné. Le garou fulmine à quelques pas de lui. Ses sabots vont le réduire en bouillie. Le voilà qui s'élance...

Surprise : un rayon tombe du ciel.

Blanc, incandescent. La foudre ?

Le rhino s'écroule, prisonnier d'une boule de feu.

Le ventre dans la poussière, la cuisse déchirée, Jef lève les yeux. Un engin doré dans l'azur. Qui se pose entre les herbes. Un appareil officiel de l'Afrikwana.

Lémiso met pied à terre – Jef reconnaît la semelle de sa chaussure.

L'homme vêtu de noir s'approche. Jef se recroqueville, s'attendant à de nouvelles remarques acerbes, à des coups.

— T'es à l'origine de ce bordel ? aboie le gardien-chef.

Jef est incapable de répondre. Le sang coule de sa cuisse dans la poussière en un flot imposant. Ses pensées deviennent incohérentes.

— Oui. Heu... non... parvient-il à souffler. Le bordel, c'est vous...

Lémiso ricane et se détourne. Sans frapper.

— Larve d'asticot, j'espère que tu vas te vider de ton sang !

Jef bascule dans une torpeur floue, où le monde est jaune, comme le soleil, et gris, comme le formidable cuirassé que les chasseurs ont abattu d'un coup de rayon, depuis le ciel. Pauvre garou, condamné pour avoir été différent, sauvage, à l'opposé des animaux placides qui font le bonheur des visiteurs.

Shaka se précipite sur son ami, étudie la blessure. Aucune artère n'est touchée. Une chance : une corne de

rhino peut tuer un humain aussi bien qu'une mâchoire de fauve.

— Vous deux, dit Lémiso. Ce que vous avez fait, vous allez le payer cher ! Vous saviez que c'était un garou !

— On a... On a signalé un *big five,* murmure Jef entre deux grimaces. C'était les ordres...

Lémiso ouvre des yeux incrédules. Le gamin ose encore se moquer de lui ! Il hésite à frapper. Mais des touristes l'observent. Il ricane :

— Tu as mis en danger des touristes, tu répondras de tes actes devant le tribunal de Nairobi. Et quand tu connaîtras l'enfer des camps de travaux forcés, cul-blanc, je pense que tu regretteras les manières de ce bon vieux Lémiso !

Partie II

Cœurs d'ébène

Ils allaient,
Front haut,
Des conquérants infatigables,
Et leurs têtes noires effrayaient les fauves à l'affût.
Nulle entrave n'inquiétait leurs jambes trempées
Et leurs cœurs étaient de granit.

Bernard Zadi Zaourou, *Fer de lance*

Une magie le poussait, une magie le rendait invulnérable. À coup sûr il ne voulait rien de la brousse que l'espace de respirer et de passer outre.

Joseph Conrad, *Au cœur des ténèbres*

CHAPITRE 16

Nouvelle affectation

Deux semaines plus tard

Objet : affectation OD condamnés

Provenance : compagnie des Magic Eden, direction, service du personnel
Destinataire : M. Drake Fox, commandant de l'unité Saturne, parc Kilimandjaro Magic Eden

Monsieur,

Conformément à votre demande, de nouveaux OD sont affectés à votre unité, dans le but de renforcer votre effectif de rabatteurs.

Nous attirons votre attention sur l'affectation de M. Jef Cody, citoyen européen, validée par le tribunal spécial des non-citoyens de la Fédération, qui a prononcé son jugement la semaine dernière à Nairobi. Le responsable des OD du Kilimandjaro Magic Eden avait demandé un transfert vers un camp de travaux forcés. Néanmoins, en raison du jeune âge du prévenu, le tribunal a opté pour une condamnation plus appropriée : deux années comme rabatteur au sein de votre unité. Nous vous demandons cependant d'être particulièrement vigilant, et de nous signaler toute faute ou comportement suspect de la part de cette personne.

Nous attirons en parallèle votre attention sur l'affectation de M. Shaka Dingaan, citoyen afrikwanais. Dans ce cas aussi, une condamnation aux travaux forcés avait été demandée par le responsable des OD du Kilimandjaro Magic Eden. Cette requête a été rejetée, pour des raisons propres au tribunal. En raison du passé du prévenu, nous vous demandons également de rester attentif à son égard, et de bien vouloir nous signaler tout problème de comportement.

Cordialement,
La direction, service du personnel

Pièces jointes :
— délibéré du tribunal de Nairobi ;
— dossiers administratifs et judiciaires de Jef Cody et de Shaka Dingaan.

Chapitre 17

Unité Saturne

Drake Fox se dresse, bras croisés dans sa veste de chasse, à quelques pas du précipice, de sorte qu'il semble en équilibre au bord du vide. Derrière lui, beaucoup plus bas, s'étend la brousse, et, au loin, la rivière Tanya, puis la lisière sombre de la forêt. Le village de Torosei, situé plus au sud, est invisible. L'œil valide, gris pachyderme, se pose sur les hommes qui lui font face. Nul ne peut dire ce qu'observe son œil artificiel, qui étincelle parfois comme une pépite dans le soleil.

— Désormais, vous êtes membres de l'unité Saturne ! aboie-t-il. Cette unité n'est pas comme les autres, c'est une escouade disciplinaire ! Vous n'êtes pas des chasseurs, juste de la chair à garous !

Les nouveaux prisonniers sursautent, mais en prenant soin de garder leurs regards rivés au sol. Pas étonnant : parler des garous est interdit. Fox, toutefois, ne se fait guère d'illusions sur les consignes données à ce sujet par Lémiso.

Il marche de long en large, à grandes enjambées. Jambes

nues, musclées, sous son short néocolonial. Chaussettes de laine kaki et chaussures de brousse poussiéreuses. Toujours le même chapeau à large bord démodé. Quand les chasseurs se moquent de ses vêtements antiques, il les envoie balader. Les tenues high-tech et peinturlurées, c'est bon pour les touristes. La brousse reste la brousse, la traque reste la traque, et Drake Fox reste Drake Fox.

Par tous les démons de l'Afrique, il fait une chaleur volcanique ce matin ! Il enlève son chapeau pour essuyer la sueur qui coule le long de ses tempes et sur son front, observant au passage les pauvres bougres alignés devant lui, dans la poussière de la piste. Quatre Blancs, un Noir : les nouveaux membres de son unité très spéciale. Tous sont surveillés de près par la dizaine de chasseurs postés derrière eux.

Drake Fox scrute les recrues. Le Noir, un certain Shaka, qui vient d'une famille de notables, ex-étudiant activiste, ne semble pas vraiment dangereux. Son séjour dans la prison de Nairobi l'a calmé pour un bout de temps. Mais Fox a appris à se méfier de l'esprit critique des étudiants. Une infection dont on ne se défait jamais tout à fait. Par tous les démons de l'Afrique, le vieil Ole Tutu dépareillerait moins que cet intello dans l'unité Saturne ! Mais les ordres viennent d'en haut. Les parents ne sont pas n'importe qui, paraît-il. Pas question de travaux forcés. De toute manière, Drake ne donne pas plus d'un mois à ce gars avant de se faire bouffer ou encorner.

Trois des quatre Blancs ont des gueules de petits truands, mais Drake ne les redoute pas : ces trafiquants de basse zone, qui ont tenté de fourguer des produits illicites aux OD ou dans les camps de réfugiés, obéiront sans rechigner, parce qu'ils sont en général rusés et sans scrupules, et qu'ils savent aller dans le sens du vent. Malgré les risques encourus, mieux vaut bosser pour Drake Fox que dans les camps de travaux forcés. On a autant de chances d'y rester, mais dans le premier cas la mort est violente, instantanée, alors que dans les camps elle est lente, hideuse. Et puis, il y a la fierté. Personne ne se vante de casser des cailloux à longueur de journée, mais tous les rabatteurs se pavanent lors de leurs rares permissions.

Le cinquième individu est une énigme, et cela ne plaît pas au traqueur. Il a ouï dire que sa fille avait invité ce jeunot à son propre domicile du temps où l'énergumène était encore OD. Astrid n'a rien laissé filtrer là-dessus, et les systèmes de surveillance de la villa n'ont pas gardé trace de l'anecdote, mais Drake soupçonne sa fille d'en trafiquer les données avec la complicité d'une partie du personnel technique. Il n'a aucune preuve, mais ce détail l'agace. Fox n'aime pas le flou, et surtout ne comprend pas ce qu'Astrid a pu trouver à ce blanc-bec. Un chat de gouttière, presque un gosse, que les tauliers de Nairobi, ces furieux molosses, ont quelque peu déglingué. Avec ses cheveux roux maculés, ses vêtements loqueteux, ses bleus et ses estafilades, le môme a l'air d'un rescapé de crash aérien.

Ce n'est pas le seul point qui titille Drake Fox. Même si le garçon baisse la tête, les yeux rivés à ses pieds depuis son retour de la capitale fédérale, le traqueur sait quel danger peut représenter un félin acculé. La méfiance sera de rigueur. Il y a cependant un point positif dans le maigre CV du garçon : sa ténacité. Malgré son jeune âge, ce gamin a entrepris un long et dangereux voyage, puis a réussi à pénétrer au cœur de l'Afrikwana. Et, plus tard, à braver un rhinocéros garou déchaîné. Une bonne part des chasseurs de l'unité Saturne et la très grande majorité de ses rabatteurs auraient pris leurs jambes à leur cou.

— Savez-vous qui est Saturne ? rugit Fox, ses longues moustaches vibrant d'excitation. Saturne, c'est le méchant de l'Olympe. Saturne n'a aucune pitié, surtout pour les rejetons dégénérés qui pourraient le menacer. Nous aussi dans cette unité, parole d'honneur, on est sans pitié ! On doit buter les garous ! On doit les éliminer vite fait, bien fait, si possible sans nous faire remarquer. Pour être honnête, la discrétion n'est pas notre fort.

Il se fend d'un rire sec, satisfait de sa formule. Ses

hommes – il le vérifie du coin de l'œil – l'imitent avec quelques secondes de retard.

Un des trois malfrats, barbe de cinq jours, nez de fouine, relève la tête.

— Moi, ça me va. J'aime ça, buter des saloperies.

Un chasseur, debout dans son dos, lève la crosse de son fusil et le frappe sans ménagement à la nuque.

— La ferme ! hurle Drake Fox. Je me fous de ton avis et de tes envies ; t'es plus qu'un outil, ici ! Je donne les ordres, point barre. Et le seul qui peut traiter les garous de saloperies, c'est moi ! Vous, contentez-vous de les garder à l'œil si vous voulez vivre plus de deux semaines !

Silence. Le garçon européen, que Drake garde à l'œil – quel est son nom déjà ? – n'a pas bronché. Un doute s'insinue dans son esprit méfiant de prédateur : ce môme a-t-il pour de bon été maté ? Si tel est le cas, c'est parfait. Mais un peu décevant tout de même : Drake aime les adversaires coriaces, auxquels il faut s'agripper de longues minutes, crocs plantés en pleine gorge, avant que mort s'ensuive.

— Ici, vous êtes en bas de l'échelle ! poursuit-il. Vous obéirez tout le temps, sans discuter. Au moindre écart, vous serez bons pour les travaux forcés !

Les prisonniers baissent un peu plus la tête, celui qui a été frappé à la nuque avec un zèle plus affirmé que les autres. Drake Fox s'achemine vers l'apothéose de son monologue :

— Dans mon unité, il y a trois échelons. Vous êtes au bas de l'échelle, tout en bas. Vous êtes les rabatteurs. Vous serez chargés des tâches ingrates et dangereuses, parce que vous êtes ingrats avec l'Afrikwana et dangereux pour la société. Vous rabattrez, vous courserez. Il va de soi que vous ne serez pas armés. Par tous les démons de l'Afrique, les vieux Afrikwanais vous diront qu'on ne tend jamais la main à une hyène, même aux plus jeunes d'entre elles !

De nouveau, il se gausse. Ses hommes aussi.

— Entre vous et moi, au milieu de l'échelle, il y a les chasseurs. Ce sont des types nés ici, qui ont grandi ici et qui sont payés par l'Afrikwana pour m'assister. Vous serez leurs boys ; il sera interdit de discuter leurs ordres. Qu'est-ce que vous attendez pour vous retourner et voir leurs visages ?

Les condamnés obtempèrent. Derrière eux, une dizaine d'armoires à glace balafrées, vêtues de treillis kaki, munies de tout un attirail de capteurs héliotroniques, armées de fusils et de pistolets, casquées, les observent d'un air narquois.

— Ces types-là sont l'élite ! tonne Fox. Ils ont bastonné

dans toutes sortes de zones hostiles, souvent à mes côtés. Ce sont des artistes de la gâchette, parole d'honneur ! Vous leur devez obéissance totale, et respect. S'ils vous demandent de leur nouer les lacets, vous les nouez. Maintenant, regardez-moi.

Demi-tour immédiat des prisonniers. Têtes baissées.

— J'ai dit regardez-moi !

Regards fuyants, apeurés, voilés sous des mèches de cheveux. *Des rats,* juge le chef de l'unité Saturne.

— Au-dessus de ces types, il y a moi. Avant, j'étais mercenaire. Maintenant, je suis le traqueur officiel de ce parc. Toute ma famille a été butée par des salauds de rebelles, qui m'ont laissé ce petit souvenir en échange (il montre la cicatrice qui zigzague sur la partie gauche de son visage). J'étais pas vieux, vraiment pas vieux, mais j'ai pas oublié. Je hais les rebelles. Tous les rebelles. Les garous comme les humains qui font les malins. Parole d'honneur, je les traite comme je traitais mes ennemis sur le champ de bataille : je les traque, je ne les lâche jamais, et je les bute. Est-ce que vous m'avez capté ?

Silence absolu. Même les chasseurs regardent le sol. Derrière eux, au-delà du rideau d'arbres derrière lequel l'unité Saturne s'est camouflée, Fox distingue le sommet arrondi du dôme qui couvre le Kilimandjaro. Il y a bien longtemps qu'il ne trouve plus ce spectacle émouvant. Pas même étonnant.

— Pour nous aider, nous avons quelques gadgets, reprend-il d'une voix moins menaçante. Voici Léo.

Un félin bondit sur l'herbe rase et jaune devant les cinq prisonniers. Trois d'entre eux, dont le jeune Noir, glapissent et reculent d'un pas, ce qui leur vaut une bourrade des chasseurs dans le dos. Fox note que le jeune Européen n'a pas bronché, et qu'il observe l'animal entre ses mèches sales et rousses. Sans le quitter du regard, il poursuit ses explications :

— Léo est un guépard héliotronique bardé de capteurs en tous genres. Il ne s'agit pas d'un robot mais d'un cyborg, construit à partir d'un véritable anitrans. Un peu de protéines, un peu de silicone, pas mal de nanotechnologies, une foule de capteurs, de la truffe à la queue. Lui et son jumeau nous servent d'éclaireurs lors des traques. Ils trouvent toujours leur cible.

Léo ressemble à l'animal dont il est issu, hormis deux détails. La partie supérieure de son crâne, de son museau à son front, est couverte d'un masque doré, incrusté dans sa chair, sans yeux, mais sur lequel clignotent des diodes bleutées. Il est en outre équipé de deux sacoches latérales arrimées à ses flancs.

Après le bond géant qui lui a permis d'atterrir devant Fox, l'animal attend, pattes repliées, muscles tendus, ventre au ras du sol, sans bouger d'un millimètre.

Fox ricane et, cette fois, les prisonniers le regardent en face, intrigués :

— Si je vous présente Léo, c'est parce qu'il est équipé de très longues griffes en céramique renforcée, et qu'il est capable de traquer tout type de cible vivante. Y compris les OD ou les rabatteurs qui tentent de s'échapper. Nous l'avons testé à quelques reprises. Notamment auprès de deux rabatteurs de l'unité Saturne, que vous remplacez désormais.

Le traqueur ricane encore, méprisant. Son œil valide brille autant que le masque du fauve. Un silence absolu plane au sommet de la falaise.

— Merci, Léo, dit le traqueur. Rejoins le camion et mets-toi en mode repos.

Le guépard détale en direction d'un bosquet.

— Toutes nos activités sont secrètes, murmure le traqueur, qui a repris un air très sérieux. Vous logerez dans un camp de rabatteurs. Son emplacement varie en fonction des traques. Vous serez en alerte vingt-quatre heures sur vingt-quatre, sept jours sur sept. Maintenant, regardez ce bush en apparence paisible derrière moi...

Drake Fox se tourne à demi et tend sa grande main vers l'étendue de brousse au pied de la falaise.

— Vous allez comprendre tout de suite ce qu'est une traque. Nous avons repéré un garou, il y a trente minutes.

Un buffle, un gros. Par tous les démons de l'Afrique, si ce buffle avait eu le malheur de devenir cinglé dans l'enceinte du parc, nous aurions dû intervenir dans les quinze minutes. Mais il ne menace pour l'instant que quelques bergers massaïs. On va descendre au bas de la falaise par la passe de Reteti, qui est toute proche, trouver cette bestiole le plus vite possible et l'abattre. Chacun d'entre vous fera équipe avec un rabatteur expérimenté, et chaque binôme se mettra au service d'un des chasseurs ici présents. Je veux que cette traque soit irréprochable. Exécution.

***

— Apprends-moi ta magie, dit Soïla au même instant, en regardant son grand-père

Naphtal est assis au bord de la rivière, Soïla, debout à côté de lui. À l'ombre d'un acacia jaune, un marabout, chauve et dégingandé, guette les grenouilles qui sautent parfois de la berge.

Soïla, comme souvent, est vêtue d'un simple pagne. Son corps de dix-sept printemps est magnifique, mais Naphtal n'apprécie pas. Elle devrait porter une longue robe, comme les autres femmes du village, comme le veut la tradition, et elle ne devrait pas avoir ces tresses sur la tête mais le crâne rasé, comme l'ont toujours fait les femmes de Torosei. Soïla balaie pêle-mêle les coutumes des Blancs et un paquet de traditions ancestrales.

— Je ne pratique pas ce genre de discipline, jeune fille, rétorque le loïbon, sévère.

— Je sais que si. Qu'elle soit noire ou blanche, je m'en moque, mais enseigne-moi ta magie.

— Si tu le souhaites, je peux t'apprendre des choses sur les animaux et les plantes.

— Je veux des tours qui me soient utiles pour combattre les ennemis des Massaïs !

Naphtal s'esclaffe. Sa petite-fille se rembrunit. Il n'en a cure : il faut savoir vexer les enfants.

— Il n'y a pas d'adversaires plus faciles que ceux-là, Soïla. Ces gens n'ont pas que les Massaïs à affronter. Pas besoin de magie, fais-moi confiance. Mieux vaut compter sur quelques alliés.

— Ah bon ? Nos ennemis me semblent pourtant beaucoup plus puissants que nous.

— Pour l'instant, Soïla, pour l'instant... Mais la Terre a plus d'un tour dans son sac.

— Où sont ces alliés dont tu parles ?

— Regarde autour de toi.

Soïla jette un bref coup d'œil sur le marabout. Puis ricane :

— Cet oiseau, avec ses longues pattes, on dirait un vieux Massaï.

Naphtal rit aussi :

— Tu as raison, il sait trouver l'ombre et les grenouilles. C'est un sacré magicien.

— Je veux des tours pour ridiculiser nos ennemis !

Naphtal soupire.

— Tu es têtue, petite fille. Demande à Jef.

— Jef ? Il n'est pas magicien !

— Il écoute quand on lui parle. Il observe. Il est libre et il sait se battre.

Soïla plante son regard dans celui de son aïeul.

— Il te rappelle ta jeunesse, hein ? C'est pour ça que tu l'aimes bien.

Pour la première fois depuis qu'elle le connaît, Naphtal semble désarçonné. Le vieil homme ouvre sa bouche édentée pour répondre, mais reste silencieux. Soïla enfonce le clou :

— Il veut combattre, mais on le brise. Les gens civilisés ne veulent pas de lui. De toi non plus.

Naphtal soupire et passe une main devant ses yeux. Parfois, il se sent vieux, trop vieux pour ce monde qui fait semblant de courir mais qui demeure immobile. Peut-être devrait-il se coucher au pied d'un acacia et attendre que le vent le dessèche.

— Ils l'ont blessé... murmure Soïla. Et je ne parle pas de la corne du rhino.

— Il va se remettre.

— Comment le sais-tu, grand-père ? Ils ont dû l'humilier. C'est toujours comme ça qu'ils font pour briser quelqu'un. Ils l'humilient. Après, il ne lui reste qu'à se cacher loin du monde, comme les Massaïs dans la forêt. Comme toi.

— Quelqu'un né ici, en Afrikwana, aurait été brisé. Tu aurais été brisée. Mais Jef n'est pas d'ici.

— Il n'a pas de fierté ? Un homme que l'on humilie est normalement brisé.

— Jef est un fauve.

— Où sont ses griffes, loïbon ?

— Tu les verras bientôt. Un fauve battu baisse la tête, humilié, mais n'est pas brisé. Un jour, il rugit. Il te déchire la poitrine.

— Pourquoi lui ? Pourquoi serait-il un lion et pas les guerriers de Torosei ?

— Il y a sûrement des lions parmi les guerriers. Mais tu as posé la bonne question, petite fille : pourquoi lui ? Si tu trouves la réponse, tu seras une lionne.

— Tu l'as, toi, la réponse ?

— Si je l'avais, je serais un lion, pas un vieux marabout. Ou peut-être n'as-tu pas écouté ce que j'ai dit.

Le marabout plonge son bec dans l'eau boueuse et redresse le cou pour gober une grenouille. Puis il étend ses ailes, court et s'envole.

— Il est vraiment moche, dit Soïla.

— Là-haut, il va profiter des courants chauds et planer, petite fille. Son royaume n'est pas au sol.

CHAPITRE 18

Chasse au buffle

La traque est épuisante. Voilà deux heures qu'elle a été lancée. Le buffle a percé des taillis épineux, traversé des marigots, sinué entre des rochers pour perdre ses poursuivants. Jef est sidéré par la ruse dont il fait preuve.

Ils sont trois sur la motobrousse. Le pilote devant, les deux rabatteurs alignés derrière lui. Le pilote et le rabatteur central regardent la route. Jef, assis près du feu arrière, est dans l'autre sens, dos à la piste et au rabatteur chargé de le former. L'équipage bénéficie ainsi d'une vue à trois cent soixante degrés, ou presque.

L'engin, qui fonctionne avec un héliomoteur haut de gamme, est silencieux. Rien à voir avec les triads périmés dont sont équipés les OD : cette moto, au fuselage doré et aérodynamique, brille dans le soleil. Pour le chasseur qui conduit, tout ce qui n'est pas plus gros qu'un ballon de foot n'est pas un obstacle, et la chenille qui équipe la moto, semblable à celle d'une motoneige, est mise à rude épreuve. L'engin bondit, se cabre, craque. Malgré les suspensions intelligentes de l'engin et le pilotage assisté par nanocerveaux, qui permet à certaines parties de la carrosserie de se déformer, Jef et son compagnon sont malmenés par les cahots. Dans la cuisse du jeune Européen, la douleur s'est réveillée, souvenir de la corrida avec le rhino.

Quand la motobrousse entame un virage serré pour contourner un rocher gros comme une voiture, le rabatteur expérimenté – un certain Fangio, venu d'Italie six ans plus tôt – lui hurle dans les oreilles pour couvrir le sifflement du vent :

— La moto est stable, mais penche-toi du bon côté sinon on va perdre l'équilibre ! Et le pilote va te passer un savon !

Jef se penche, et la motobrousse négocie sans problème son virage. Sa chenille arrache des nuées de débris au terrain desséché.

Quand il a découvert l'engin, juste après le discours de Drake Fox, Jef a fait part de sa surprise à Shaka : ces motos n'endommagent-elles pas le sol du parc ?

— Sous le dôme, les chasseurs de garous utilisent des triads, lui a expliqué le jeune Zoulou. Mais autour, dans la brousse, ils se moquent des dégâts occasionnés. Et c'est là qu'on trouve le plus de garous.

Jef n'a pas eu le temps de l'interroger sur ce point. Pourquoi les garous sont-ils plus nombreux loin du parc ? Drake Fox leur a coupé la parole en leur ordonnant de grimper sur les motobrousses.

Moins de dix minutes se sont écoulées depuis.

— Ça, c'est un filet électromagnétique ! hurle Fangio, qui se déhanche pour lui caler un tube noir entre les mains. Quand on encercle le buffle, tu lui tires dessus, faut qu'il s'emmêle les pattes dedans !

— On le tue pas ? s'étonne Jef, dont le cœur, dopé par l'adrénaline, bat à tout rompre.

— Pas celui-là ! Les autorités le veulent vivant pour le disséquer. Ils veulent comprendre pourquoi il y a des garous. Ils sont de plus en plus nombreux, et les patrons de plus en plus inquiets !

— La ferme, les bouseux derrière ! crie le pilote-chasseur, j'entends plus les données dans mon casque !

L'homme est équipé d'une combinaison treillis et d'un casque kaki avec visière holographique sur laquelle s'affichent des graphiques et des données.

Jef se tait. Quatre autres motos chenillées foncent à travers la brousse. Loin devant, l'adolescent distingue les mouvements souples des deux guépards héliotroniques. Un drone, dont les ailes solaires déployées étincellent dans le soleil, passe au ras de leurs têtes.

La moto traverse un taillis épais – des épines lacèrent le bras que Jef a eu le tort de ne pas garder le long de son corps – et s'enfonce dans un étroit vallon. Quelques gazelles de Thomson s'égaillent dans une salve d'éclairs fauves.

Sans prévenir, un engin monstrueux bondit au-dessus de la ligne de crête. Jef l'a découvert en même temps que les motobrousses, après le discours du patron. Ce dragon mécanisé, c'est le Tricératops, un véhicule à huit roues motrices piloté par Drake Fox. Massif, carré, tout en largeur, il ressemble plus ou moins à un pavé monté sur d'énormes morphopneus noirs. Son fuselage est d'or aussi, mais la carrosserie est zébrée de longues rayures sombres. Sa proue, protégée par un pare-buffle énergétique qui grésille dans l'air brûlant, pulvérise les épineux.

Les branches survivantes crissent sur les flancs du titan, comme tentées de l'écharper pour son outrecuidance. En vain. Un crâne de buffle, pourvu de deux cornes gigantesques, orne le capot.

Drake est au volant, avec cinq ou six hommes autour de lui. Jef distingue son visage large, rouge, résolu. Sa moustache d'un autre âge et ses cheveux gris s'agitent dans le vent. Des lunettes noires, fermées sur les côtés par des cuirs, protègent son œil valide et son œil artificiel de la poussière.

Le Tricératops dévale la pente qui surplombe le petit vallon en direction d'un amoncellement de blocs de pierre hauts comme un troupeau de gnous. Jef ouvre de grands yeux, persuadé que Fox, grisé par la poursuite, est devenu fou, que son engin va s'encastrer dans ce barrage naturel. Mais les blocs de pierre, balayés par le pare-buffle, volent en éclats, et les huit morphopneus achèvent de broyer les débris.

— Le Tricératops dévore tout ce qui se trouve sur son chemin ! lui crie Fangio dans l'oreille.

La course dure encore une demi-heure. Les engins approchent de la rivière Tanya, loin du Magic Eden. Le buffle est beaucoup plus malin que Jef ne l'imaginait. Il sait pénétrer en profondeur dans les bosquets – où les engins motorisés ne peuvent s'avancer – ou s'enfoncer au cœur de marais boueux, interdits aux fragiles guépards héliotroniques.

Alors que le soleil culmine au zénith, c'est au fond d'une cuvette asséchée, pleine de poussière, que l'animal se retrouve encerclé. Il frémit, bave. Ses sabots raclent le sol. Les guépards lui tournent autour comme les hyènes d'autrefois, mais ne sont pas autorisés à attaquer. Ce sont des machines onéreuses, et Fox n'a aucune envie de voir ses joujoux démantibulés par un coup de corne ou de sabot. Les motobrousses prennent position tout autour de la cuvette.

L'énorme engin de Fox s'arrête à mi-pente, et le traqueur se dresse sur son siège.

— Les nouveaux rabatteurs, crie-t-il, on va voir de quoi vous êtes capables ! Prenez ce garou au filet !

Jef est poussé à terre par son compagnon, qui se garde bien de le suivre.

— Tu t'approches à quinze mètres et tu tires, crie le pilote-chasseur derrière son guidon, l'air impatient.

Jef déglutit, inquiet. Quinze mètres ? À cette distance, cet animal sera sur lui avant que quiconque ait réalisé qu'il chargeait !

L'adolescent dégouline de sueur en descendant dans la cuvette. Le regard d'ébène du buffle paraît ensorcelé. Ses sabots labourent le sol de plus belle. D'un coup d'œil, Jef constate que les autres rabatteurs, Shaka compris, avancent à pas prudents, moins francs que les siens.

— Plus près, ou vous allez le rater ! hurle Drake Fox, debout derrière son volant.

Jef lève son lance-filet, centimètre par centimètre. Derrière le buffle, l'un des Blancs marche sur une branche de figuier desséchée. Le craquement résonne comme un coup de fusil dans la cuvette.

Le buffle fait volte-face. Terrifié, l'homme qui s'est fait remarquer appuie sur la détente de son lance-filet. Le piège électromagnétique déploie ses mailles bleues, incandescentes. Mais retombe loin du garou.

Drake Fox lance un juron tonitruant. Le buffle charge son agresseur.

La panique gagne le groupe. Un deuxième prisonnier tire, emprisonnant du même coup l'animal et sa cible humaine. Le buffle se déchaîne. Sous ses pieds, l'infortuné rabatteur hurle, les membres broyés un à un. Puis se tait quand un sabot lui perfore la cage thoracique.

Hystérique, le garou parvient à échapper au filet, mal positionné, et charge le rabatteur qui n'a plus qu'un tube vide en main. Shaka tire à son tour. Son filet retombe derrière l'animal.

— Par ici ! crie Jef alors que la bête oriente sa charge vers le jeune Zoulou.

Réagissant au bruit, le buffle tourne son large poitrail et ses cornes effilées vers l'adolescent.

— Approche ! se déchaîne Jef.

Le buffle lui lance un regard presque outré et s'élance. Jef s'agenouille, vise avec soin. Masse sombre d'os et de muscles, mufle écumant, sabots martelant la terre : le buffle qui se précipite vers lui est un projectile buté, que rien ne semble pouvoir dévier de sa course.

Quand il estime la distance adéquate – il a vu fonctionner deux fois les appareils et en a tiré des leçons –, Jef appuie sur la détente. Le filet se tend comme une toile d'araignée – ses mailles énergétiques brillent au milieu des nuages de poussière – et s'abat sur l'animal. Piégé, le buffle bascule dans la poussière.

— Ton filet, tire ! hurle Jef à l'adresse du cinquième rabatteur, qui s'exécute.

Le second filet achève de bloquer la bête. Elle roule sur le flanc, épuisée.

Les rabatteurs expérimentés et les chasseurs accourent à leur tour. Jef essuie la sueur qui coule de son front sur ses tempes, son nez, ses sourcils.

Pour un peu, il sourirait.

Mais il voit les lunettes noires de Drake Fox, immobile au volant de son Tricératops, tournées vers lui, et refrène sa bonne humeur. Un instant, emporté par son élan, il a failli oublier qu'il était un simple condamné.

CHAPITRE 19

Soïla

Les journées passent, épuisantes et poussiéreuses. Les garous semblent de plus en plus nombreux, et le mystère qui les entoure s'épaissit. Neuf fois sur dix, ils sont repérés dans le pourtour du parc. Personne ne croit à un hasard. Ruminants, éléphants, fauves, singes : aucune espèce ne semble épargnée. L'unité Saturne est sans cesse sollicitée. Des bruits courent dans l'équipe : il y aurait eu des accidents mortels impliquant des touristes dans d'autres parcs de l'Afrikwana.

Hors du parc, ce sont souvent des OD ou des gardiens qui les signalent. Rarement des Massaïs. Shaka a confié à Jef que les autorités s'en méfiaient : elles soupçonnent les habitants de Torosei de taire la présence de garous quand ils en repèrent, c'est pourquoi le camp de base des chasseurs a été installé à quelques encablures du village massaï, au cœur de la zone tampon.

C'est le milieu de journée. L'heure de la pause, quand c'est possible. Aujourd'hui, aucun comportement animalier suspect n'a été signalé. Jef, un tube de savon à la main, traverse le camp à grands pas.

Le bivouac de l'unité Saturne est un mélange curieux de matériel archaïque et d'équipements ultramodernes : des tentes de toile collectives qui semblent sorties d'un lointain XXe siècle pour les rabatteurs, des dômes synthétiques hyper-résistants et confortables pour Drake Fox et les chasseurs, des abris tout temps pour les machines roulantes ou volantes. Bien entendu, les rabatteurs sont séparés des chasseurs. Les premiers doivent se contenter de conditions de vie rustiques, alors que les seconds bénéficient de l'aide de serviteurs et de multiples gadgets qui rendent la vie plus supportable dans la chaleur de la savane : moustiquaires à ondes, douches ionisantes, cuisine mobile tout-terrain, restaurant climatisé autotracté.

Jef a obtenu l'autorisation de gagner les abords de la rivière. Un gardien y surveille les rabatteurs qui désirent profiter, à défaut d'une bonne douche, du courant pour se rafraîchir. C'est mieux que le maigre filet d'eau qui coule du robinet planté au milieu des tentes.

En marchant, le jeune Européen remarque, au milieu de l'aire des chasseurs interdite aux rabatteurs, un technicien penché sur une console holo portative, à l'entrée d'un dôme synthétique truffé d'équipements high-tech. Devant l'homme flotte une image en trois dimensions du Kilimandjaro Magic Eden et de la savane qui l'entoure. Jef sait qu'un point rouge clignote sur cette carte au moindre signalement d'un garou et qu'une sirène résonne dans le camp. Quelques mètres plus loin, protégé de la poussière par une tente transparente en forme de polyèdre, un mécanicien farfouille dans les entrailles d'un drone comme un chirurgien dans le ventre de son patient. Un robot shiva, sorte de cylindre bardé de capteurs et pourvu de six bras articulés, l'aide dans sa tâche.

Un peu plus loin, Jef repère Shaka, qui somnole sur une natte, à l'ombre du camion tout-terrain.

— Pas envie d'un bon bain ? demande-t-il en tapant dans le pied nu de son ami.

Shaka sursaute.

— Humpf... Si tu veux.

— Ça te fera du bien. Tu pues comme une hyène.

Le jeune Zoulou s'étire.

— C'est pour mieux me fondre dans l'environnement.

— Tu parles ! Avec cette odeur, on te repère plus facilement qu'un éléphant.

La veille, ils ont traqué un pachyderme en colère. Un garou, qu'ils ont rattrapé à la lisière de la forêt, au bord de la Tanya, juste avant qu'il ne s'enfonce dans les sous-bois. À cet endroit, la végétation est dense, mélange d'acacias, d'épineux et de gerbes de graminées. L'animal, un grand mâle doté d'énormes défenses, s'est caché au milieu d'un bosquet et a réussi à surprendre un pilote de motobrousse.

Délaissant sa machine disloquée, le chasseur est parvenu à fuir à pied, mais les deux rabatteurs ont été piétinés par le titanesque animal. L'un est grièvement blessé, l'autre est mort. Le chasseur a été licencié dans la foulée par Drake Fox. Ce n'est pas le décès d'un rabatteur qui a rendu le traqueur furieux, mais celui de l'éléphant : les instructions étaient de capturer l'animal, non de l'abattre.

Jef n'avait jamais vu charger un éléphant. Même si sa motobrousse était éloignée du pachyderme, il n'est pas près d'oublier la course du géant, oreilles écartées, trompe relevée. Il ne pensait pas qu'un animal de cette masse pouvait se déplacer aussi vite. Une course implacable, furieuse. L'éléphant savait qu'il allait mourir, mais ne comptait pas disparaître sans éliminer un maximum d'adversaires.

Il a fallu plusieurs tirs croisés pour percer sa cuirasse, et l'intervention d'un drone pour l'abattre enfin, dans un ultime barrissement suraigu.

Jef et Shaka marchent d'un pas lourd vers la rivière. Ils distinguent, non loin, le village massaï. Leur camp est installé sur une esplanade herbeuse, séparée de Torosei par un vallon arboré qui descend jusqu'à la rivière.

— Je suis mort, murmure Shaka. On dirait que les garous seront bientôt plus nombreux que les anitrans.

Jef sait que Shaka exagère. Mais ce point de vue l'intéresse.

— Tu sais pourquoi ? demande-t-il.

— Pas vraiment, mais...

— Si, tu sais. Quand on s'est connus, tu m'as fait croire que tu comprenais pas le comportement bizarre de certains animaux. Je me souviens de cet éléphant qui boitait, par exemple. Mais tu savais de quoi il s'agissait.

Shaka fronce les sourcils, comme s'il cherchait ses mots.

— Tu sais, on s'était mis d'accord pour prendre des précautions...

— C'est qui « on » ?

— Des OD, des Massaïs... On savait pas qui tu étais vraiment. Certains avaient même peur que tu sois un espion. Mais maintenant...

— Maintenant, tu sais qui je suis. Alors ?

Shaka se décide :

— J'ai fait un stage dans un labo de génie génétique, il y a deux ans. On bossait pour la recherche spatiale, sur les conditions de vie en apesanteur. On a créé des animaux transgéniques stables. Une lignée pure, comme on dit. Tu suis ?

— C'est comme ça que les chercheurs ont créé les anitrans ici ?

— À peu près. Une fois le bon modèle obtenu, on le clone. Cette technologie fonctionne parfaitement depuis des décennies. On produit quasiment les anitrans à la chaîne. Mais je reviens à mon labo, celui où j'étais en stage. Nous avons mis au point des animaux transgéniques prometteurs pour la conquête spatiale. Jusque-là, rien d'anormal. Sauf que nous avons été confrontés à une énigme, qui, à ma connaissance, n'a pas été résolue.

— Ça a un rapport avec les garous ?

— Un rapport direct ! Au bout de trois générations, quelques animaux modifiés sont redevenus... normaux ! Ils ont retrouvé les caractéristiques des sujets originaux, de manière spontanée. Impossible de comprendre pourquoi. Ça s'était déjà produit dans d'autres labos, on a vérifié. Personne n'a trouvé d'explication. Ça signifie qu'on ne maîtrise pas encore tout en matière de génie génétique. Il y a peut-être un problème de ce genre avec les anitrans, ici. Avec Naphtal et certains Massaïs, on y réfléchit.

Jef ouvre de grands yeux.

— Hein ? Naphtal Ole Tutu ? Les Massaïs ? Ils s'y connaissent en génétique ?

— Naphtal n'a pas bossé en labo mais, quand il était jeune, il a milité contre la création des anitrans. Il a travaillé sur le dossier pour bien en comprendre toutes les implications. Et puis, il y a au kraal des Massaïs qui ont étudié en ville mais qui sont revenus dans leur région, après avoir renoncé à leur vie de citadins. Plusieurs ont des diplômes de biologie, de génie génétique.

Soudain, Shaka place un index sur ses lèvres.

— Regarde qui est là...

Deux hommes discutent à l'ombre d'un acacia, à la bordure du vallon verdoyant : Jef reconnaît le chapeau blanc de Drake Fox et la tenue noire de Lémiso, puis il repère une troisième silhouette, appuyée contre le tronc de l'arbre, invisible dans la pénombre.

— De quoi ils causent ? Regarde, Fox a l'air en colère ! chuchote-t-il.

Le traqueur s'agite, fait de grands moulinets avec ses bras. Lémiso, visage contracté, semble contrarié.

— On se mêle pas de ça, grogne Shaka. Allez, viens, on s'en fout !

— C'est qui, le troisième ? Je vois pas bien...

— Moi non plus, et je m'en fous. Viens !

— Ils nous ont pas vus. Faut savoir ce qu'ils disent.

— T'es malade ? Viens, je te dis !

Jef soupire, puis se laisse, à regret, emmener par le jeune Zoulou. Mais un peu plus loin, il repère un chemin qui descend vers le vallon, entre deux fourrés.

— On peut passer par là, et arriver derrière eux, lâche-t-il, un sourire de gosse malicieux sur les lèvres. Amène-toi, Shaka !

Le Zoulou jure.

— On a eu assez d'ennuis ! T'es cinglé, laisse tomber !

Mais Jef a les sourcils froncés et un pli vertical barre son front. Shaka comprend qu'il ne renoncera pas.

— T'es buté ! Pourquoi tu veux y aller ? s'étonne le Zoulou.

— De quoi tu crois qu'ils parlent ? T'as vu leurs têtes ? Ils parlent de ce qui cloche ici. Ils parlent des garous. Et ça, c'est intéressant ! Tout ce qui cloche dans ce parc est intéressant.

— Tu fais partie de la direction ?

Jef ricane :

— Et toi, tu veux rester rabatteur jusqu'à ce qu'un éléphant te fasse gicler le cerveau par les oreilles ?

— Mais... Par tous les dieux de l'Afrique ! Ça t'a pas suffi, Lémiso ? La prison à Nairobi ?

Jef grimace, et Shaka décèle dans ce rictus une haine profonde.

— Justement, ça m'a plus que suffi. Tu viens ou pas ?

— Écoute... Je peux pas... C'est trop...

Jef se détourne et disparaît sans un mot dans le vallon. Shaka jure et retourne au camp. Il n'a plus envie de se baigner.

Jef se faufile dans les taillis – il y a bien longtemps que les griffures des épineux ne le freinent plus. Au bout de quelques minutes, il capte les éclats d'une conversation animée. Il avance courbé, avec beaucoup de précautions. Ça aussi, il sait faire. Les approches discrètes, il en a effectué des centaines, pour espionner, fuir ou trouver de quoi se nourrir.

Maintenant, il peut entendre une bonne partie de la conversation. Pas tous les mots, mais assez pour saisir l'essentiel de ce qui se dit. S'approcher encore serait prendre trop de risques : il se méfie des sens aiguisés de Drake Fox, et n'a pas encore identifié le troisième larron.

— Je veux plus de moyens, il faut que vous mettiez des OD à ma disposition ! martèle le traqueur.

— J'ai besoin de mes OD pour m'occuper des touristes, rétorque Lémiso en sifflant. Et pour réparer autant que possible les dégâts provoqués par les garous et vos chasseurs !

— Par mes chasseurs ? C'est de l'humour ?

— Je ne parle pas forcément de dégâts matériels, Fox. Hier, l'un de vos chasseurs a pénétré armé dans un bâtiment touristique. Il y a trois jours, un groupe de touristes chinois est tombé sur l'un de vos chasseurs en train d'achever une lionne. Nous avons eu toutes les peines du monde à les convaincre de garder cette information secrète. Leur silence a coûté cher à la direction.

Drake Fox ricane :

— Je me fous de vos histoires de fric. Ce n'est pas moi qui ai créé ces garous.

— L'Afrikwana non plus. Elle a créé des anitrans pour que les masses de touristes vivent un rêve éveillé. Les garous sont devenus fous par accident.

— Ils ne sont pas fous, Lémiso, ils sont tout ce qu'il y a de plus normal. Un peu anachroniques, je vous l'accorde. C'est peut-être nous qui sommes fous.

— Les éliminer, c'est le boulot de votre unité.

— Lémiso, c'est parce qu'ils sont normaux, et donc sauvages, que je fais mon boulot avec plaisir et que je le fais bien. Mais j'ai besoin de personnel supplémentaire.

— Je vous fournirai six OD, pas un de plus, marmonne le gardien-chef. Ou alors, allez voir la direction.

— C'est ce que je ferai au besoin. Six pour l'instant, ça devrait suffire. Ou plutôt sept, car cette jeune personne va désormais m'assister.

Jef tend l'oreille. Fox parle du troisième larron, qui n'a pas encore ouvert la bouche.

— Vous assister ?

— Précisément.

— Je ne vois pas comment.

— C'est mon problème, pas le vôtre. Et puis ne venez pas me faire la leçon maintenant, je vous rappelle que vous deviez garder un œil sur elle ! J'ai cru comprendre que votre surveillance n'était pas vraiment efficace... Elle participera au suivi des traques sur console holo. Elle sait aussi piloter une motobrousse. On est d'accord, miss ?

— C'est toi qui décides, bougonne la voix guère enthousiaste d'une jeune fille que Jef connaît bien.

Astrid, ici ! Le cœur de l'adolescent s'emballe. Pourquoi est-elle venue ? Sur ordre de son père ? Pour venger son humiliation ?

Sa présence au sein de l'unité Saturne n'augure rien de bon.

Un craquement dans les fourrés.

Jef se retourne. Rien. Est-ce un animal ? Y a-t-il quelqu'un ? Il scrute les branchages, les ombres, en vain. Sans doute une gazelle. Pas de quoi s'inquiéter : la présence d'un garou si près du village est improbable.

— Et Naphtal ? interroge Lémiso.

— Ouais ? rumine Drake Fox. Qu'est-ce qu'il a, le vieux ?

— Il risque pas de poser problème ?

— Les Massaïs de ce village sont un problème. Si ça ne tenait qu'à moi...

— Nous surveillons particulièrement le chef, abrège Lémiso. Il nous cache des choses.

Fox s'esclaffe :

— Qu'est-ce que vous croyez ? Les Massaïs ne vous montrent que ce qu'ils veulent bien ! Je suis né sur ce continent, je vis dans la région depuis huit ans, mais je ne comprends rien à ces foutus indigènes. Ils vivent dans la chaleur de la savane, mais ce sont des icebergs. Ce que vous voyez n'est que l'infime partie émergée de ce qu'ils ont dans le crâne, ce qu'ils daignent vous laisser voir. Bien sûr qu'ils vous cachent des choses ! Vous voulez mon avis ? Virez-les tous et vous serez tranquille !

— Ce n'est pas mon problème, et encore moins le vôtre... commence Lémiso avant de s'interrompre.

— Pourquoi ? glousse Fox. Parce que je suis un cul-blanc ? Une aspirine ? Une larve d'asticot ? Je sais ce que vous pensez, Lémiso. Mais je suis né sur ce continent, comme vous. Alors épargnez-moi vos salamalecs, et on pourra causer cordialement. Si vous tenez à vos Massaïs, gardez-les, mais démerdez-vous pour savoir ce qu'ils mijotent. Moi, j'arrive même pas à piger si je parle à un homme ou à une femme, avec leur manière tordue de se coiffer ou de se raser le crâne.

— Ils vous tueraient s'ils vous entendaient parler comme ça, Fox...

— Ils vous perceraient d'un coup de lance si cela pouvait supprimer les Magic Eden, parole d'honneur ! S'il y a bien une chose que je sais, c'est qu'ils détestent ce parc.

— Moi, je les tuerais bien tous les deux... murmure une voix sarcastique à l'oreille de Jef.

L'adolescent sursaute et tourne vivement la tête.

Une princesse d'ébène !

Du moins une jeune femme noire. Massaï sans aucun

doute. Un visage fin, gracieux, des yeux amusés, des cheveux tressés, un beau grain de peau. Et des seins nus, qu'il serait idiot de cacher : Jef n'a jamais vu des formes féminines aussi raffinées.

L'adolescent tente de maîtriser son émotion mais sent son visage s'empourprer, car la jeune fille est très proche de lui. Il perçoit son odeur fleurie et remarque l'humidité sur sa peau : elle vient de la rivière.

Elle sourit et murmure :

— Ce n'est pas bien d'écouter aux portes.

— Je...

— Chut ! dit-elle en posant un doigt sur ses lèvres charnues. Ça m'intéresse aussi.

Jef approuve en silence et se tourne de nouveau vers le bosquet d'où provient la conversation.

— ... ma fille va également garder l'œil sur les Massaïs et sur les rabatteurs, est en train d'expliquer Drake Fox. Je soupçonne que certains se connaissent et...

Il n'a pas le loisir de finir sa phrase. Un bip-bip lui coupe la parole.

— Une alerte garou ! grommelle le traqueur. Faut que j'y aille !

Au même moment, un signal beaucoup plus puissant, en provenance du camp de l'unité Saturne, fait voler en éclats la torpeur ouatée du début d'après-midi.

— J'y vais ! aboie Drake Fox. Lémiso, envoyez-moi vos gars ce soir !

Jef se retourne aussi. Il doit filer.

La jeune fille est toujours là.

— Soïla, dit-elle en lui tendant la main. Je suis la petite-fille de Naphtal Ole Tutu. Toi, tu es Jef.

C'était elle, ce soir-là au village, debout dans son dos ; cette voix impertinente qu'il avait au début prise pour celle d'un jeune garçon !

— Exact, dit-il froidement. Enchanté.

Avec ses longues jambes et son ventre ferme, elle est vraiment magnifique. Jef la fixe dans les yeux de manière à ne pas laisser son regard traîner plus bas. Ses yeux sombres et veloutés aussi sont splendides. Difficile en revanche de déchiffrer une quelconque émotion sur son visage impassible.

— Demain, mon grand-père sera dans le coin, dit-elle. Après le coucher du soleil. Si tu es par là, tu pourras passer le voir. Il aimerait parler un peu avec toi.

— Je viendrai s'il n'y a pas d'alerte. Merci de m'avoir prévenu.

— Juste un hasard, je passais par là. Quelqu'un d'autre t'aurait transmis le message. De toute manière, je lui ai dit qu'il ne fallait pas trop te faire confiance.

Jef se rembrunit.

— Tu penses ce que tu veux...

— Ça oui ! Depuis ma naissance, d'après Naphtal. Je suis très méfiante de nature.

— Alors on se ressemble.

Soïla lui lance un sourire glacial.

— M'étonnerait. Moi, je suis libre.

Jef serre les poings, et les dents.

— On t'a sonné, insiste la jeune fille en tendant le doigt en direction du camp. Faut que t'y ailles !

Jef se détourne, furieux, et disparaît dans les sous-bois.

En courant vers le camp, irrité, il ressasse quelques pensées. Pourquoi cette jeune Massaï est-elle si méfiante ? Et pourquoi n'a-t-elle pas, comme les autres filles du village, les cheveux rasés et une robe pour se couvrir ? Il faudra qu'il se renseigne, elle a l'air étrange.

Pourquoi tombe-t-il toujours sur des filles qui ne font rien comme les autres ?

CHAPITRE 20

Dans l'antre du traqueur

— Banzaï ! hurle le pilote de la motobrousse.

Alerte après alerte, le scénario, plusieurs fois par jour, est le même : appel d'un témoin, branle-bas de combat, course poursuite, abattage ou capture. Il y a des variantes selon l'endroit, l'heure et l'espèce concernée.

Cette fois, ça se passe dans la zone tampon, à dix kilomètres au nord de Torosei. Il est sept heures du matin.

La traque, tumultueuse, a commencé depuis une vingtaine de minutes. L'air est frais, presque froid – la saison sèche touche à sa fin –, et Jef, dont les dents s'entrechoquent au moindre cahot, regarde la piste encore sombre défiler à vive allure et à l'envers sous ses pieds. Sa position est inconfortable, car il ne peut deviner les obstacles qui font se cabrer la machine. Depuis son exploit face au buffle, dans la cuvette, il a été nommé premier rabatteur. Assis dans le sens opposé à la marche, à l'arrière de la motobrousse, il emporte un tube-filet.

Le rhino-garou qu'ils doivent neutraliser, tout jeune mâle, a démoli un peu plus tôt un relais énergétique hélio, à la limite du dôme, avant de charger les techniciens venus voir de quoi il retournait. L'alerte garou a aussitôt été déclenchée.

Le pilote a calqué sa vitesse sur celle de l'animal : moto et rhino avancent en parallèle, à fond de train, à quelques mètres l'un de l'autre. Les autorités du parc ont exigé une capture, pas un abattage ; il est essentiel de parvenir à récupérer un garou aussi jeune.

Jef est prêt à lancer son filet. Mais, pour immobiliser ce rhino en pleine course, il doit tirer de face en visant les cornes et les pattes antérieures ; pas de côté, le filet risquant alors de glisser le long de l'échine. Collant son micro à ses lèvres, il demande pour la seconde fois au chasseur d'accélérer, de se placer à dix mètres devant le nez du rhino. Le pilote-chasseur n'a pas daigné l'écouter la première fois, préférant jouer avec l'animal avant de passer aux choses sérieuses. Jef réitère sa demande. Le chasseur l'ignore.

— Banzaï ! hurle-t-il à nouveau dans les oreillettes de ses coéquipiers.

Jef maugrée en observant le rhino. Une bête magnifique malgré son physique ingrat. Une force rustique, fruste, sortie d'un autre âge. Le jeune rhino fonce, masse de muscles et d'os, que rien, hormis un éléphant ou un humain bien équipé, ne peut arrêter. Lémiso et Fox ont raison d'être inquiets : les autorités des Magic Eden ne pourront cacher longtemps des monstres d'une telle puissance. On court à la catastrophe.

Au moment où le pilote se décide enfin à accélérer, l'animal semble réaliser qu'il ne lui reste qu'une infime chance d'échapper au piège de la machine infernale.

Il grogne, souffle, et passe à l'action. Avant que le pilote ait le temps de braquer, la bête charge en oblique et percute de plein fouet la machine. Sa corne enfonce sans difficulté la coque dorée. L'animal s'éclipse. Il a réussi son coup : la blessure de son ennemi est fatale. Chenille cassée, la motobrousse se cabre dans un horrible grincement, et le pilote a toutes les peines du monde à la stabiliser sans qu'elle bascule. Les maillons de la chenille endommagée s'éparpillent sur quarante mètres de piste poussiéreuse. Le harnais de sécurité empêche Jef de voler vers les épineux, mais ses reins encaissent.

Le pilote-chasseur jure sur tous les tons. Malgré son air idiot et sa vue basse, un simple ruminant s'est joué de lui.

Une seconde motobrousse a piégé le rhino et le pilote de Jef a passé un sale quart d'heure face à Drake Fox. En rogne, le traqueur a ordonné aux rabatteurs de regagner le camp mais de rester sur le qui-vive : la cadence des alertes ne cesse de croître.

Depuis l'azur, le soleil de la mi-journée cogne à la verticale sur la savane. Dos contre terre, torse nu, Jef est allongé sous la motobrousse accidentée, qu'il a fallu ramener au camp par camion. Au moins, il est à l'abri des rayons brûlants. Des nuages blancs parcourent le ciel à vive allure, et les humains comme les animaux attendent avec impatience l'instant où passera sur eux l'ombre de ces moutons immaculés. Malheureusement, ces ombres sont furtives : elles courent sur la brousse comme les gnous quand il leur prend encore – on ne sait trop pourquoi – une étrange envie de galoper.

Jef transpire. La sueur dégouline le long de son cou, sur

sa poitrine nue, ses flancs, et goutte même de ses bras levés jusqu'à son visage.

Il a cru qu'il parviendrait à réparer la motobrousse après quelques tâtonnements. Péché de vanité : rien ne tourne rond dans le ventre de cette machine. C'est vrai que, dans son pays, il a souvent bricolé, mais sur des modèles antiques, encore équipés pour certains d'un moteur à explosion. Ici, il est confronté à une machine high-tech, truffée de pièces qu'il ne connaît pas, de matériaux à mémoire et de nanocerveaux. Malgré ses pinces mécachirurgicales, ses balises de contrôle numériques et ses lunettes à réalité amplifiée, il se sent aussi déboussolé qu'un homme préhistorique le serait devant une image holo.

Foutue motobrousse. Foutue chaleur. Foutus garous.

— Tu fais la sieste ou tu tentes de piger quelque chose ? ironise une voix féminine au-dessus de lui.

Jef se contorsionne et sort la tête de l'ombre. La luminosité le fait grimacer. Il met sa main en visière.

Mains sur les hanches, Astrid se tient debout au-dessus de lui. Elle porte une chemise kaki et un short court, très court. Elle a couvert ses cheveux blonds d'un chapeau de brousse sable, et noué un foulard kaki autour de son cou.

Jef se relève, les cheveux poisseux, le torse dégoulinant de sueur et son pantalon de toile plein de poussière.

— Je vais y arriver, se défend-il en triturant l'amulette suspendue contre sa poitrine. Faut juste que je m'habitue.

— Faut juste que tu rattrapes dix-sept années de civilisation, Jef Cody. Je m'y connais mieux en mécanique hélio que toi, même si je n'ai jamais bricolé une moto.

L'adolescent ramasse sa chemise, chiffon perdu dans la poussière, l'enfile et plie le col sur sa cicatrice.

— Qu'est-ce que tu veux ? demande-t-il, glacial.
— C'est mon père. Il a demandé à te voir.
— J'ai pas fini avec la moto.
— Laisse tomber la mécanique, tu vas pas regretter.
— Lui aussi, il veut m'acheter ?
Les yeux d'Astrid étincellent de fureur.
— Il m'a interrogée, hier soir. Il voulait savoir ce que je pensais de toi.
— Il sait qu'on se connaît ?
— Il nous avait vus ensemble sous le dôme, quand t'es venu pour les Minikilis.
Jef observe la jeune fille, gêné de se retrouver avec elle en tête à tête et troublé de sentir monter en lui un tel sentiment d'agressivité. Jusqu'à présent, il a préféré éviter Astrid. Mais elle ne semble plus aussi fâchée que le jour de leur séparation brutale.

— Tu lui as dit quoi ?
— Rien qui pourrait te faire du tort.
— Vraiment ?
— Vraiment. Faudra que tu me parles un jour de ta cicatrice. Je te l'avais déjà demandé.
— Ma cicatrice ? (Il resserre le col de sa chemise.) C'est personnel.
— Justement. Je voudrais savoir comment tu te l'es faite. Je crois que j'en ai le droit.
— Ça n'a pas d'importance.
— Faudra quand même que tu me le dises, Jef, je t'ai connu de très près. Ça implique des droits et des devoirs.
— Ça implique rien du tout.
Elle soupire, bouche crispée :
— Vas-y, maintenant. Mon père attend.

Jef fait volte-face.

— À plus, daigne-t-il lâcher.

À quel jeu joue-t-elle à présent ? Pourquoi ce ton plus conciliant ? Veut-elle de nouveau le séduire ?

Il marche à longues enjambées vers le dôme high-tech du grand chef.

Pourquoi est-il si agressif quand il la voit ? Parce qu'il éprouve des remords de l'avoir traitée comme il l'a fait ? Et puis quoi encore ! Elle l'a bien cherché. À trop caresser le ventre d'un chat, on risque le coup de griffe.

Drake Fox fume un antique cigare sous l'immense tente-coque arrondie qui lui est réservée : un dôme blanc et or, équipé d'un toit hémisphérique translucide. À l'intérieur, des tentures et des paravents délimitent plusieurs pièces. La plus grande d'entre elles, dans laquelle on pénètre après y avoir été autorisé par un gardien armé, fait office de salon et de poste de commandement de l'unité Saturne. Deux techniciens scrutent des graphiques en trois dimensions du Kilimandjaro Magic Eden, qui flottent au-dessus de consoles portatives. La pièce est aussi équipée d'un râtelier garni de fusils, de canons et d'armes létales en tous genres. Plusieurs tables et des chaises sont couvertes de paperasse et de cartes, d'équipements héliotroniques dont Jef ne connaît pas l'usage. Un chasseur est absorbé dans le nettoyage d'un fusil longue portée.

Vêtu de son habituelle veste de chasse et d'un chapeau colonial comme on n'en voit plus depuis des décennies sur le continent, Drake Fox trône au fond d'un énorme fauteuil en osier. Un des guépards cyborgs est assis à sa droite. Sur sa gauche, un éléphanteau empaillé dresse vers le toit sa trompe naturalisée.

— Te voilà ! tonne le traqueur en expulsant un nuage de fumée grise de ses narines (ses moustaches semblent fumer à leur tour). Prends un tabouret, mon garçon.

Des sièges sont disposés un peu partout autour des tables. Jef obtempère et s'assoit.

— Mon garçon, dit Fox avant de tirer un peu sur son cigare, t'as prouvé que t'avais un peu de rage dans le sang, et ça me plaît, parole d'honneur ! La plupart des OD sont des parasites inutiles, et les trois quarts des rabatteurs sont des tire-au-flanc. Mais toi, tu peux m'être utile.

Le visage du traqueur semble coupé en deux par la cicatrice qui serpente de sa tempe à son front. Jef garde le silence. L'œil artificiel, qui le scrute, l'impressionne. Le gris, plus impénétrable qu'une peau de rhino, est pire encore.

— Alors... grommelle Fox, voilà ce que je te propose : devenir chasseur. Ça t'intéresse ?

Jef manque de basculer de son tabouret.

— Chasseur ? Maintenant ?

Drake Fox s'esclaffe ; le fauteuil en osier proteste en grinçant.

— Par tous les démons de l'Afrique, t'es si pressé ? Faudra faire tes preuves, mon garçon ! Tu resteras rabatteur, mais tu recevras une instruction complémentaire. C'est Will, ici présent, qui en sera chargé.

Le dénommé Will astique avec soin la culasse de son fusil. Il relève le nez, jette un bref regard noir à Jef, et se concentre de nouveau sur sa tâche.

— Je devrai tirer sur des animaux ? demande Jef.

Drake Fox le regarde comme s'il était simplet. Il oublie son cigare, dont l'extrémité se consume pour rien. Puis explose :

— Par tous les démons de l'Afrique, heureusement que ma fille m'a assuré que je ne regretterai pas mon choix ! Évidemment qu'il faudra abattre des bestioles ! Je suis payé pour flinguer des garous, pas pour les prendre en photo !

Jef réfléchit à toute allure. Astrid est bien intervenue en sa faveur. Mais pourquoi ce soutien ? Est-ce un piège ? Car, à cet instant précis, face au traqueur, il se sent comme un fauve tombé dans une fosse. En devenant chasseur, il basculera clairement dans le camp de Fox. Avantage : il prendra du même coup sa revanche sur des types comme Lémiso, les gardes-frontières ou les geôliers de Nairobi, tous ces gens qui l'ont humilié, frappé, condamné. Peut-être pourra-t-il même, fort de ses nouveaux pouvoirs, les retrouver et se venger ? Il écrira à ceux de son quartier, à Vieux Bob, pour leur dire ce qu'il est devenu. Un type important, avec son uniforme de chasse, son fusil, sa motobrousse, des rabatteurs à son service...

N'est-ce pas à ce genre de chose qu'il a toujours rêvé ? La proposition est alléchante !

— Faut que je réponde tout de suite ? interroge-t-il.

Will le chasseur relève la tête, affiche une mimique de dégoût et retourne à sa culasse. Le visage balafré de Drake Fox s'empourpre. La paupière de son œil unique est agitée de tics.

— Par tous les démons de l'Afrique, t'as besoin de te triturer le cerveau ?

Jef opte pour le bluff :

— Parfois, je suis un peu mal à l'aise face aux animaux...

Plusieurs émotions contradictoires passent sur le visage de Fox. Son œil artificiel pèse de tout son poids sur l'adolescent.

— Quel sens donnes-tu au mot « animaux », rabatteur Jef Cody ? demande-t-il d'une voix lourde de menaces.

— Eh bien... je parle de ceux du parc. Des lions qu'on peut caresser. Des Minikilis.

Drake Fox ricane d'un air méprisant (le fauteuil proteste), aspire une bouffée de son cigare (la cendre tombe en cascade sur sa veste sans qu'il s'en aperçoive) et coupe l'air devant lui d'un grand geste de la main, comme pour chasser de mauvais esprits.

— Tu veux que je te dise un truc, mon garçon ? Moi aussi, ces espèces de zombies me rendent mal à l'aise, parole d'honneur ! C'est face aux garous que mon sang bouillonne. Y'a rien de mieux que de traquer les garous, crois-en mon expérience ! Les garous, ça ruse, ça court, ça contre-attaque. Rien à voir avec les peluches amorphes des touristes. Les anitrans te rendent mal à l'aise ? Parfait, ça me rassure, viens te frotter aux garous. Là, et là seulement, t'auras ta dose d'adrénaline, parole d'honneur !

Jef hoche la tête. Drake Fox a foncé dans la direction escomptée. Il n'est pas devenu fou de rage, et va lui accorder un délai. L'adolescent partage d'ailleurs en partie l'avis du grand chasseur blanc. Lui aussi ressent de l'admiration pour le jeune rhino qui a chargé leur moto, ou pour l'éléphant qui a osé les affronter quelques jours plus tôt.

— T'as une semaine pour me dire oui ou non, reprend le traqueur. Maintenant, débarrasse le plancher.

Chapitre 21

Crocs et caresses

Jef attend à la lisière de la zone arborée qui sépare le lieu de baignade du village massaï. Dans la nuit, après s'être faufilé hors du camp, il a déniché un petit monticule, sans doute une ancienne termitière réduite à un tas de terre informe, sur lequel il s'est assis. Il ne craint pas d'être vu par un membre de l'unité Saturne sorti prendre l'air : dans son dos, les acacias et les épineux forment un rideau d'ébène.

Il y a du vent ce soir. Un vent tiède qui agite sa tignasse, lui caresse les bras et s'engouffre parfois, taquin, sous son blouson sans manches. C'est une étreinte agréable, beaucoup plus séduisante que la bise glacée et humide qui soufflait souvent chez lui, en Europe. Les étoiles et la lune n'apparaissent que par intermittence : le ciel est chargé de gros nuages sombres, dont on devine les contours quand ils passent devant la lune. La saison des pluies, tout le monde le dit, ne va plus tarder.

Le vent fait tanguer les herbes sèches. Un océan végétal, un peu trop désert au goût de Jef. Shaka lui a dit qu'autrefois, avant les Magic Eden, l'endroit grouillait de vie animale. Jadis, assis sur ce monticule de terre, Jef aurait fait une proie idéale pour les lionnes en chasse, mais il ne risque plus rien dans cette Afrique aseptisée, où les gènes de chaque animal sont contrôlés pour le plus grand plaisir des touristes et des enfants.

— Bonsoir, Jef, dit la voix douce et râpeuse de Naphtal Ole Tutu.

Le vieil homme, apparu comme par magie, se tient debout au milieu des herbes mouvantes ; elles semblent presque le porter.

— Bonsoir, loïbon Naphtal.

— C'est une soirée agitée. Le vent s'est levé.

Jef approuve d'un signe de tête, s'efforçant de chasser de son esprit les pensées obscures qui ont commencé à s'accumuler.

Il descend du monticule de terre. Naphtal pose une main osseuse sur son épaule.

— Je vois que tu ne crains pas la nuit. Mais n'as-tu pas peur des lions ?

Jef lui jette un regard étonné.

— Je croyais qu'il n'y en avait plus dans le coin. Et je n'ai pas peur des anitrans.

— Je parle des lions sauvages.

— Un garou ? Ce serait pas de chance ! Il n'y en a pas beaucoup !

Naphtal a un sourire énigmatique, que la pâleur lunaire rend plus étrange encore.

— Sait-on jamais, Jef d'Europe... L'Afrique, pour un observateur attentif, c'est de l'ombre et de la lumière. C'est ce que voient les Occidentaux qui savent ouvrir les yeux. Mais l'Afrique, pour ceux qui regardent au-delà des yeux, ce sont des lumières dans l'ombre et des ombres en pleine lumière. Toutes ces choses que l'on croit voir et celles que l'on ne voit pas. (Il accentue sa pression sur l'épaule de Jef.) Viens, suis-moi. J'ai quelque chose à te montrer.

Jef suit le vieillard à travers la brousse. Ils s'enfoncent dans le vallon arboré, puis longent la rive sombre de la rivière Tanya. La lune fait danser des reflets argentés sur l'eau noire. Ils avancent, suspendus entre deux mondes. Marchent un moment le long du sentier qui longe la berge, en s'éloignant du vallon, du camp des chasseurs et de Torosei. Le vent fait bruire la brousse sur leur gauche, et la rivière chantonne à droite. Jef se demande où ils vont, mais n'est pas inquiet. Le vieux Massaï lui inspire confiance. Il sent émaner de lui la même force et la même résolution que de Vieux Bob, le doyen du quartier des Veuves.

Quand le vieillard s'engage dans le lit de la rivière cependant, Jef s'arrête.

— On traverse ? murmure-t-il.

— C'est un gué, ne t'inquiète pas. Le courant n'est pas fort en ce moment, tu en auras à peine aux genoux.

Jef sait que les crocodiles ont été éradiqués depuis longtemps de la rivière. L'eau est fraîche, mais pas glacée comme celle des fleuves de son pays.

Ils pénétrèrent dans les sous-bois qui marquent l'orée de la grande forêt, au-delà de la rivière. Jef n'a jamais passé le cours d'eau, encore moins imaginé qu'il pénétrerait un jour sous ces noires frondaisons.

En réalité, il s'agit encore pour l'instant de la savane.

Les acacias sont plus nombreux que dans la zone tampon, de l'autre côté de la rivière, mais ce n'est pas une jungle compacte. Shaka lui a expliqué qu'après ce premier rideau clairsemé la forêt devenait plus dense, quasi inextricable parfois. Logique : il n'y a plus d'éléphants pour l'entretenir.

Naphtal marche d'un pas vif.

Un crapaud coasse dans les herbes.

C'est du moins ce que penserait un citadin civilisé. Mais Jef n'est ni citadin ni civilisé. Il habitait bien dans une ville, mais une ville en ruine, en partie reconquise par la végétation et la faune. Le coassement qu'il vient d'entendre était une bonne imitation, mais pas un bruit d'origine animale.

— Ce sont des moranes, lui souffle Naphtal, qui semble avoir perçu son trouble. Ceux qui vivent dans des imanyat en dehors du village, avec les guerriers de leur âge. Ils nous attendent.

Le vieillard et l'adolescent quittent le sentier pour se faufiler dans les hautes graminées, contournent deux buissons d'épineux et se dirigent vers un sombre bosquet.

— Il faut marcher courbé, maintenant, chuchote Naphtal.

Jef s'exécute, tous ses sens en éveil. Le vieil homme a piqué sa curiosité. Qu'a-t-il d'important à lui montrer, si loin, au milieu de la nuit ?

Puis il détecte de grandes silhouettes camouflées dans l'obscurité, au pied d'un vénérable acacia. Des moranes !

Il a déjà vu de jeunes guerriers au kraal, mais jamais comme il les découvre maintenant malgré la nuit : en tenue de combat !

L'un d'eux s'avance à leur rencontre, éclairé par les pâles reflets lunaires. Cheveux tressés, corps d'ébène oint, collier de perles, longue sagaie. Le jeune homme, émacié, montre des dents blanches. Deux de ses incisives inférieures ont été arrachées, comme celles de Naphtal. Jef a interrogé Shaka à ce sujet et sait désormais pourquoi : on extrait ces dents aux enfants pour respecter la tradition, et parce qu'on peut, grâce à ce trou dans la dentition, nourrir la personne en cas de blessure grave ou de maladie. Cela se faisait autrefois, et la coutume est de nouveau respectée chez les Massaïs.

— Ils sont là, dit le morane. Le vent vient vers nous.

— C'est une bonne chose, murmure Naphtal. Jef, accroupis-toi derrière ce buisson, puis lève-toi doucement. Ne laisse dépasser que ta tête et attends que tes yeux s'habituent à l'obscurité. Ensuite, regarde.

Le second morane, visage farouche et regard fier, tend une jarre de terre au vieil homme, sans un regard pour Jef. L'adolescent ne s'en formalise pas : les guerriers massaïs ont la réputation d'être arrogants. Ce ne sont pas les premiers humains de ce genre qu'il rencontre : il a côtoyé plusieurs peuples orgueilleux, souvent pauvres, lors de ses pérégrinations. Et Vieux Bob lui-même ne souffrait pas qu'on lui manque de respect.

— Avant, tu dois appliquer ceci sur ton visage, murmure Naphtal.

Jef prend la jarre.

— C'est quoi ?

— De la terre brune. Ton visage est trop pâle. Tu dois devenir noir, Jef.

Le jeune Massaï siffle entre ses dents de manière

ironique, comme pour signifier que cela ne risque pas d'arriver.

Jef attrape la terre humidifiée et l'applique sur son visage. Puis, courbé, se glisse derrière le buisson et, centimètre par centimètre, se redresse.

Sous la lune, un lion !

Non, une lionne ! Allongée dans l'herbe, une patte posée sur une masse sombre. La bête ouvre la gueule, se penche ; il y a un sinistre craquement.

Puis le fauve lève le museau, face à l'astre blanc. Ses poils sont souillés de taches brunes.

Soudain, Jef réalise. Cette vision, c'est celle qu'il a longtemps imaginée en rêvant de l'Afrique. C'est l'image que lui a transmise sa mère, quand elle lui racontait des histoires prodigieuses sur le continent noir : cette lionne est en train de dévorer sa proie !

Jef scrute l'obscurité. Il reconnaît une corne, une sombre crinière. Un gnou, un gnou mort, dégoulinant de sang, qui gît sous les pattes du félin !

Les yeux de la lionne luisent dans la nuit. Ses crocs blancs s'ouvrent et plongent vers la masse de chair et de sang nichée entre ses pattes. Craquements de la peau, des tendons.

Un garou, ici ! Si loin du parc !

La peur submerge le jeune Européen. Il tourne la tête vers Naphtal. Le vieil homme a les yeux fermés, et semble perdu dans une quelconque méditation. Les deux moranes en revanche fixent sur lui des yeux goguenards.

Jef refrène l'envie de refluer vers eux, à l'abri des sagaies, et observe la lionne avec plus d'attention. Quelque chose bouge dans les herbes, derrière elle. Il entend une sorte de miaulement. Alors la femelle se redresse et s'écarte un peu. Et cette fois, il les voit : deux lionceaux, occupés à ronger l'une des pattes du gnou !

Jef s'abîme dans la contemplation des bébés fauves. La mère déchire des morceaux de chair pour les mettre à la disposition de ses petits, lèche le sang qui macule leur fourrure, frotte son museau contre le leur.

L'adolescent est submergé par un tsunami émotionnel. La vague gonfle sa cage thoracique, bloque sa gorge, pique ses yeux. C'est profond, brutal.

L'impression grisante de toucher du doigt quelque chose de fondamental.

Douceur et souffrance. Vie et mort. Crocs et caresses.

L'âme et le sang du monde. Son émergence et sa fin.

— C'est beau, hein ? murmure une voix douce à son oreille.

Soïla, à quelques centimètres de lui !

— C'est la deuxième fois que je te surprends, chuchote-t-elle, amusée. Faudra que je t'apprenne !

Il est encore sous le coup de l'émotion. Elle perçoit son trouble.

— C'est ça, l'Afrique, dit-elle. C'est un cœur gorgé de sang, notre sang à tous. Qui bat, qui bat, qui bat...

Jef hoche la tête et contemple encore les lions. Il pourrait rester des heures ainsi.

— Venez maintenant, murmure Naphtal au bout d'un moment. Laissons les bêtes sauvages finir leur repas.

Les moranes s'évanouissent dans la nuit. Jef suit le vieil homme. Soïla marche à ses côtés. Il sent la chaleur de sa peau, parfois, contre son épaule, quand leurs corps se frôlent. Elle ne se promène pas seins nus cette fois, mais est vêtue d'un short court et d'une chemise de coton. Rien à voir cependant avec les tenues des autres femmes massaïs.

— Alors, Jef, as-tu aimé notre promenade de ce soir ? interroge Naphtal.

— Beaucoup. Mais je ne comprends pas comment c'est possible...

— Ah ! C'est l'éternelle question des Blancs en Afrique, tu sais : « Comment ces choses sont-elles possibles ? » Commence par te dire que c'est possible. Ensuite, réfléchis.

Jef marche un instant en silence.

— Ça veut dire qu'il y a des garous que Drake Fox ne connaît pas. Mais les Massaïs savent qu'ils existent.

— Bien réfléchi, Jef. Pourtant, Drake Fox nous a demandé de lui signaler et même de tuer les garous que nous repérons, y compris à l'extérieur de la zone tampon. Au-delà de la rivière par exemple.

— Mais ce n'est pas ce que nous faisons, intervient Soïla.

Naphtal lui lance un regard réprobateur :

— Tu parleras tout à l'heure, dit-il sèchement, lorsque j'irai me coucher. Pour l'instant, c'est moi. Moi et Jef.

Soïla affiche un air boudeur.

Ils quittent la forêt, passent le gué au milieu de la rivière, pénètrent dans le vallon boisé.

— Vous cachez des garous ? interroge Jef.

— Ce ne sont pas des garous, mais de vrais animaux, tu l'as vu.

— Vous les cachez, c'est bien ça ! Ils peuvent être dangereux, non ?

Gloussements du vieil homme.

— La vie est dangereuse, Jef, et tenter de nous faire croire le contraire est un mensonge. Les Massaïs ont décidé de vivre ici, dans la nature, pas à côté. Pour la bonne raison qu'ils font partie de cette nature. On peut s'adapter, profiter de la nature, mais pas la manipuler. Elle a tant d'expérience et nous sommes si jeunes ! La manipuler, c'est étaler sa vanité. C'est aller contre elle, et donc contre les hommes puisqu'ils sont éléments de cette nature. Me comprends-tu ?

— Oui. J'ai peur devant un garou, mais je suis mal à l'aise face à un anitrans.

— Tu as saisi ce que je voulais dire.

Ils s'arrêtent au milieu des fourrés, à bonne distance de Torosei, et surtout du camp des chasseurs. Des branches mortes gisent sur le sol, au milieu d'une modeste clairière. Elles paraissent tombées ici par hasard, mais Jef constate qu'une souche forme un siège parfait pour Naphtal et que les branches les plus épaisses ont été positionnées en arc de cercle autour de ce fauteuil naturel.

— Donc, vous cachez vraiment l'existence de garous ? reprend Jef.

— Les animaux sauvages peuplaient cette région autrefois, et nous pensons que leur retour serait bénéfique. Les vrais animaux peuvent être dangereux, c'est vrai ; ils peuvent tuer, bien sûr, et ils dévorent leurs proies. Mais c'est ainsi. Nous poussons autant que possible les garous vers la forêt, où nous savons qu'ils ont moins de chances d'être repérés par les chasseurs. Au-delà des bois, loin d'ici, il y a des territoires où personne ne se rend jamais.

Naphtal s'assoit sur la souche et invite Jef et Soïla à

s'installer aussi. Jef obtempère, mais Soïla reste debout, à l'écart.

— Si Drake Fox apprend cela, il va tout massacrer ! Les garous et vous...

— Drake Fox ne comprend pas grand-chose. Il croit connaître les animaux sauvages – ceux qu'il appelle les garous –, mais il ne les connaît pas. Il croit connaître l'Afrique, mais il ne la connaît pas. Les Massaïs, eux, connaissent les secrets du monde sauvage.

Jef se penche en avant. Les ténèbres les entourent, imperméables aux regards.

— Quels secrets ? Les animaux sauvages ont des secrets ?

— Ils en ont depuis toujours, mais il faut être à l'écoute pour en comprendre une infime partie. Mais il est top tôt pour parler de cela, Jef. Une autre fois. Pour l'instant, je te demande ton aide.

— Mon aide ?

— Nous allons mettre au point un réseau clandestin, pour tenter de sauver des animaux sauvages. Il comprendra des Massaïs, des OD, quelques gardiens et quelques rabatteurs. Nous savons que tu es plutôt bien vu par Drake Fox et par sa fille. Si tu peux obtenir des informations sur les garous, elles nous intéressent...

Jef effleure son cou, triture la ficelle qui soutient son amulette. Il est sur des charbons ardents. Les Massaïs ont-ils eu vent de la proposition de Drake Fox ? Impossible, c'est trop récent ! Mais la coïncidence le met mal à l'aise. Il ne va pas pouvoir rester éternellement dans l'expectative, en équilibre entre les deux mondes, celui des Massaïs et celui de Drake Fox. Il va devoir choisir un camp.

La décision est difficile : doit-il renoncer à ses rêves de réussite ? Naphtal attend, impassible. Soïla soupire avec force, irritée par son silence. Il songe à la lionne avec ses petits, se souvient de l'émotion puissante qui a retourné ses entrailles, gonflé son cœur. L'âme et le sang du monde.

— D'accord, dit-il.

— Merci, Jef d'Europe.

— Vous avez compris comment et pourquoi les anitrans deviennent des garous, n'est-ce pas ?

— Oui.

— J'aimerais savoir aussi...

— Certains des Massaïs de Torosei, y compris l'un des moranes que tu as vus tout à l'heure, et la jeune fille présente ici (Soïla, rancunière, répond par un regard courroucé) ont suivi des études poussées. Et nous avons des contacts dans des laboratoires de biologie et de génie génétique. Tous les scientifiques de l'Afrikwana n'adhèrent pas à l'idée de la faune manipulée des Magic Eden, et quelques-uns nous aident en nous fournissant des informations capitales. Nous avons trouvé le facteur déclencheur, celui qui ramène un anitrans au stade de garou. Qui le fait redevenir normal, au fond.

Jef est suspendu aux lèvres du vieil homme.

— C'est quoi, loïbon ?

— Le jeûne.

— Le jeûne ?

— Quand les animaux sont privés de gel bleu pendant un certain temps, au moins trois jours en général, le processus peut se déclencher. Les anitrans se mettent à produire des hormones particulières, qui annulent les effets de la drogue zen. Ils redeviennent alors sauvages.

Jef est stupéfait.

— Ça ne fonctionne pas à chaque fois, car ce n'est pas automatique, poursuit Naphtal. Ton ami Shaka nous a aidés à parvenir récemment à ces conclusions. Il t'expliquera d'ailleurs tout cela mieux que moi.

— Shaka ? Mais il m'a dit qu'il ne savait pas ! Qu'il ne comprenait pas...

Naphtal sourit d'un air apaisant.

— Ne lui en veux pas. Une très grande discrétion est nécessaire à ce sujet. Nous lui avions demandé de ne pas en parler. À personne.

Jef, furieux sur le coup contre son ami, retrouve son calme. Il sait l'importance des secrets. Shaka a eu raison de jouer l'innocent.

— Mais alors, murmure-t-il, il faut priver tous les anitrans de gel bleu !

Naphtal ouvre grand les bras et montre en souriant sa drôle de dentition qui rappelle un clavier de piano.

— Ce serait l'idéal ! Mais il faut être prudent. Pour l'instant, nous nous contentons d'isoler les anitrans égarés près de la rivière. À l'abri dans la forêt, ils redeviennent parfois normaux. Ainsi, nous sauvons à la fois ces garous et les touristes qui pourraient être leurs victimes.

— Il y a beaucoup de garous dans la forêt ?

— Un certain nombre... Nous serons un jour ou l'autre repérés, alors il nous faut accélérer notre action. Voilà pourquoi nous avons besoin de ton aide.

Jef hoche la tête.

— Je suis avec vous.

Naphtal lui prend la main. Sa peau est dure, crevassée. Jef songe au cuir des éléphants.

— Merci, Jef d'Europe, dit le loïbon. La première réunion de notre petite coalition devrait avoir lieu dans quatre jours, ici même, à la nuit tombée. Viens à cette assemblée.

L'ancien se redresse.

— Il est tard, je vais aller reposer ma vieille carcasse maintenant. Bonne nuit, jeunes gens.

Jef se lève pour le saluer. Le vieil homme s'éloigne à petits pas et disparaît dans la nuit.

Jef regarde Soïla, qui braque sur lui un regard noir : elle n'a toujours pas digéré la remarque de son grand-père. Un mètre de pénombre les sépare. Jef hausse les épaules, met les mains dans les poches et garde les yeux posés sur elle, un petit sourire au coin des lèvres. Elle garde un certain temps son air boudeur avant de sourire aussi.

— Je suis contente que tu sois de notre côté, dit-elle.

— Ton grand-père est plein de surprises, remarque l'adolescent.

— C'est un vieillard têtu qui ne jure que par l'Afrique d'autrefois !

Jef prend un air amusé.

— Pas toi, dit-il, en regardant de manière suggestive son short court et sa chemise de coton. La plupart des femmes du village portent des robes...

— Pas moi. Mais ne me confonds pas non plus avec une citadine à l'occidentale !

— Pas de risque... murmure Jef, songeant à la manière qu'elle a de se promener sans rien pour cacher ses seins.

— Bah, je sais à quoi tu penses. Tu crois que j'aime la provocation ?

Il rit :

— Je ne suis pas sûr que tu suives une mode quelconque !

— Je m'habille comme je veux, je me coiffe comme je veux. Je ne veux pas avoir le crâne rasé. Je veux des tresses, comme les moranes. Je ne veux pas d'une longue robe sur mes jambes. Je mets une chemise si je veux, et rien si je veux. Ça te déplaît ?

Elle s'est rapprochée de lui en disant cela.

— Pas du tout...

— Tant mieux. Je veux être libre et respectueuse du passé à la fois. Tu es déjà allé à Nairobi ?

Jef confirme, maussade. Soïla se rapproche encore.

— Ah oui, la prison... Désolée ! dit-elle d'une voix grave. C'était dur ?

Jef grommelle une sorte d'assentiment.

— Il y a deux ans, murmure Soïla, je suis tombée sur une bande de sales types dans une rue de Nairobi. Pas le genre à apprécier les peaux d'ébène. J'ai passé un sale quart d'heure.

Jef lit de la colère dans ses yeux. De la terreur aussi.

— Des Blancs ?

— Des Blancs. J'en ai tué un, je crois, avant de réussir à m'enfuir. Mais ils m'avaient réglé mon compte avant. Je me sentais morte. Je fais des cauchemars souvent.

— J'en fais aussi, dit Jef.

Soïla se rapproche encore. Tend la main. Touche son cou. Il frissonne mais ne tente rien pour l'en empêcher.

— C'est quoi, ce collier ? demande-t-elle en palpant l'objet.

— Une amulette.

— Nous aimons aussi ces objets. Il y a quoi, à l'intérieur ?

Jef hésite. Cette fille l'intimide, mais lui plaît beaucoup. Il aime sa manière abrupte, carrée, de poser des questions. Un peu comme Astrid, mais sans impertinence ni mépris. Il apprécie aussi sa manière d'être, sans fioritures ni artifices. Elle lui ressemble. Malgré tout, il ne la connaît pas encore assez.

Elle perçoit son hésitation.

— C'est un secret ? demanda-t-elle.

— Non. Enfin, si.

— C'est intime ?

— Très.

— Ça vient de qui ? Une amie ?

— Non.

— De qui alors ?

— Ma mère.

— Alors garde ce secret pour toi. Tu me le diras un autre jour. Si tu veux...

Elle s'éloigne, mais il la retient. Glisse l'amulette entre ses doigts.

— C'est une mèche de cheveux de ma petite sœur. Ma mère m'a demandé d'enterrer ce souvenir dans la terre d'Afrique. Pas n'importe quand. « Le jour où tu seras vraiment heureux. » C'est ce qu'elle m'a dit.

Soïla plonge son regard dans le sien. Elle a de beaux yeux bruns, riches comme la terre de son pays après la pluie.

— C'est un serment très puissant, dit-elle en reposant avec douceur l'amulette contre la poitrine de Jef – que ses doigts effleurent. Il faudra tenir parole.

Il confirme sans ouvrir la bouche, la gorge serrée tout à coup. Il n'avait jamais parlé de cela à personne, sauf à Téo, pendant leur voyage vers le sud.

— Je ferai comme elle a dit.

Soïla a de longs cils noirs. Sa peau sombre est plus douce que du velours.

— Je t'aiderai si tu veux, dit-elle en se levant.

Ils marchent jusqu'à la sortie du vallon. Le vent caresse les hautes herbes de la savane. Les nuages s'amusent à effleurer la lune. La brousse est calme ce soir. Elle se détend avant la saison des orages.

Les deux humains s'embrassent.

Puis Soïla fait un petit geste de la main et disparaît dans l'obscurité.

Jef, sous la lune, regarde un long moment les herbes danser. Il songe à sa peur face aux lionnes, à leur violence sauvage dans les ténèbres.

Au sang de la proie innocente.

Chapitre 22

Téo

Nuit. Sang. Chaos.

Oublier, il vaudrait mieux oublier.

Non. Oublier, c'est cracher sur ceux qui sont morts.

Les souvenirs peuvent rendre fou.

Téo, accroché aux barbelés d'un mur bâti pour fermer la frontière. Les os brisés, la chair labourée. Le garçon s'affaisse, comme un homme épuisé au sommet de sa croix. Jef hurle, le hisse, l'exhorte à continuer.

Les policiers les cernent, les happent, les embarquent. Jef hurle, s'agrippe, frappe, encaisse des coups. Matraque électrique. Chocs, douleur, désespoir.

Transfert sans assistance médicale dans un véhicule de patrouille grillagé. Odeur de gerbe et d'urine. Traits de feu dans ses mains lacérées. Téo gémit, la tête sur ses genoux. Inerte. Du sang partout sur ses vêtements.

Arrivée au centre de détention. Téo inconscient. On le pose sur un brancard, une simple bâche tendue entre deux perches posées sur des tréteaux, et un garde autorise Jef à rester près de lui. Aucun médecin ne sera sur place avant l'aube, et l'aube est encore loin. Pas avant deux longues heures. Impossible de faire autrement, malgré les supplications de Jef. L'adolescent répugne à s'abaisser devant les gardiens, mais on met sa fierté dans sa poche quand il s'agit de sauver la peau de son meilleur copain.

Jef caresse Téo, console, promet. Un eldorado, une ferme près d'une rivière, des filles sensuelles, un soleil matinal, des troupeaux d'animaux, des richesses. Il promet tout cela, et plus encore. En échange, il faut vivre.

Téo délire, souille ses vêtements, appelle sa mère, parle de son frère, puis marmonne des choses incompréhensibles. Jef ne pourra rien transmettre à sa famille, ni informer qui que ce soit : il sait de quelle ville vient Téo, mais ne se souvient pas du quartier, ni de la rue, perdue au milieu d'un improbable labyrinthe de tôles, comme la sienne.

Téo agonise, sur ce brancard posé contre un mur dégueulasse, au-dessus d'un sol de ciment équipé de rigoles pour évacuer les déjections, dans un box grillagé, puant, qui ressemble plus à une bauge de cochon qu'à une cellule. Jef lui tient la main, mais ne peut faire grand-chose pour atténuer ses souffrances.

Téo ne dit rien quand il meurt. Il s'en va sans adieu, le visage couvert d'un masque de sueur, de crasse et de sang.

Téo meurt, et deux gardiens viennent le chercher. Ils l'emportent comme on se débarrasse d'une couverture usagée. Repoussent Jef quand il tente de les suivre.

Le survivant pleure et s'en veut. Ses mains tailladées le brûlent ; il a l'impression qu'on les a plongées dans de l'huile bouillante. C'est de sa faute ! Sans lui, Téo n'aurait sans doute jamais tenté la traversée. C'est lui qui a insisté.

Il prend sa tête dans ses mains et chiale. Le sang de ses paumes se mêle à ses cheveux roux. Ses larmes salées démultiplient la douleur, mais il s'en moque : il a mérité de souffrir.

Ensuite, les souvenirs se confondent dans un tourbillon noir et gris. Les ténèbres de cette nuit d'horreur et de désespoir. Des journées dans les geôles surpeuplées. Le gris des murs, du sol cimenté, contre lesquels on le jette souvent. Il y a ces gardes véreux qui surgissent la nuit pour s'en prendre aux clandestins interceptés, qui n'ont plus aucun droit, ni même d'existence officielle ; il y a les prisonniers qui se transforment en bêtes sauvages, passant leur désespoir sur les plus faibles. Un monde sans pitié, sans âme, livré aux abus de toutes sortes.

C'est la fin de l'aventure. À cet instant, Jef est persuadé qu'il va mourir.

Il ne meurt pas, mais se déconnecte de la réalité. C'est en somnambule qu'il survit aux longues semaines qui suivent. L'emprisonnement, puis l'embarquement dans une navette charter, et le retour en Europe du Sud, dans l'un des camps de réfugiés qui s'étendent comme des hydres le long de la Méditerranée. Des petits boulots pour survivre, la traversée dans les cales d'un bateau de pêche bondé comme un navire négrier d'autrefois, le débarquement quand on les jette à l'eau au milieu de la nuit, de nouveau les reptations sous la barrière énergétique et l'escalade du Mur. Avec toujours l'image de Téo en tête.

Et cette fois, il passe. Marche sur le continent africain. Au sud, il y a la terre promise. Il avance, pour sa mère, pour Téo. Et atteint les portes de l'Afrikwana.

Chapitre 23

Face à la lionne

Le garou est une lionne. Aucune capture n'est envisagée. Il faut détruire l'animal, un point c'est tout. Vite, car le fauve n'a pas été repéré dans la zone tampon, du côté de la rivière Tanya ou de la falaise, mais sous le dôme, à moins d'un kilomètre des infrastructures touristiques. La direction a prétexté une crise de folie inexpliquée d'un OD pour inciter les visiteurs à déguerpir, mais la situation ne doit pas s'éterniser.

Drake Fox est agacé : les recherches sont vaines – après avoir égorgé une antilope, la lionne a disparu –, et l'emploi des meilleurs équipements de traque est interdit au cœur du parc. Les motobrousses, le Tricératops et les guépards héliotroniques ont dû rester au camp. Même si les promeneurs ont en théorie été évacués, il faut être discret. On n'est pas à l'abri d'un bug – ces caméras volantes plus ou moins autonomes – manipulé par un touriste trop curieux.

Fox ne dispose que d'un classique 6 × 6 renforcé et de triads, moins efficaces que les motobrousses. Quant aux guépards, ils ont laissé place à deux robautruches, des biomachines juchées sur deux pattes, équipées d'une tête mobile truffée de capteurs. Il s'agit encore de prototypes, dont les techniciens de l'unité Saturne n'ont pas terminé la programmation. Les robautruches ont été mises au point pour agir sous le dôme, au vu et su de tout le monde. L'avantage, c'est qu'elles amusent les visiteurs, alors que les guépards avaient tendance à les inquiéter. Question d'apparence : en réalité, les volatiles robotisés sont pourvus de griffes plus redoutables que celles des fauves héliotroniques, et leur bec métallique cache le canon d'un laser longue portée. Mais les touristes ne voient que de braves oiseaux qui les amusent beaucoup.

N'empêche que Drake Fox n'aime pas ces machines-là : « Elles n'ont pas de gueule, a-t-il dit la première fois qu'il les a découvertes. C'est comme si on m'avait demandé, gamin, d'aller à la chasse au lièvre avec un chihuahua héliotronique. » Les guépards sont ses chouchous, au point qu'il se sent un peu perdu sans eux.

L'œil artificiel de Fox, plus efficace que l'organe d'un faucon, fouille la plaine vide au-dessus de laquelle flottent des nuages anthracite. Au-delà, le Kilimandjaro disparaît dans de noirs moutonnements. Il ne pleut pas encore, mais c'est une question de jours, peut-être d'heures.

Quand son anneau-com vibre, le traqueur appuie dessus d'un doigt rageur.

— Ouais ?

— Ici Fletcher, je suis sur la zone G30.

— Vous l'avez ?

— Toujours pas. Mais je crois savoir où elle se cache.

— J'écoute.

— Le bois d'Orsarge. Elle a eu le temps de s'y réfugier en courant à fond de train. Ça expliquerait pourquoi les drones n'arrivent pas à la repérer.

— On encercle le bois, on le quadrille, on zigouille tout ce qui bouge. Laissez les rabatteurs y pénétrer, et attendez de l'autre côté. Les piafs pourront y entrer ?

— Les piafs ?

— Les autruches.

— Non, trop dense.

Drake Fox jure. Ses guépards auraient pu se faufiler entre les branches. Voilà ce qui se produit quand les technocrates se mêlent d'histoires de chasse et vous pondent des machines à deux pattes juste bonnes à faire se poiler les morveux.

— On fera sans. Exécution.

Jef avance dans la forêt, méfiant. Ce n'est pas un bois entretenu avec soin par les OD comme bien d'autres, mais une zone sauvage, laissée en friche. Il y a quelques endroits de ce genre dans le parc, pour satisfaire les demandes de passionnés de botanique ou de touristes qui veulent se payer l'illusion d'une balade en pleine forêt équatoriale. Des oiseaux sifflent et gazouillent autour de lui. Jef écarte des lianes, se glisse sous des branches couvertes de mousses, se faufile entre des rideaux de lianes. Sursaute lorsqu'une volée de tisserins s'éparpille dans les feuillages.

Pour tout équipement, il n'a qu'un pistolet aveuglant et une matraque paralysante. Suffisant selon Fox pour faire décamper un fauve ou l'immobiliser en cas d'attaque, mais pas vraiment rassurant. De toute manière, les rabatteurs ne peuvent disposer d'armes létales.

Il entend son voisin, un autre rabatteur, qui jure en faisant craquer des branches et pousse un hurlement toutes les trois secondes pour apeurer la lionne. Les rabatteurs ont tout intérêt à faire du bruit s'ils veulent éviter le contact avec le fauve, et surtout s'ils ne veulent pas le surprendre. Le type qui marche près de lui fait son boulot avec zèle.

Jef entend un craquement sur sa gauche, au-dessus de ses épaules. Un frisson court le long de sa colonne vertébrale alors qu'il virevolte. Fausse alerte : deux petits singes se tiennent en équilibre sur une branche, à trois mètres de lui. Jef s'apprête à continuer quand il remarque la grimace de l'un des animaux. S'agirait-il d'une menace ? Serait-il possible que ce petit primate, en apparence inoffensif, soit lui aussi un garou ?

Le singe crache alors qu'il s'approche, et le regarde avec des yeux pleins de colère. Pas de doute : c'est bien un signal d'intimidation. D'ailleurs, le deuxième animal agit maintenant de la même manière. Des garous, ici, que personne n'a encore localisés ! Et si ceux-là existent, combien d'autres...

Les pensées de Jef s'égaillent comme les tisserins qu'il vient de surprendre quand le sol cède sous ses pieds. Il passe à travers un tapis de fougères, glisse entre deux racines et dévale une pente abrupte. Pour finir par une série de roulades, au milieu des végétaux et de la terre qu'il arrache au talus.

Il s'agenouille, étourdi. Quel imbécile ! Un beau gadin pour deux petits singes, peut-être garous mais inoffensifs !

Dans sa chute, il a perdu son pistolet aveuglant et sa matraque paralysante. Il jure. Comment les retrouver dans ces taillis ? De chaque côté, les cris des rabatteurs s'éloignent déjà.

Le grondement sourd qu'il entend dans son dos le tétanise.

Le souffle court, contrôlant chacun de ses muscles pour éviter tout mouvement brusque, il se retourne.

La lionne est là, jeune et bien portante, gueule entrouverte. Ses oreilles couchées vers l'arrière – signe d'excitation – et ses yeux jaunes braqués sur lui.

À cinq mètres tout au plus, à demi cachée dans les fougères. Il n'a aucune chance de s'en sortir.

La lionne feule. Aucune rage cependant dans ce cri presque doux, proche du ronronnement.

Elle sait que les rabatteurs s'éloignent, qu'il ne faut pas les alerter et que nous serons bientôt seuls, réalise Jef. *Je suis à sa merci.*

La lionne s'approche d'un pas.

Jef ne bouge pas. S'il se détourne, elle lui cassera les reins et lui broiera la nuque. Il préfère l'affronter de face.

Il soude son regard aux paillettes d'or. Des yeux terribles, impitoyables et sereins à la fois. Qui le scrutent comme un chat jauge une souris. Il est déjà mort dans ces yeux-là. Juste un assortiment de viande et de sang. Il cesse de respirer. Jamais il n'a ressenti un tel effroi.

Jef ne se jette pas à terre, mais laisse glisser ses mains le long de ses hanches. En deux secondes, l'animal lui a rappelé qui il était, d'où il venait, ce qu'il devait être. Que ses souvenirs et ses rêves, d'un simple coup de patte, pouvaient être anéantis.

Deux larmes coulent sur ses joues. Il n'est pas triste ; ce qui le trouble à ce point, c'est la vérité crue qu'il lit dans le regard implacable de la lionne : il n'est pour elle guère différent d'une gazelle.

Alors qu'il croit sa dernière seconde d'existence arrivée, Jef lit *autre chose* dans ce regard.

Un contact.

Un instant, le regard jaune paraît moins froid, moins prédateur. Un instant, la brûlure de ces yeux de feu semble laisser place à la douceur de la soie.

La lionne avance encore, passe près de lui et bondit pour escalader le talus.

Jef tombe à genoux dans l'humus alors que le fauve disparaît au sommet de la pente.

Les larmes coulent sur ses joues. Tout son corps tremble. Il a vu la mort en face, mais il la connaissait déjà, et ce n'est pas cette confrontation qui lui retourne les entrailles.

Ce qui lui chamboule le cœur et les tripes, c'est cette sensation vertigineuse d'avoir croisé une forme d'intelligence étrangère, d'avoir côtoyé une conscience, un univers de perceptions qu'il ne comprend pas, qui sera à jamais étranger : le monde de la lionne.

Chapitre 24

Le sang des vaches

Au cours des jours suivants, Jef profite de ses rares moments de liberté pour approcher la faune. Il ne la regarde plus de la même manière, tentant d'en percer les intimes secrets au lieu de la contempler. Parfois, la chair de poule court sur ses bras quand un grand troupeau passe devant lui ou lorsqu'un éléphant avance, imperturbable, au milieu de la brousse. À quoi songe le pachyderme ? Quel est son monde ? Il essaie aussi de percevoir l'Afrique à la manière des animaux. Il est plus conscient que jamais du soleil, qui épuise ses réserves d'eau, des ombres des acacias sur les herbes tendres, de la poussière, qui assèche sa peau, des odeurs de fauves portées par le vent. Alors il inspire, et s'emplit de sensations nouvelles.

L'inconvénient, c'est que, malgré ce nouvel état d'esprit, il est encore rabatteur. Il doit participer aux traques, éliminer des garous. La lionne qui l'a surpris dans les fourrés a été retrouvée un peu plus tard, loin du bois, et abattue sans sommation. Jef en a eu le cœur brisé. Mais il a gardé ce sentiment pour lui. Dans les yeux de cette lionne, il a lu tant de choses qui n'apparaissent jamais dans ceux des anitrans !

De temps en temps, il intercepte un regard soupçonneux de Drake Fox. Le traqueur attend une réponse à sa proposition, et le délai d'une semaine sera bientôt écoulé. Il faudra bien lui dire non, mais quand ? Redoutant la réaction de cet homme impulsif, Jef repousse sans cesse l'échéance.

Ce soir a lieu la grande réunion clandestine qui doit sceller le pacte entre Massaïs, OD et rabatteurs rebelles. Voilà qui intéresse Jef plus que la traque, mais sans pour autant déclencher en lui des ondes d'euphorie. C'est le regard de la lionne qui l'obsède.

En fin de matinée, Astrid vient le voir alors qu'il bricole un lance-filet, assis sur une bâche en plastique. La jeune fille est froide, glaciale.

— Tu vas accepter d'être chasseur ?

— Je le dirai demain à ton père.

— Si tu réponds de cette manière, c'est que tu vas refuser. Mon père m'a dit que tu avais baissé de niveau. Tu n'es plus aussi vigilant.

— C'est faux.

— Je t'ai observé aussi. Tu es moins efficace.

— C'est vrai que tu es une spécialiste...

— Et toi un imbécile. C'est à cause de cette négresse ?

Jef se lève et s'éloigne, le visage fermé.

— Jef Cody, si tu me rejettes encore, je ne te le pardonnerai jamais ! siffle Astrid. Une fois a suffi !

— Je t'ai rien demandé, c'est toi qui me poursuis.

La jeune fille reste plantée sur le sol d'argile, sec et dur. Deux larmes coulent sur ses joues, que le soleil a rougies.

Elle tape du pied dans la poussière comme un impala énervé. Elle a tout fait pour retrouver Jef ! Accepté de venir ici, de parler à son père, de pardonner. En vain. Elle jure que ce garçon va payer son arrogance. Et la négresse aussi.

— Deux heures de repos ! hurle un chasseur.

Son nom est Fletcher, et ce n'est pas un type facile. Un ancien mercenaire, comme Fox, qui s'est battu sur tous les points chauds du monde. Drake Fox règne en maître sur l'unité Saturne et n'a pas d'adjoint officiel, mais c'est souvent à Fletcher qu'il délègue ses ordres. Fletcher est tout le contraire de son patron : blond, élancé, maniéré, sournois. Un diable sous la peau d'un ange.

Jef a l'intention de souffler un peu. Ils viennent d'achever la traque d'une hyène. La hyène n'a pas fait long feu, mais le terrain était truffé de caillasses et de cactus. Des épines se sont enfoncées dans sa cheville droite : il va devoir les ôter une à une.

Jef sait qu'il a été lamentable. La lionne croisée dans le bois d'Orsarge inhibe ses pensées. En faisant usage de son lance-filet, une demi-heure plus tôt, il a raté sa cible : la hyène a gagné dix minutes de sursis avant d'être prise. Manque de concentration. L'œil artificiel de Fox, qui surveillait la traque, est resté braqué sur Jef alors que l'adolescent aidait deux autres rabatteurs à charger l'animal mort dans un camion. Une fois rentré au camp, le traqueur a disparu sous sa tente, laissant à Fletcher le soin de libérer les rabatteurs.

— Vous pouvez disposer ! aboie le chasseur. Sauf toi, Cody ! Ramène ta gueule de mangouste par ici !

C'est ainsi que Fletcher a entrepris de surnommer Jef. Jef n'a jamais vu de mangouste, mais Shaka lui a dit que ces animaux pullulaient dans le secteur avant les anitrans.

— Pourquoi vous m'appelez comme ça ? demande Jef en s'approchant.

— Je n'ai pas bien ouï sans doute. J'ai cru entendre un rabatteur me poser une question.

Fletcher a les mains toujours très propres, et sa chemise, même après une traque, paraît sortir de la blanchisserie. Ses cheveux blonds, lisses, sont coiffés avec soin, et il se dégage de lui, parfois, un parfum d'eau de Cologne, entre deux bouffées d'âcre sueur. Sa voix est suave, profonde. Le chasseur parle avec lenteur, semblant toujours

chercher ses mots, ses effets. Mais, comme disait Vieux Bob, le maquillage ne cache pas les pustules : les manières de Fletcher n'arrivent à convaincre que lui-même.

— Tu as formulé une requête ? insiste le chasseur.

— Non, rien, soupire Jef.

— Tu boites ?

— J'ai des épines dans la cheville.

— Affreux. Tu m'arraches des larmes, la mangouste. Va falloir faire avec. J'ai une mission pour toi. Une mission digne d'un grand chasseur.

Jef lève le nez, intrigué.

— Comme t'avais l'air en forme ce matin, le patron m'a demandé de te confier ce boulot. Faut que t'ailles chercher une vache.

— Hein ?

Fletcher s'esclaffe.

— On veut bouffer de la viande ce soir, OK ? Alors il nous faut une belle vache. Tu vas chez les Massaïs, et tu leur demandes gentiment une bête. Et méfie-toi de ces macaques, ils sont voleurs de père en fils. Ils vont tenter de te filer une carne. Mais le patron a dit une belle bête, OK ?

— Oui.

— Oui, chef. Ou oui, monsieur.

— Oui, chef.

— Casse-toi. Et ramènes-en une grosse, ils seraient capables de t'en fourguer une morte.

Jef serre les poings et s'éloigne. Les épines lui enflamment la cheville.

— Cody ? aboie Fletcher.

— Oui, chef ?

— Une mangouste, c'est un petit animal qui paraît très gentil en apparence mais qui est capable de couper en deux un gros serpent d'un seul coup de dents. Paraît qu'il en reste des sauvages, de-ci, de-là. Si t'en vois, appelle-moi, j'aimerais tester mon nouveau gun. OK ?

— Oui, chef. Il reste peut-être aussi des serpents.

— Va chercher ta vache, ducon.

— Je viens avec toi, dit Soïla au milieu du kraal.

Autour d'eux, des enfants se courent après. Des garçons armés de bâtons, de petits arcs et de flèches aux pointes émoussées simulent une chasse au lion garou. Une chèvre acariâtre a été désignée d'office par les aînés pour jouer le rôle du fauve. Elle n'a pas de griffes mais est pourvue de cornes qui laissent des marques sur la peau.

— Avec moi ? s'étonne Jef, sans oser regarder la jeune fille en face.

Comme souvent, elle ne porte qu'un simple pagne sur

les hanches. Pour seul ornement, un petit sac couvert de perles attaché à sa taille, qui tangue au rythme de ses pas sur sa cuisse musclée.

Les questions se bousculent dans la tête de Jef : la soirée de l'autre jour a-t-elle compté ? Ou était-ce pour Soïla une simple péripétie ?

Avec tous ces enfants qui courent autour de lui, il n'ose y faire la moindre allusion.

— Je sais où est le troupeau, affirme la jeune fille. Au puits d'Esimaï. Mais ça a l'air de t'embêter...

— Pas du tout. Tu fais comme tu veux.

Jef suit Soïla dans la savane. Il fait très chaud en ce milieu de journée. Un vent brûlant s'est levé. Des tourbillons de poussière courent sur la terre sèche, entre les acacias.

— Mets ça pour te protéger du soleil et de la poussière, dit Soïla.

De son sac, la jeune fille sort deux morceaux d'étoffe blanche. Elle enveloppe son crâne avec l'un des chèches, ne laissant apparaître que ses yeux.

— Fais pareil, ou ce soir tu ne souffriras pas que de la cheville...

Jef s'exécute. Les voilà tous deux emmitouflés dans leur linge blanc, qui se couvre vite de poussière. Quand Soïla plante ses yeux dans ceux de son compagnon, elle glousse et tente d'arranger les pans de tissu qui pendent un peu au hasard autour des mèches rousses.

— Faudra que je t'apprenne à enrouler ce truc, on dirait un paquet de linge sale.

Jef rit aussi. C'est bon de rire ainsi, de marcher avec Soïla dans la savane. Il a presque oublié la douleur lancinante dans sa cheville.

Alors qu'ils contournent un buisson d'épineux, un animal passe devant eux au petit trot. Des cornes effilées, une magnifique tête noir et sable, des oreilles qui frétillent comme des feuilles dans le vent.

— Un onyx, commente Soïla. Je me demande si...

Deux guerriers massaïs surgissent à leur tour d'un mur de poussière. Ils avancent à grands pas, en cadence, souples et puissants. Leur marche ressemble à une danse. Des colliers de perles tressautent sur leur poitrine. Ils sont munis de longs bâtons. Pas de lances, car les autorités de l'Afrikwana l'interdisent, mais il ne manquerait qu'une lame pour transformer l'outil en arme redoutable.

Ils saluent Soïla au passage, sans interrompre leur course, et font mine de ne pas voir Jef. Mais l'adolescent les entend échanger une dizaine de mots en riant. Soïla sourit et leur crie quelque chose en maa.

— Qu'est-ce qu'ils font ? demande Jef.

— Ils poussent l'onyx vers la forêt. C'est un garou.

Ainsi, c'est la vérité : les Massaïs cachent des garous au-delà de la rivière ! Jef ne doutait pas des affirmations de Naphtal la nuit où il avait vu la lionne et ses petits, mais voir est toujours plus convaincant que croire.

— Et qu'est-ce qu'ils ont dit ? interroge l'adolescent.

— Rien.

— Si, ils ont rigolé. Qu'est-ce qu'ils ont dit ?

— Des bêtises. Que la poussière irrite la bouche et les yeux des amoureux.

Jef rougit sous son chèche et regarde la savane, droit devant lui. Il distingue un amoncellement de roches à travers les nuages jaunes qui effacent les détails et donnent à la brousse une texture ouatée, une aura magique.

— Derrière, on sera à l'abri ! lance Soïla.

Au milieu des roches, un défilé. Ils s'y engouffrent. Le sentier descend de manière abrupte.

Soudain, le silence.

Le vent a disparu, remplacé par une brise à peine perceptible. Il y a de la poussière, mais elle ne cingle plus la peau, retombant en douceur comme les fines bruines matinales en Europe. Le ciel est jaune au-dessus de leur tête, là où le vent se déchaîne, mais ici, protégés par les rochers, ils bénéficient d'une accalmie.

Soïla enlève son chèche.

— Les bêtes sont en bas, près du puits, dit-elle. Viens.

Ils s'engagent dans un vallon protégé par les amas de roches. En bas, quelques palmiers dominent une végétation verdoyante. Des vaches osseuses paissent au fond et sur les flancs de la dépression. Entre les palmiers, un trépan de bois a été monté au-dessus d'un cercle de pierre.

— C'est le puits d'Esimaï, indique Soïla. Une petite oasis. Naphtal ne doit pas être loin.

— Naphtal est ici ? s'étonne Jef en secouant la poussière qui macule l'étoffe de son chèche.

— Il aime venir là. Je crois qu'il médite en regardant les vaches, glisse Soïla, avec un peu d'ironie dans le regard.

Elle a raison : Naphtal Ole Tutu est assis au pied d'un palmier, emmitouflé dans un plaid rouge.

Il hoche la tête avec un air satisfait en les voyant arriver et les invite à approcher.

Jef salue le vieil homme avec respect.

— Je vois dans ton œil que quelque chose te surprend, Jef Cody, murmure Naphtal.

— Je...

— Parle sans crainte, mon ami. Les questions qu'on ne pose pas sont comme ces ordures que jettent les touristes sur les pistes : on ne voit qu'elles et elles attirent le moisi.

Jef ne peut s'empêcher de sourire. Naphtal use souvent de métaphores fleuries.

— C'est vous qui gardez les vaches, loïbon ?

— C'est parce que les villageois aiment me rendre ce service. En général, ce sont les enfants de Torosei qui s'occupent du bétail. Mais quand ils savent que je suis ici, les parents leur demandent de rester à l'écart. Ils savent que j'aime ces instants de solitude. Et puis, un vieux ou un enfant, ni les vaches ni les hommes ne voient vraiment la différence...

Soïla s'esclaffe et le loïbon sourit aussi. Il tend la main vers Jef :

— Aide-moi donc à me lever, Jef. Je devine que c'est Fox qui t'envoie.

Jef se souvient pourquoi il est venu.

— C'est Fletcher, son adjoint. Il veut une vache.

— Ah oui. Il a dû te dire de te méfier de ces voleurs de Massaïs. Je vais te donner la plus belle vache du troupeau.

— Mais vous ne...

— Si, Jef. C'est la pire insulte que je puisse lui faire. À lui, je ne donne que des vaches malingres. Toi, tu ramèneras la plus belle. Je crois qu'il mettra des jours et des nuits à s'en remettre. Ce sera un très bon tour ! Viens !

Le loïbon rit comme un enfant.

Ils avancent au milieu du bétail.

— Tu sais, Jef, je gardais déjà les vaches quand je n'étais pas plus haut qu'un veau. Beaucoup de gens de la ville pensent que c'est une activité dégradante. Mais c'est une grande responsabilité. Quand les bêtes sont heureuses, les gens le sont aussi. Et puis, c'est une école. Avec les vaches, j'ai appris la patience, la nuit, la peur, les arbres, les bêtes, l'eau, le ciel. J'ai senti la respiration de la terre. Aimes-tu l'Afrique, Jef ?

— Beaucoup, loïbon.

— Malgré tout ce qui t'est arrivé ?

— Je savais que ce ne serait pas facile.

— Tu as tué ton lion, Jef Cody. Et même plus d'un lion.

En tout cas, j'ai croisé une lionne, songe Jef. Mais Naphtal ne le sait pas encore. Pour l'instant, il n'a raconté cette histoire qu'à Shaka. Il la racontera peut-être aussi à Soïla, s'ils ont le temps sur le chemin du retour.

— As-tu soif, Jef Cody ? reprend l'ancien.

— Ça va.

— Tu vas boire tout de même. Je te propose autre chose que de l'eau. Je te propose de boire la vie. Voici la vache que tu vas ramener à Fletcher.

L'animal que le vieil homme montre du doigt est osseux, mais un peu moins efflanqué que les autres.

Naphtal fouille dans les pans de son plaid, en sort un petit couteau et se place près du cou de la vache. Mouvement tranchant, vif. Jef a à peine eu le temps de voir la main en action. La bête tressaute, mais la main caressante du loïbon et sa voix douce, qui profère un flot de mots massaïs, l'incitent à rester immobile.

— Jef, le sang est la vie, dit le vieil homme en swahili, avant de coller ses lèvres à la plaie qu'il a ouverte dans la jugulaire de l'animal.

Fasciné et horrifié à la fois, Jef contemple le loïbon avaler une gorgée de sang.

— À toi, dit Naphtal en s'essuyant les lèvres.

Jef hésite. Soïla l'observe, le visage presque inquiet. Elle redoute son refus.

— C'est un acte sacré chez nous, glisse-t-elle. Engaï, notre créateur, nous a donné les bêtes, le lait et le sang de ces bêtes.

Jef se penche contre le flanc de la vache. Bouche entrouverte, il sent le liquide chaud mouiller ses lèvres, baigner sa langue, couler dans son gosier. Il avale à deux reprises, puis se relève.

— Tu as bu le sang de nos bêtes, Jef Cody, dit Naphtal d'un air grave. Te voilà presque massaï.

Jef s'essuie les lèvres. Il se sent puissant, fier.

— C'est bon pour le tonus, ajoute le loïbon.

— Fletcher, il ne va pas voir la blessure ?

— J'espère bien que si, glousse Naphtal. Mais il ne pourra rien dire, ce sont nos bêtes. Vraiment, je crois que nous allons lui jouer un très bon tour !

Jef sourit à son tour, et Soïla se moque de ses lèvres rouges.

— Je vais faire le tour du troupeau puis rentrer, dit le vieil homme en les regardant rire. Ramène cette vache à Fletcher, Jef, et n'oublie pas que les autorités de la Fédération ont demandé que les bêtes nous soient payées un bon prix.

— Je n'oublierai pas, se réjouit à l'avance Jef.

— Nous nous reverrons bientôt, Jef-presque-massaï.

— Un Blanc peut devenir massaï ? interroge l'adolescent.

— Un homme de l'eau, je ne crois pas. Mais un Blanc qui aime l'Afrique et qui a bu le sang des bêtes, je pense que oui. Il ne lui manque qu'une petite chose...

— Tuer un lion ?

— Ce serait trop facile aujourd'hui, mon ami. Les lions ne sont plus bons à grand-chose. Quant aux animaux sauvages, ils sont encore trop précieux. Non, ce qu'il faut à cet homme, c'est qu'on puisse l'appeler. Ce qui lui manque, c'est un nom massaï.

Jef et Soïla ont poussé la bête destinée à Fletcher près du puits. Avant de prendre le chemin du retour, Soïla demande à Jef de s'asseoir sur une pierre. Elle s'accroupit et ôte une à une les épines de sa cheville, en pinçant la peau sans ménagement. Jef grimace, mais frissonne aussi quand les doigts de la jeune fille caressent son articulation, à la recherche d'une dernière écharde.

Jef lui parle de Nairobi, de la prison.

— T'es pas obligé de revenir là-dessus, dit Soïla d'une voix douce.

Il continue. Ne dit pas tout, mais beaucoup. Puis il parle de Téo, des gardes-frontières.

— L'un d'eux voulait que je lui avoue le nom de notre passeur, murmure-t-il. J'ai rien dit pendant longtemps. Mais il avait un fer à repasser, et...

Elle se redresse, pose un doigt sur ses lèvres. Puis descend sa main, écarte les pans de sa chemise et effleure la cicatrice.

— Mon arrière-arrière-grand-père, le grand-père de Naphtal, avait une cicatrice un peu comme la tienne sur la poitrine.

— Comment le sais-tu ?

— Naphtal gardait les vaches avec lui, ici. Il m'a dit que vos deux cicatrices se ressemblaient.

— Il t’a parlé de moi ?

— Plusieurs fois. Il t’aime bien. Tu sais, il t’a proposé le sang de sa plus belle bête. C’est un grand honneur. Les bêtes, c’est la richesse d’un Massaï.

Soïla se rapproche de Jef. Ses mains font des cercles autour de la cicatrice.

— Moi, ce n’était pas un lion, dit-il. Juste un garde-frontière.

— C’était un fauve. Tous les fauves ne sont pas nobles. Il y a des fauves abjects. Des fauves fous, qui tuent pour le plaisir. Pires que des hyènes. Ce sont les plus difficiles à combattre. Toi, tu as réussi.

— Je n’ai rien gagné. C’est lui qui a gagné.

— On aurait tous parlé. On aurait tous donné le nom.

— J’ai parlé. Mais j’ai donné un autre nom, sourit Jef malgré la souffrance que lui infligent ses souvenirs. Notre passeur nous en avait confié trois, au cas où. Des passeurs pourris, qui fournissaient des combinaisons périmées aux réfugiés.

Soïla sourit et l’embrasse sur le front.

— Tu as agi comme un Massaï.

— Mais je n’ai rien gagné.

— Ils ne t’ont pas détruit, tu es revenu et tu as passé le Mur. Maintenant, tu es ici avec moi. Tu as bu le sang des vaches. Es-tu certain de ne rien avoir gagné ?

Il l’embrasse, plus bas que le front.

— Tu as encore le goût du sang sur les lèvres, dit-elle.

— C’est la vie, dit-il.

Il se penche pour partager encore un peu de vie avec elle.

Plus tard, il ouvre l'amulette qu'il a posée sur un rocher. Au pied du plus grand des palmiers, il creuse la terre sèche. Soïla l'aide pour faire un trou assez profond. Puis il dépose la mèche de cheveux de Jolie-Rose au fond de ce puits en miniature.

— Je ne sais pas ce qu'elle est devenue, dit-il. Si elle est vivante, elle a treize ans aujourd'hui...

Sa gorge se bloque. Soïla se serre contre lui. Il avale sa salive, puis continue :

— Je la vois tout le temps, Soïla, tout le temps... et je me demande toujours...

Il arrête de parler, parce que les mots sont parfois, comme les poussières soulevées par le vent, trop légers pour signifier la gravité.

Le vent secoue les palmes, dans les hauteurs, mais l'air est immobile ici, près du puits, où l'herbe est verte et les buissons fleuris. Autour d'eux, le bétail paît, insensible aux soubresauts du monde et des hommes. Ici, Naphtal et son père, et son grand-père avant lui, ont appris bien des choses sur la vie. Ici, une mèche de cheveux va nourrir la terre d'Afrique.

Une vache meugle. Soïla prend la main de Jef dans la sienne.

Naphtal Ole Tutu, debout sur les hauteurs, glousse en regardant le vallon, puis s'éloigne en direction du village.

Chapitre 25

Embuscade

La réunion clandestine a commencé une fois les ténèbres bien installées. Jef est heureux de retrouver Jungle, Makena, Tobiko et quelques autres OD. Il apprécie moins la présence de Bhek, l'homme aux joues creuses. Quand Jungle assure que Bhek est digne de confiance, qu'il espionne en réalité les gardiens et Lémiso pour le compte des OD, Jef grommelle un assentiment. Mais il observe l'énergumène aussi souvent qu'il le peut. Jungle a de l'expérience, mais il n'a pas vécu dans un bidonville, au cœur d'une zone infestée d'hommes-rats prêts à tout pour améliorer leur quotidien et d'hommes-loups prompts à ramper devant des maîtres sans scrupules.

Ils sont une trentaine, assis sur les grosses branches disposées au milieu du vallon boisé, entre le kraal et le lieu de baignade. Naphtal, une dizaine de guerriers massaïs, autant d'OD, quelques rabatteurs, dont Fangio l'Italien, et trois gardiens. Jef est assis entre Shaka et Soïla. La jeune fille porte toujours son short court, mais elle a enfilé une tunique rouge, qui tombe sur ses hanches.

Quand le loïbon Naphtal Ole Tutu lève la main, chacun se tait.

— Nous sommes ici pour différentes raisons, dit l'ancien. Et chacune est légitime.

Hochements de tête approbateurs dans l'assemblée. Naphtal penche sa tête vers le sol enténébré, comme plongé dans une profonde méditation.

— Ici, des ouvriers pensent qu'ils sont traités comme des sous-hommes, dit-il de sa voix usée. De ce fait, nous pouvons tous témoigner. On dit parfois que les Massaïs méprisent les étrangers, mais leurs sourires sont avant tout amusés. Ce qui est vrai, c'est qu'ils méprisent les faux Africains qui ont oublié les règles primordiales, celles de toujours – le devoir d'hospitalité par exemple.

Par « faux Africains », Jef sait qu'il faut entendre les autorités de l'Afrikwana et tous ceux qui, dans les villes de la Fédération, leur donnent carte blanche.

Les OD approuvent en murmurant.

— Quant aux rabatteurs, poursuit Naphtal, ils estiment être traités comme des moins que rien, comme de simples appâts de viande pour les animaux sauvages qu'on les oblige à traquer.

— Exactement ! grogne un rabatteur, soutenu par ses voisins.

— Des gardiens, reprend Naphtal, même s'ils sont encore peu nombreux, pensent que ces abus d'autorité ne sont pas tolérables.

— On veut pas être des matons... dit l'un des gardiens.

— Bon nombre des guerriers de mon peuple ici présents acceptent avec de plus en plus de difficultés les brimades et les humiliations des autorités.

Grognements gutturaux, unanimes, des moranes autour de Naphtal.

Le vieil homme relève la tête. La lampe d'un OD lance un éclair fugace sur son visage sombre, parcheminé, et fait briller ses grands yeux avant que quelqu'un ne réprimande l'ouvrier en lui demandant d'éteindre cette foutue lumière.

— Mais tous, poursuit Naphtal, nous avons un reproche commun à faire aux autorités de l'Afrikwana. Nous, qui sommes sans cesse en contact avec la faune, pensons que les parcs et les animaux dénaturés sont une chose mauvaise pour notre continent et pour le monde. Nous pensons que les Magic Eden doivent disparaître !

Chacun approuve avec entrain, mais en tentant de rester discret, grognant ou murmurant un mot de soutien. Le camp n'est pas assez éloigné pour que l'on se permette d'élever la voix. Les sons portent loin dans la savane, surtout dans une savane privée de la plupart de ses habitants.

— Il y a un moyen simple de changer les choses, ajoute Naphtal. Shaka, c'est à toi de parler.

Le jeune Zoulou déglutit, intimidé, quand tous les regards se braquent sur lui, puis se lance :

— Je pourrai expliquer un autre jour, à chacun d'entre vous s'il le désire, comment mes amis massaïs, nos contacts dans les labos et moi, nous sommes arrivés à cette conclusion. Ce qu'il importe de retenir ce soir, c'est qu'en privant pendant plus de trois jours les anitrans de gel bleu il y a de fortes chances pour qu'ils se transforment de manière spontanée en garous. C'est-à-dire qu'ils redeviennent normaux.

— C'est tout ? demande Jungle. C'est aussi simple que ça ?

Shaka confirme. L'assemblée est stupéfaite.

— Alors, commence un OD, c'est pour ça...

— ... qu'on trouve souvent les garous loin du parc, complète Naphtal. Exactement. Il s'agit d'animaux perdus. Ou d'animaux qui se sont éloignés du parc pour une raison ou une autre – nul ne peut connaître les desseins mystérieux des bêtes. Ces animaux ont été privés de gel bleu pendant plusieurs jours.

— Cendres du monde ! s'exclame le grand Samburu. C'est ce qu'on va faire ? Empêcher les animaux de se gaver de gel bleu ?

— C'est ce que nous avons commencé à accomplir, glisse Naphtal, une lueur malicieuse dans le regard. Plus précisément, nous...

Un signal perce la nuit à cet instant. Un simple sifflement d'oiseau en apparence, mais qui pousse Jef à bondir sur ses pieds. Les guerriers massaïs aussi réagissent avec promptitude.

— Alerte ! Il faut fuir ! lance un morane en attrapant Naphtal par le bras.

— Loïbon, par ici !

De nouveaux sifflements, émis par les guetteurs massaïs, retentissent dans les sous-bois. Puis des tirs d'arme à feu. Des lumières tombent des frondaisons. Des drones !

— Courez, fuyez dans la forêt ! crie Naphtal, entouré par trois moranes.

Les autres se fondent dans la nuit hachée par les projecteurs aériens.

Jef a les yeux braqués sur l'homme aux joues creuses. Le scélérat sort un tube à filet électrique de sa poche et le pointe vers Naphtal. Bhek est bien un traître !

— Attention ! hurle l'adolescent.

Jungle se jette en avant, bouscule le traître au moment précis où il appuie sur la détente. Le filet s'enroule autour du grand Samburu, qui bascule, immobilisé. Jef se précipite, mais une main l'intercepte, le tire vers les sous-bois. Soïla.

— Faut l'aider ! proteste Jef.

— Trop tard ! crie la jeune fille. Ils arrivent, viens !

Une branche, pulvérisée par un projectile, vole en éclats au-dessus de leurs têtes. Jef court derrière la jeune Massaï. Mais d'autres tirs retentissent du côté de la rivière : ils sont encerclés !

Galops, pauses, sauts à plat ventre, courses, griffures des broussailles, pauses, galopades : une fuite éperdue dans le vallon, alors que vibrent les drones, que se croisent les rayons des projecteurs, que claquent les armes et que hurlent les blessés.

Soïla connaît chaque bosquet, chaque arbre dans ce vallon transformé en nasse ; elle y jouait déjà enfant.

Mais voilà une rangée de ronds lumineux entre eux et la rivière, dernier obstacle avant l'eau salvatrice. Un cordon de rabatteurs en marche verrouille la seule issue !

— À terre ! souffle Soïla.

Elle pousse Jef contre un tronc abattu. Éberlué, l'adolescent l'observe arracher sa tunique et son short, les rouler en boule et lui fourrer le tout entre les mains. La voilà nue. Elle le pousse, l'oblige à s'allonger contre le tronc, lui demande de se tasser, se love à son tour sous l'arbre abattu, à même la terre humide, et se colle à lui.

— Qu'est-ce que tu fais ? chuchote Jef, atterré.

— Chut ! Ma peau noire cachera ta blancheur !

De longues minutes s'écoulent. Des pas, tout près d'eux. Des bruits autour de l'arbre mort. Jef sent le corps de Soïla haleter contre le sien. Si elle est prise ainsi, nue, elle passera un très mauvais moment. Il perçoit sa peur. Il sent ses seins, son ventre, ses cuisses se presser contre lui comme si elle voulait se fondre dans son corps, disparaître en lui. Il perçoit la chaleur de son visage au creux de son cou.

Les voix, les lumières finissent par disparaître.

Elle s'écarte, doucement. Puis se relève. Le vacarme s'est éloigné.

Il s'extrait de son trou, s'agenouille, étourdi. Elle est debout juste devant lui, éclairée par la lune et les éclairs fugaces de lointains projecteurs.

— Mes vêtements ! souffle-t-elle.

Il a oublié qu'il tenait la tunique rouge et le short contre lui. Il les lui tend, cramoisi – mais, dans la nuit, peut-être ne s'en rend-elle pas compte.

— Faut qu'on passe la rivière, chuchote-t-elle en se rhabillant.

— Merci, dit-il. Sans toi...

— Plus tard, tranche-t-elle. Pour une fois, la peau d'une Noire a sauvé celle d'un Blanc. Faut dire que la vôtre est vraiment pas adaptée à la nuit africaine.

Il l'attrape par la main.

— Soïla, j'adore la couleur de ta peau ! dit-il, alors qu'une explosion secoue la brousse.

Elle hoche la tête.

— Suis-moi si tu veux sauver la tienne.

Côte à côte, ils courent à travers les broussailles, en direction de cette rivière dont ils entendent désormais le murmure.

CHAPITRE 26

Pourchassés

Le morane se faufile sous les branches des épineux, les écarte de la main comme un lion le ferait avec son museau. Jadis, il y avait beaucoup de fauves par ici. Ils ont disparu, mais le vieux Naphtal continue à raconter ses histoires le soir, et Olomunyak aime les écouter, en rêvant des temps où il valait mieux être prudent quand on arpentait la brousse. Il espère de tout cœur que cette époque reviendra.

Jamais les guerriers massaïs ne se sont séparés de leur lance et n'ont cessé de s'entraîner, malgré la disparition de la faune sauvage. Quand les lances ont été interdites par les autorités, ils ont gardé les manches et caché les fers sous la terre des cases pour s'exercer en cachette. Olomunyak ne le regrette pas : il sait manier l'arme qu'il serre dans sa paume, et n'hésitera pas un instant si un ennemi vient à le menacer au détour d'un bosquet. Il y a peu de chances que l'ennemi soit un lion – ceux que les autorités appellent des garous vivent loin au cœur de la forêt –, mais il pourrait s'agir d'un chasseur, d'un rabatteur ou, mieux encore, de cet horrible traqueur blanc, qui ne mérite qu'une lance en plein cœur.

Après un dernier passage sous des fourrés, il débouche dans une petite clairière au milieu de laquelle trois baobabs ont poussé. C'est au pied de ces trois arbres que les fugitifs ont installé leur bivouac.

Olomunyak salue la compagnie, dépose la viande, les céréales et le lait qu'il a apportés. Un sourire amical à l'adresse des trois guerriers de sa tribu, qui se cachent tout en assurant la sécurité des fugitifs, un hochement de tête à l'adresse de Shaka, un Zoulou citadin mais qui les aide dans la lutte contre les autorités. Aucun signe à l'adresse des autres OD. Ah ! Il y a également Soïla et ce jeune rabatteur blanc. Olomunyak ne salue ni l'un ni l'autre, même s'il apprécie plutôt le caractère résolu du garçon. Quant à Soïla, il aurait bien voulu qu'elle soit aussi affectueuse avec lui qu'avec ce Blanc. Mais il n'est pas jaloux : plusieurs filles très affriolantes et de bonne famille tournent autour de lui au kraal depuis qu'il est devenu morane. Elles sont moins farfelues que Soïla, qui ne se rase pas les cheveux, qui s'habille ou ne s'habille pas, comme elle l'entend, qui s'impose là où seuls les hommes sont en théorie admis, sans que le vieux Naphtal se décide à la réprimander.

— Salut, Olomunyak, dit-elle.

— Salut, Soïla.

— Tu nous as amené de quoi survivre ?

— Il y a du lait.

— Alors tout va bien. La route a été bonne ?

— Aussi bonne qu'elle peut l'être, *enkaibartani,* dit-il en souriant.

Soïla lève la main d'un air agacé, simulant une gifle, et le guerrier éclate de rire en saluant ses camarades.

Olomunyak explique qu'il a aperçu deux antilopes qui n'avaient pas l'air d'anitrans. Au retour, il repartira avec deux guerriers pour les pousser vers la forêt profonde, à l'abri des chasseurs.

Tous se pressent autour de lui maintenant, avides de nouvelles. Olomunyak est fier, car il a un rôle important, plus important qu'il n'en a jamais eu. Avant, il devait danser pour des touristes crédules. Désormais, il y a de l'action et du danger. Depuis sa plus tendre enfance, depuis qu'il apprenait à se battre à coups de bâton contre ses camarades, il attendait ce moment, sans croire qu'il arriverait un jour.

Olomunyak s'assoit, croise ses longues jambes brunes devant lui et commence son récit. Il sait que les plumes d'autruche noires qu'il a fixées dans ses cheveux, que son corps enduit de graisse fondue et sa sagaie impressionnent son auditoire, à l'exception des trois autres moranes, bien entendu.

— Les chasseurs fouinent partout. Ils surveillent Torosei. Ils arpentent la brousse, dit-il.

— Les prisonniers ? demande Soïla.

— Le Samburu appelé Jungle a été placé en isolement. Il devrait être transféré à Johannesburg. Pour l'instant, il est sous le dôme.

Olomunyak note que le visage du jeune Blanc se décompose. Il sait que le garçon était ami avec le grand Samburu, que tous les Massaïs respectaient. Olomunyak comprend la colère et la tristesse du Blanc. Il apprécie aussi que le garçon s'inquiète à ce point pour un homme qui n'a pas la même couleur que lui et qui n'est pas de sa culture.

Sans rien laisser paraître de ses pensées, il poursuit :

— Un autre OD est mort de ses blessures. Les OD, les rabatteurs et les gardiens qui ont été capturés ont été isolés aussi, et devraient être transférés à la capitale.

— Et les Massaïs ? demande un morane.

— Les Massaïs sont surveillés tout le temps. Trois guerriers ont été arrêtés et conduits à Nairobi. Mais les autorités ont peur de nous. Elles savent que, si elles vont trop loin, ce sera mauvais pour leur image.

— Pourquoi ? demande un OD, un homme de l'eau. Je ne comprends pas...

Olomunyak ne le regarde même pas. Il parle à Soïla comme si c'était elle qui avait posé la question :

— Elles nous ont demandé de danser, de nous habiller pour les touristes, et c'est ce que nous avons fait. Ainsi, nous avons pu survivre et conserver nos traditions. Mais aujourd'hui, les autorités sont piégées. Nous sommes devenus un élément du parc, et les touristes viennent aussi pour nous voir. Alors les autorités hésitent à agir trop brutalement.

Soïla signifie d'un hochement de tête qu'elle sait déjà cela.

— Et Naphtal ? demande le jeune garçon européen (Olomunyak se souvient maintenant qu'il s'appelle Jef).

Cette fois, le Massaï plante son regard dans celui de l'adolescent, qui aurait l'âge d'être morane. Il sait que le loïbon l'apprécie, et cela compte. Il aime aussi que le garçon, une nouvelle fois, s'inquiète pour un Africain. Surtout le doyen du village.

— Naphtal Ole Tutu a disparu avec les trois jeunes guerriers qui l'escortaient. Mais nous ne nous inquiétons pas pour lui. Il connaît la forêt. Il se cache dedans.

Ce qu'il ne dit pas, c'est que les moranes, respectant la tradition, ont depuis longtemps installé des campements réservés aux jeunes guerriers au cœur de la forêt. Naphtal est avec eux, dans l'un de ces camps.

— Les autorités ne le cherchent pas ? interroge un OD.

Olomunyak continue à parler à Jef.

— Les autorités ne connaissent pas la forêt. Elles hésitent même à y pénétrer. Et puis, les chasseurs doivent toujours faire face aux garous, dans le parc. Ils ont des soucis, car ils ont perdu des rabatteurs. Pour mieux les occuper, nous avons poussé quelques garous supplémentaires hors de la forêt.

En disant cela, le visage d'Olomunyak s'illumine. Il raconte la panique et les colères de Drake Fox quand six garous ont été signalés au même moment par des Massaïs. Et les traques que l'unité Saturne a dû mener en parallèle malgré son sous-effectif. Quatre animaux sur six ont réussi à s'échapper.

Après quelques autres palabres, il finit par se relever :

— Je reviendrai demain, dit-il. J'essaierai d'amener des armes.

La nuit est tombée sur le bivouac. Il fait noir, car allumer un feu est interdit : les drones auraient tôt fait de repérer sa présence. Les hommes doivent autant que possible rester à l'abri sous les arbres.

Jef, Shaka et Soïla se sont installés au pied d'un des trois baobabs. OD et rabatteurs sont rassemblés sous un deuxième, et les guerriers massaïs près de l'arbre le plus proche du sentier qui débouche dans la clairière.

Jef s'ennuie et sent l'impatience monter en lui, aussi sûrement que les nuages et le vent s'affolent au-dessus de la savane, annonçant la saison des pluies. Depuis des jours, ils sont bloqués ici et l'ambiance est étrange. Soïla est assoupie sur la natte qu'elle a placée à quelques mètres de la sienne et de celle de Shaka, parti discuter avec les OD. C'est aussi ce que Jef a fait les soirs précédents, mais ces discussions souvent stériles le lassent. Même allumer une cigarette est interdit. Dans cette clairière dont il ne peut sortir, Jef tourne en rond comme un fauve en cage.

Il observe les branches du baobab. Énormes. Le ciel est dégagé ce soir – rare, ces jours-ci – et la lune lui permet d'y voir un peu. Assez pour tenter une petite escalade ? Oui, assez. Il a grimpé sur pas mal de toits, pas mal de ruines en pleine nuit au cours de son enfance et de son adolescence. Les branches de cet arbre géant semblent tout à fait accessibles.

Le voilà qui s'élève. Arrivé à quelques mètres de hauteur, il s'arrête. La fourche à cet endroit forme une vraie plate-forme. Il s'accroupit, dos au gigantesque tronc. Un trou dans le feuillage lui permet de scruter la brousse. Les branches des arbustes dessinent des dentelles sombres devant l'astre blanc. Les feuillages frémissent dans la brise qui caresse la savane.

Soudain, un cri rauque déchire les ténèbres. Un son profond, guttural, qui semble provenir de la terre elle-même. Le cri reprend, puis s'arrête, reprend encore, cesse. Chair de poule, fourmillement dans la colonne vertébrale. Le réflexe ancestral de l'homme qui entend gronder un prédateur dans les ténèbres. Mais une autre partie de Jef, tout aussi ancienne, éprouve du plaisir, du soulagement en entendant ce cri : la savane n'est pas morte !

— Ça fait du bien de retrouver ce bruit, murmure une voix tout près de lui.

Il sursaute, manque de tomber de sa branche. Le visage noir de Soïla, sous ses pieds ! Il ne l'a même pas entendue escalader ! Une vraie panthère !

— C'est un lion ? demande-t-il.

Elle grimpe jusqu'à lui.

— Oui. C'est fort d'entendre ça.

— Fort ?

— Ça fait si longtemps ! Si longtemps que les lions ne rugissaient plus dans la savane. Des décennies entières ! Celui-là n'est pas un anitrans, tu peux me croire.

Le lion continue à feuler au loin.

— Il est en colère ? demande Jef.

Soïla hausse les épaules en s'installant près de lui.

— Naphtal saurait. Nous, il faudra qu'on réapprenne des choses. Peut-être qu'il a des envies.

— Il a faim ?

— T'es naïf, Jef...

Elle se rapproche, se blottit contre lui. Elle est seins nus, comme souvent, et ne porte que son short. Il se souvient de leur fuite cinq jours plus tôt, quand elle s'est collée à lui pour le protéger, sous l'arbre mort. Il se souvient de son front contre son cou, de leurs souffles si proches.

— Tu sais ce qu'a dit Olomunyak, tout à l'heure, en me saluant ? demande-t-elle.

— Non. Un mot maa que je n'ai pas compris.

— Il m'a appelé « enkaibartani ». Ça veut dire « future épouse ».

— Il veut se marier avec toi ?

— Jef ! Il ne parlait pas de lui !

— T'as raison, je suis naïf, dit-il en riant de sa propre candeur.

Les rugissements du lion solitaire déchirent la nuit. Il tend la main vers elle, et elle le laisse faire. Perchés dans leur arbre, au-dessus de la savane qui pleure sa multitude passée, ils comprennent leur chance d'être deux.

Plus tard, dans la nuit. Des murmures au pied de l'arbre. Un appel discret. Ils s'ébrouent, descendent. Naphtal est en bas. Trois moranes l'accompagnent. Les retrouvailles sont chaleureuses.

— Où étais-tu ? interroge Soïla.

— Loin dans la forêt, avec les moranes. Nous ne pouvons pas rester longtemps ici ; des chasseurs quadrillent le secteur. Ils finiront par tomber sur cette clairière. Il faut déménager le bivouac. Venez.

Ils partent tous, emportant leurs rares biens matériels. Deux Massaïs restent en arrière pour effacer leurs traces.

Marche dans la nuit, à la file indienne. Soïla, Jef, Shaka et Naphtal avancent derrière les éclaireurs massaïs, les OD et les rabatteurs. Les moranes qui assurent l'arrière-garde se déplacent en silence, quelques pas dans leur dos. Ils s'enfoncent toujours plus avant dans la grande forêt, s'éloignant de Torosei et du camp.

— Lemerok, marche donc près de moi ! murmure Naphtal.

— De qui parles-tu, grand-père ? interroge Soïla.

— De Lemerok. Un nom qui signifie « Celui qui n'est pas noir ».

Jef ouvre des yeux éberlués.

— Lemerok ? répète-t-il en écho. C'est moi ?

— C'est toi, Lemerok. C'est un nom massaï. Le conseil a donné son accord. Tu peux le porter.

— Lemerok ! répète encore Jef. Je suis Lemerok !

— Tu es Jef-Lemerok, car tu ne peux perdre le nom que ta mère t'a donné. Il est ta mémoire et ton sang. Tu es Jef-Lemerok Cody.

— Jef-Lemerok Cody, répète l'adolescent.

— C'est bien cela. As-tu entendu le lion tout à l'heure, Jef-Lemerok Cody ? interroge le loïbon.

Jef confirme. Ses yeux brillent d'exaltation. À cause du nom qu'il vient de recevoir, en raison de la marche dans la nuit, et à cause de Soïla. Puis il s'interroge : pourquoi Naphtal a-t-il décidé de faire de lui un Massaï ?

— Avant, la savane était pleine de proies et de lions, dit Naphtal, coupant court à ses interrogations. Les uns pourchassaient les autres. Il y avait des morts, du sang, mais c'était la loi du monde sauvage. C'était l'harmonie. Et les hommes aussi vivaient en harmonie avec la faune. Ils tuaient des animaux, et même des lions, mais jamais trop. Sais-tu ce que sont devenus les animaux sauvages d'autrefois ?

Jef réfléchit. Il n'a jusqu'à présent jamais songé à ces anciens animaux, les derniers à avoir rugi ou galopé dans la brousse avant d'être remplacés par des anitrans.

— Ils sont morts de vieillesse ?

— La plupart, oui. On les a stérilisés massivement, à coups de produits chimiques et de nanovirus. Les espèces se sont éteintes assez vite. Mais il y a eu aussi des nettoyages massifs. Très discrets, mais massifs. Des dizaines de milliers d'animaux éliminés. Les autorités ont toujours prétendu le contraire, mais mon père les a vus faire ; il m'a raconté. Ils ne les abattaient pas à la lance ou au fusil, mais en répandant des gaz ou des toxines. C'est ainsi que la faune a disparu. Personne n'y faisait attention, les anitrans étaient si extraordinaires !

Jef sent l'émotion du vieil homme. Une voix vibrante non pas de colère mais de tristesse contenue.

— Même si nous parvenons à repeupler la savane en animaux sauvages, nous paierons pour ces crimes, d'une manière ou d'une autre, dit le loïbon. Il est facile de briser l'harmonie du monde, mais le chaos est comme un cancer. Ses métastases vous empoisonnent pour longtemps.

— On peut toujours essayer de faire quelque chose... tente Jef.

— Je suis un vieux radoteur pessimiste, Jef-Lemerok. Tu as raison, bien entendu. Il faut essayer. Nous continuons à travailler à notre plan. Nous envisageons d'empoisonner le gel bleu.

— Hein ? s'étonne Jef. Mais les animaux...

— Quand je dis empoisonner, je veux dire que nous allons tenter d'y déverser une substance qui dissuadera les anitrans d'en manger. Il n'est pas question de les tuer. Les mutations inverses pourront alors se produire à grande échelle. Ce ne sera pas systématique, mais sûrement efficace et spectaculaire. Nous ne devons plus tarder, car Drake Fox et Lémiso se méfient maintenant des Massaïs.

— Vous avez caché beaucoup d'animaux sauvages dans la forêt ? interroge Jef en écartant une branche qui tente de lui griffer le visage.

— Plus qu'aucun chasseur ne l'imagine, et depuis

longtemps. Tu as vu la lionne et les deux lionceaux, l'autre jour. Qu'est-ce que tu en conclus ?

— Qu'ils ont commencé à se reproduire.

Naphtal hoche la tête et sourit, sans cesser de marcher. Malgré le rythme imposé, le vieil homme ne semble même pas essoufflé.

— Vous prenez de gros risques, commente Jef. Si Drake Fox l'apprend...

— Seule la mort est sans risques, Jef-Lemerok. Pas la vie. Tu te souviens de cette nuit où tu es venu au kraal, la fois où tu as vu Soïla pour la première fois ?

— Oui, il y avait de l'hydromel.

— Tu as découvert de belles choses ce soir-là, hein ? (Le vieil homme regarde Jef, un sourire taquin sur son visage parcheminé.) Ce soir-là, je t'ai dit que tu avais tué ton lion. Et je t'ai expliqué que les jeunes Massaïs devaient tuer un lion autrefois pour prouver leur courage, mais que désormais ils se débrouillaient autrement.

— Je m'en souviens.

— Tu comprends maintenant de quoi je parlais. Les moranes sont nombreux à participer à nos expéditions clandestines. En sauvant des animaux, ils tuent leur lion.

Un frôlement dans les herbes, une cavalcade. Jef se raidit, distingue deux formes sombres qui détalent.

— Des koudous, le rassure Naphtal. Ce sont de grandes antilopes. Il y en a quelques-unes dans le secteur. Uniquement des garous, bien entendu.

— Les Massaïs tuaient vraiment des lions pour montrer leur bravoure ?

— Ce n'était pas une obligation ; il y a beaucoup de choses fausses qui ont été dites sur les Massaïs. Mais c'est vrai, c'était un grand honneur de tuer un lion. Mon grand-père en a tué deux. Il a accroché leur queue à sa lance. Mais Jef, que veux-tu savoir en réalité ?

— Les Massaïs aussi ont tué des bêtes sauvages. Ça ne contredit pas ce que vous avez expliqué avant ?

Autour des marcheurs, de grandes herbes, que l'on distingue à peine sous les lueurs étranges de la lune, semblent murmurer des secrets en bruissant dans le vent.

— Jef-Lemerok, sais-tu que le seul continent où la plupart des espèces qui constituent la grande faune n'ont pas été massacrées est le nôtre ? En Europe, les mammouths et bien d'autres espèces ont disparu depuis longtemps, et les humains, pour un grand nombre de spécialistes, ne sont pas pour rien dans cette perte. Les ours et les loups sont revenus chez vous, mais depuis peu...

— Et en Amérique ? interroge Jef.

— Je ne suis pas un spécialiste de la question, mais Shaka connaît bien ces choses.

Shaka, qui marche derrière eux, aux côtés de Soïla, n'a rien perdu de leur conversation. Il s'approche :

— Vous êtes modeste, Naphtal, dit-il. Vous avez réfléchi à ces choses autant que moi.

— Ma mémoire fatigue, jeune Zoulou. Réponds-lui, s'il te plaît, je vais économiser mon souffle pendant ce temps.

— Il y a quelques milliers d'années, la grande faune américaine était aussi riche que celle d'Afrique, explique Shaka, mais les paresseux géants, les mastodontes, les rhinocéros, les chevaux primitifs, et tant d'autres, ont disparu à l'arrivée des humains. Je ne crois pas vraiment à un hasard. Ici, les espèces ont survécu.

— Pourquoi ? interroge Jef.

— Question fondamentale... glisse Naphtal.

— Question d'équilibre, de symbiose, dit Shaka en écho. Et d'expérience. L'homme est né sur ce continent. Tout près d'ici, dans la vallée du Rift. Au cours de centaines de milliers d'années, humains et animaux ont appris à cohabiter. Les hommes ont compris qu'ils devaient économiser les ressources naturelles pour survivre, et les animaux ont appris à se méfier de ces étranges prédateurs bipèdes. Ils se sont organisés en grands troupeaux, où se mêlent plusieurs espèces, pour mieux se défendre. Les bêtes des Massaïs mangent les herbes, et les éléphants défrichent la forêt. Les Massaïs tuaient des lions, c'est vrai, mais seulement quelques individus, avant tout pour protéger leurs troupeaux. Ils ne mettaient pas l'espèce en danger. Entre plantes, animaux et humains, c'est une longue histoire. Les trois ont créé la savane. Un écosystème équilibré, donc fragile. Quand on a ouvert les Magic Eden, l'équilibre a été rompu.

— Une longue histoire, et aussi un grand mystère, intervient Naphtal.

— Je crois plutôt en la science, rigole Shaka, en soufflant parce qu'il a du mal à suivre le rythme imposé par les Massaïs.

— C'est parce que tu es trop blanc, raille Naphtal. La science n'explique pas tout. Les animaux garderont à jamais une part de mystère, qu'il faut respecter et accepter. Jef-Lemerok pourrait te le confirmer.

Jef ouvre de grands yeux.

— Moi ?

— N'as-tu pas croisé une lionne sauvage ?

Jef jette un regard à Soïla et à Shaka. Il n'a parlé de cet épisode qu'à ces deux-là. Les jeunes gens font comme s'ils ne remarquaient pas ses sourcils froncés.

— C'est vrai, admet-il.

— Peux-tu expliquer ce qui s'est passé ?

— Non.

— Tu réponds sagement. On ne peut pas tout expliquer.

— Mais vous, que pensez-vous de cette lionne ?

— Une fois, j'ai entendu une histoire racontée par un Blanc, et qui venait de ton continent. Elle était très intéressante. C'est l'histoire d'un homme de l'eau appelé Ésope. Il aide un lion blessé en enlevant l'épine qui s'est fichée dans sa patte. Plus tard, le lion le reconnaît, et ne le tue pas comme il aurait dû le faire. C'est une histoire pertinente, mais c'est une histoire de Blancs. Il y a toujours une explication logique dans les histoires de Blancs. Avais-tu enlevé une épine de la patte de cette lionne, Jef-Lemerok ?

— Bien sûr que non !

— Mais la lionne t'a observé, et s'en est allée. Pourquoi ? Mystère.

— Peut-être qu'elle n'avait plus faim ? Elle avait déjà égorgé une gazelle et...

— Et peut-être qu'elle a lu des choses en toi que tu n'imagines pas, le coupe Naphtal. Mystère. Et peut-être que c'est à cause de cela, de cette lionne et de ce mystère, que les Massaïs ont voulu t'offrir un nom, qui sait ? Comprendre l'Afrique, c'est accepter le mystère. C'est pour cela que tant de Blancs ont du mal avec notre continent. Ils aiment les mystères, mais ils ne les acceptent pas. Ils veulent toujours des explications, ils veulent tout maîtriser. C'est comme cela qu'ils ont conduit le monde. Et c'est comme cela que nos autorités le conduisent encore, en les imitant. Nous sommes encore des Blancs. Les Magic Eden sont des parcs de Blancs. Et les Magic Eden ne sont rien d'autre qu'une fable tragique, Jef. Ils sont à l'image du monde, celui que les Blancs ont bâti. Et le plus ironique dans tout ça, c'est que des Blancs comme toi sont aujourd'hui plus noirs que bien des Africains de la Fédération.

— C'est parce que ce n'est pas une question de couleur... murmure Jef.

Naphtal s'esclaffe et tape sur l'épaule du garçon.

— Je suis un vieux radoteur, et tu as bien raison, Jef-Lemerok, celui qui n'est pas noir, tu as mille fois raison ! Ça n'a rien à voir avec la couleur ! Bien envoyé !

Un flash éblouissant illumine la jungle.

La relative quiétude qui berçait le groupe vole en éclats dans cette incandescence. Des flèches de lumière, tranchantes et douloureuses, torturent les yeux des marcheurs, effacent la jungle qui les entoure.

Jef tombe à genoux, les mains sur les paupières. Il ne voit presque plus rien ! Que s'est-il passé ? C'était quoi, ce flash ?

Des cris, des bruits de branches cassées.

— On est attaqués ! crie Shaka.

— Viens ! lui glisse Soïla à l'oreille (elle aussi a l'air de tâtonner, d'avancer à l'aveuglette).

— C'était quoi ? demande-t-il.

— Grenades lumineuses, c'est pour nous aveugler ! Regarde le sol !

De l'avant de la colonne, là où marchaient les OD et

des Massaïs, provient un grand tumulte. L'avant-garde a dû être totalement aveuglée par le flash.

— Fuyez ! lance un morane. On s'occupe du loïbon !

Nouveaux bruits de cavalcades. Encore un flash, plus proche. Heureusement, Jef garde les yeux rivés au sol.

— Par là ! crie Soïla en le tirant par la main.

Jef a le temps de voir Shaka les suivre. Il ne veut pas laisser son ami en arrière. Naphtal et ses gardes ont déjà disparu.

Ils courent dans la nuit, une fois de plus. Leur vision est encore partielle et les épines leur lacèrent les membres, le visage. Des taches lumineuses dansent dans le champ visuel de Jef. Il jure, souffle, continue à courir, et prend même la tête du trio pour protéger Soïla des épineux qui semblent vouloir leur arracher la peau.

— Attends ! souffle-t-elle.

La chemise qu'elle a enfilée avant de quitter le bivouac est en lambeaux. Elle a le buste en sang.

— Continue ! ordonne Jef en se tournant vers Shaka. Cours ! Nous, on va se cacher par ici !

— C'est pas assez loin, faut encore avancer ! répond le Zoulou.

Dans leur dos, des rumeurs d'échauffourées, des cris étouffés par la jungle et les ténèbres.

— Fonce ! répète Jef. Nous attends pas !

Nouveau flash. Puissant. Aveuglant. Des branches craquent.

— Encore un mouvement, et nous serons forcés d'appuyer sur la détente ! prévient une silhouette sombre.

Jef reconnaît la voix suave de Fletcher.

— À plat ventre, tous ! commande l'adjoint de Fox. Le

Zoulou, fais pas le malin, on a des balles réelles ! Toi, la mangouste, je te mate à travers mon viseur, alors je te conseille d'être plus sage qu'un renard mort.

Shaka hésite. Ses amis ont-ils recouvré la vue, au moins en partie ? Peut-être a-t-il une chance de les sauver en retardant les chasseurs.

— Foutez le camp ! hurle-t-il en se jetant sur les soldats.

Jurons, coups de feu.

Shaka tombe à terre.

Jef distingue à peine quelques ombres derrière un rideau de taches lumineuses.

— Salauds ! crache-t-il en courant dans la direction des coups de feu.

Il saute sur un homme, Fletcher sans doute. Un violent choc fait craquer son crâne. Il entend Soïla crier à son tour. S'écroule. Les taches lumineuses dansent, dansent, puis laissent place à un puits de ténèbres.

CHAPITRE 27

En marche

Un vent glacé s'engouffre dans la ruelle. Un chat pouilleux se presse le long d'un mur de tôle, et disparaît dans un trou creusé par la rouille. Un homme passe sans saluer, emmitouflé dans une pèlerine miteuse. Ses godillots font gicler l'eau et la boue.

Jef est debout, pâle, devant la porte du cabanon qui, pendant seize ans, a été sa maison. Sa mère est plus blanche que lui.

— Jef, dit-elle, mon Jef ! Prends garde à toi.

— Je ferai attention, murmure Jef.

Souvent, au cours des trois dernières années, il a trouvé que sa mère le couvait trop. Il s'est senti à l'étroit entre les quatre murs de tôle. Plus d'une fois, il a envoyé balader celle qui l'a toujours protégé. Mais maintenant, il est prêt à tout accepter. Les mises en garde, les excès d'affection, les sermons. Il ne sait quand il la reverra, ni même s'il la reverra. Il a peu de chances de réussir ; les statistiques ne sont pas encourageantes. Sa mère le sait aussi, même s'il ne lui a pas raconté ce qu'il avait vu deux jours plus tôt aux infos, sur l'écran du centre de charité : les nouvelles mesures prises dans les zones tampons, les lois anti-clandestins votées en Afrikwana, un reportage sur un Européen retrouvé gelé dans la soute d'un vaisseau transcontinental, au spatioport du Cap, un autre sur un groupe de vingt réfugiés, tous devenus aveugles pour avoir tenté de traverser le mur avec des combinaisons bricolées avec des sacs plastique.

— Tu m'écriras ?

— Dès que je pourrai, maman.

Elle soupire, prend ses joues entre ses mains glacées, les caresse. Elle veut attendre qu'il ait disparu au bout de la rue avant de pleurer, et c'est difficile.

— Oh mon fils, dit-elle. Oh mon fils ! Tu es beau...

— Je vais en Afrique, dit-il comme pour la rassurer.

— Je n'aurais pas dû te raconter toutes ces histoires, je...

Les mots se coincent dans sa gorge. Elle tente de retrouver son souffle. Ses yeux sont humides.

— Si, dit-il, tu as bien fait. C'était de bons moments.

Cette fois, elle pleure.

— Et si tu n'y arrives pas ? demande-t-elle.

— Je t'écrirai, et je mettrai une herbe d'Afrique dans l'enveloppe.

Elle hoche la tête.

— Tu y arriveras, dit-elle d'une voix plus ferme (elle essuie ses joues que le vent froid et le sel des larmes ont fait rougir). En Afrique, tu bâtiras ton avenir.

Elle tousse. Met sa main devant ses lèvres. Sort un mouchoir, s'essuie la bouche, la main. Jef voit une tache rouge sur le mouchoir. Ce n'est pas la première fois. Et c'est de plus en plus souvent.

— Il faudra que tu te soignes, dit-il.

Elle tousse encore.

— Ne t'inquiète pas pour moi, souffle-t-elle. C'est rien.

— Un jour, je reviendrai te chercher. Et nous aurons une petite maison en Afrique, au pied de jolies collines. Une ferme, avec des zébus et une mare pour les animaux sauvages. Comme dans tes histoires.

Elle sourit dans ses larmes.

— Une ferme en Afrique, au pied des collines... Oh mon Dieu oui, une petite maison sous le soleil avec une mare pour les girafes ! C'est tout ce que je te souhaite, Jef.

Ils se serrent l'un contre l'autre, à s'en étouffer. Elle tousse et il recule un peu.

— Tiens, dit-elle. Mets ça autour de ton cou.

Elle lui tend un petit médaillon, pendu à une ficelle, qu'il passe autour de son cou.

— Qu'est-ce qu'il y a dedans ? demande-t-il.

— Des cheveux. Quand tu seras en Afrique, et quand tu seras heureux, mets-les dans la terre et laisse-les là-bas à jamais.

— Une mèche de tes cheveux ?

— Non. Les cheveux de Jolie-Rose.

— Jolie-Rose...

Sa voix se brise. Cette fois, c'est lui qui pleure.

— Ta sœur, oui, murmure sa mère en essuyant avec délicatesse ses larmes sur ses pommettes. Mets-les dans la terre d'Afrique, d'accord ? Le jour où tu seras heureux, fais-le.

— C'est promis.

Il serre cette femme de quarante ans déjà épuisée contre lui. Ils restent longtemps ainsi, blottis l'un contre l'autre, avec le vent qui siffle autour d'eux quand il se faufile entre les tôles du bidonville fatigué.

Tout ce pays est éreinté. Tous les pays de ce continent. Personne n'entend leurs appels au secours. Les vents froids ont balayé l'espoir. Alors les gens descendent vers le sud, toujours plus nombreux, toujours plus pauvres, toujours plus désespérés.

Jef, après un dernier geste de la main à la femme au visage blanc qui se recroqueville dans ses haillons, se met en marche lui aussi. Un rêve le pousse, et il n'est pas de plus puissant moteur que celui-là.

Au même instant, partout sur le Vieux Continent, d'autres rêveurs s'ébranlent. Ils formeront des ruisseaux, des rivières, des fleuves d'humains affamés. Ils seront des centaines, des milliers. Pas une frontière ne pourra les arrêter. On n'enferme pas l'espoir.

CHAPITRE 28

Orages

Le ciel finit par craquer. Les lourds nuages qui se sont accumulés depuis des jours se chargent et se percutent comme des éléphants au cerveau dérangé. Des éclairs déchirent le ciel noir. Le vent secoue les arbres, semble vouloir les arracher à cette terre desséchée par des mois sans pluie.

Jef, qui a repris conscience, est plaqué sans ménagement contre la terre sèche. Un genou lui défonce le dos ; une main lui écrase la tête dans la poussière. On tire ses bras en arrière ; il est persuadé que ses épaules vont se déboîter. Il veut se débattre, hurle le prénom de Shaka, puis celui de Soïla, mais ne peut qu'avaler un peu plus de terre, que sa salive transforme en boue. Suffoquant, toussant, sa cage thoracique bloquée par le genou enfoncé entre ses omoplates, il doit cesser de lutter.

On le relève, comme on soulève un sac. Ballet des torches fixées aux fusils d'assaut, des lampes frontales et des silhouettes glissant de la lumière à l'obscurité, tels des spectres. Jef plisse les yeux, regarde l'endroit où est tombé

Shaka. Rien. Son ami a déjà été évacué. On le bouscule, on lui bande les yeux. Que va-t-il lui arriver ? Shaka a-t-il été blessé par les coups de feu ? Que vont-ils faire de lui ? Et de Soïla ? Il n'en a aucune idée, il n'entend que les murmures de conversations. Quelques appels, le froissement de la végétation sous les chaussures militaires. Son cœur s'emballe, ses mains entravées se crispent, son corps s'agite. Il tente de courir, sent qu'on le retient, hurle. On le frappe en pleine face. Il titube, se tait.

On le traîne, on le pousse à travers les hautes herbes. Plusieurs fois, il tombe. Entravé par ses liens. Aveugle, il se blesse aux genoux, aux bras, au visage. On le relève sans ménagement. Il doit se remettre en route.

Arrêt.

Il y a beaucoup de lumière par ici. Elle transperce le bandeau noué sur ses yeux.

Le tissu est arraché. Ses paupières papillonnent.

Drake Fox !

L'homme est debout au pied d'un baobab. Des globes luminescents ont été allumés un peu partout. Ils flottent à trois mètres au-dessus du sol, éclairant les herbes, les hommes et les arbres d'une lumière blafarde. Le vent violent martyrise les branchages derrière le traqueur.

— Alors comme ça, t'as voulu jouer au renégat, Cody ! explose Fox (son œil artificiel, éclairé par un globe, scintille comme une braise). T'as préféré la racaille massaï à ceux de ta race !

Son visage balafré est congestionné, au point de paraître prêt à s'ouvrir par le milieu.

— Qu'avez-vous fait de Shaka ? crie Jef.

— Ah, il est loin le rabatteur que j'ai vu à l'action

contre un buffle-garou ! Par tous les démons de l'Afrique, dire que j'ai failli te prendre comme chasseur !

— Où est-il ? répète Jef.

— La ferme !

Un coup de crosse plie l'adolescent en deux et l'oblige à se taire.

— Transporté au dôme, reprend le traqueur, d'une voix plus calme. Il a peu de chances de s'en tirer, et c'est entièrement de sa faute. Non, je rectifie : de la tienne aussi. Et de celle de cette sorcière !

On pousse Soïla près de Jef. Le visage de la jeune fille est déformé par la colère. Elle a aussi les mains entravées. Sa chemise est lacérée.

— Le vieux s'est échappé, grommelle un chasseur.

Drake Fox le fusille du regard et jure.

— Continuez à chercher, ce n'est pas un fantôme ! Les autres ?

— Tous pris, ou presque. En cours de transfert vers le dôme. Sept sont blessés, un Massaï est mort. Trois blessés chez nous. Will grièvement, au ventre.

Cette nouvelle met un peu de baume au cœur de Jef ; il se souvient de ce Will au regard mauvais, qui nettoyait son fusil sous la tente de Drake Fox. Mais le traqueur ne l'entend pas de cette oreille :

— Par qui ?

— Une lance de morane.

— Ils paieront. Très cher. On les traquera dans la forêt. Je ferai raser leur village, gronde le chef. Je vais tous les expédier aux travaux forcés.

De grosses gouttes se mettent à tomber du ciel. Tout le monde lève les yeux. Mais le ciel est noir, opaque. Les lumières des globes d'éclairage ont effacé la lune. Des rideaux de pluie dessinent des traits verticaux dans les halos. C'est une pluie chaude, lourde. Qui trempe les vêtements, les corps et les plantes.

Drake Fox, sous son chapeau qui dégouline déjà, jure de nouveau.

— On rentre au camp ! aboie-t-il, pendant que ses hommes s'affairent autour de lui.

Il s'approche de Jef et de Soïla. L'eau ruisselle sur leurs visages.

— Vous deux... gronde-t-il. Vous deux, je ne vous ramènerai pas tout de suite aux autorités. Elles ont bien assez à faire avec les infos qui ont été rendues publiques sur les garous. Plus tard, je ferai tout pour que vous soyez accusés de complicité. Mais en attendant, je vais m'occuper de vous ! Je vais vous briser à jamais ! Les clandestins comme toi, sale pouilleux, et les arriérés de Massaïs comme ta guenon, voilà ce qui nous menace ! Vous n'êtes que... des garous !

Malgré son chapeau, la pluie mouille son visage rubicond, trempe ses moustaches, son menton carré, ses épaules massives mal protégées par la veste de brousse.

Il s'éloigne en pataugeant.

— Je vous les confie, marmonne-t-il à l'adresse d'un invisible interlocuteur, caché derrière l'éclat des globes luminescents. Veillez à ce qu'ils restent en vie, mais aussi à ce qu'ils n'oublient jamais leur séjour parmi nous !

Un homme malingre sort des ténèbres en souriant.

Lémiso !

Le gardien-chef se plante devant Jef, ses yeux de hyène illuminés par un plaisir sadique.

— Vous avez entendu, les vermisseaux ? Cette fois, ce sont des ordres. La nuit sera longue...

Le tonnerre se déchaîne, et des bourrasques font craquer les branches du baobab. L'eau fouette les corps tremblants de Jef et de Soïla.

— Déshabillez-les, ordonne Lémiso. Ça va les rendre humbles, et ça leur enlèvera toute idée de foutre le camp dans les épineux.

Il ricane, arrache les restes de chemise de Soïla.

— T'appréciais de te balader comme ça, je crois ! On va t'en donner l'occasion...

L'averse noire avale victimes et bourreaux. Le tonnerre écrase le moindre bruit de la savane, les rires aussi bien que les râles.

Un soleil morne, blanc, se lève au-dessus de la savane détrempée. Les herbes jaunes courbent la tête, vaincues par les tornades. Une eau boueuse roule dans la Tanya. Des branches mortes maculent le sol mouillé sous les arbres.

La tempête a été brutale, puissante.

Pour l'instant, il ne pleut plus ; le ciel est indigo. Mais l'eau va revenir. Ce n'est que le début de la saison humide. Au loin, en direction du parc, on devine des rideaux de pluie déversés par des cumulus noirs de colère.

Jef est assis à même la terre. Soïla gît sur le côté. Des menottes entravent leurs mains dans leur dos, et leurs chevilles.

Leurs corps ne sont que plaies et meurtrissures. Jef a le nez cassé, et Soïla n'a plus la force de lever la tête. L'un de ses yeux ne veut plus s'ouvrir. L'eau de pluie a nettoyé la plus grande partie de leur sang, mais il en reste assez pour les faire ressembler aux rescapés d'un bombardement. Jef se penche vers la jeune fille brisée et ses lèvres craquelées embrassent l'épaule marquée par une profonde entaille. Des larmes coulent le long de son nez tuméfié. Il n'en a pas versé une seule au cours de l'infernale nuit, mais ils sont seuls désormais. On les a jetés là, à l'écart du camp, comme des déchets malodorants.

— Faut qu'on reprenne des forces, murmure l'adolescent.

Les lèvres de Soïla tremblent, à quelques millimètres de la terre rouge transformée en pâte gluante par la pluie.

Au début, elle ne dit rien. Ses yeux restent fermés. Puis Jef entend trois mots dans un souffle :

— Pour quoi faire ?

— Faut pas qu'on reste ici.

Elle soupire et ne répond pas.

Les heures passent. Jef a soif. Soïla n'a pas bougé. Il s'allonge près d'elle.

Lémiso, avant de les laisser là, à l'écart du dôme quadrillé par les forces de police de l'Afrikwana, a ordonné qu'ils soient isolés. Ni soins, ni eau, ni nourriture, ni visite. Ils gisent près de l'esplanade herbeuse, entre la rivière et le camp, là où les rabatteurs étaient autorisés à se rendre pour se baigner lors des rares pauses qui leur étaient octroyées. Et comme l'a demandé Lémiso, personne ne vient les voir. La savane aux alentours est déserte. Pas étonnant : Jef distingue les drones qui sillonnent le ciel au-dessus de Torosei. Il a vu passer quelques vaisseaux de police aussi, et entendu gronder beaucoup de véhicules. Tout le secteur est en effervescence. À cause des combats de la nuit, sans doute, mais Jef a également en tête cette phrase que Drake Fox a prononcée, la veille au soir, avant de s'éclipser : « Elles ont bien assez à faire avec les infos qui ont été rendues publiques sur les garous. » Cela veut dire que des Massaïs, ou certains de leurs contacts, ont parlé aux médias. Et cela augure de graves problèmes pour les Magic Eden.

Sous le soleil voilé, mais assez puissant pour faire jaillir la sueur de tous les pores, les sels enflamment leurs plaies. Jef serre les dents, se penche de temps à autre vers Soïla, sans dire un mot, et embrasse sa peau. Il sait qu'elle perçoit ses baisers, et peut-être cela la réconforte-t-elle.

L'adolescent finit par perdre contact avec la réalité, dans cette savane humide et chaude qui se transforme en étuve. Il bascule dans une semi-somnolence et songe à sa mère, à Jolie-Rose, à Téo, à Vieux Bob. Se demande comment va Shaka, et où est Naphtal. Surtout, ne pas penser à l'avenir. Inutile. Pas non plus à la nuit passée.

Une silhouette s'approche ; elle semble flotter au-dessus des herbes. Il doit s'agir d'un garde ou d'un représentant des autorités. Non, c'est une fille. Cheveux blonds, chemise et pantalon soyeux. Astrid, mais une Astrid défraîchie : épiderme délavé, yeux cernés, boutons de fièvre, bouche agitée par des tics. Quelque chose en elle s'est effondré.

— Quel gâchis, murmure-t-elle d'une voix brisée. Tu verrais ton état !

— T'es pas mal non plus, marmonne Jef.

— Tu n'es plus rien, dit-elle, sans relever l'ironie. Ils t'ont battu, humilié. Tu aurais pu rester digne si tu m'avais écoutée.

Il essuie son nez tordu, grimace. Des larmes pointent malgré lui dans ses yeux.

— Je n'ai pas de problème de dignité, dit-il.

— Ah ! Se faire passer à tabac tout une nuit, et que sais-je d'autre, ce n'est pas rester digne, selon moi...

Il hoche la tête. Il est fatigué.

— Quand on a les mains libres, c'est facile de donner des leçons, souffle-t-il.

— Exactement, j'ai les mains libres ! explose-t-elle, la voix enrouée par les sanglots. Et toi, tu n'es plus qu'un hors-la-loi, un prisonnier, un moins que rien qu'on traite comme une merde !

Il sourit à travers ses larmes, qu'il n'a pu retenir, au bout du compte, en voyant celles de la jeune fille couler sur ses joues exsangues.

— Je suis plus libre que toi, dit-il. Je sais que tu n'es pas d'accord avec eux, au fond. Mais tu n'oseras jamais leur dire. Tu crèveras de ton silence.

— Je t'aimais beaucoup, Jef Cody, murmure-t-elle, je t'aimais plus que tu ne m'aimais.

Elle s'éloigne, le dos voûté comme celui d'une femme au crépuscule de sa vie.

Jef ferme les yeux. Il sait que Soïla a tout entendu, et il voudrait lui parler. Mais il ne veut pas briser le silence dont elle s'est drapée. Elle a besoin de cet isolement, il le ressent. Comme on a besoin d'une couverture dans le froid. Il l'embrasse sur l'épaule. Puis, la tête calée sur ses genoux, il somnole. Des élancements dans le nez lui font serrer les dents ; ses sinus gonflés sont en feu. À un moment, il croit entendre siffler un oiseau nocturne au loin. Illusion provoquée par l'épuisement.

Une botte tavelée de boue l'arrache à ses songes éveillés. Lémiso.

— Regarde ta copine, dit la voix aigrelette du gardien-chef. Elle a compris où est sa place : par terre comme les vers, à mes pieds.

Cette fois, Jef ne répond pas. Il a trop souffert pour l'ouvrir encore. Mais il peut penser : *Elle n'est pas à tes pieds. Elle se laisse porter par la terre.*

Jef, aussi bizarre que cela puisse paraître, se sent presque serein. La nuit de martyre qu'il vient de vivre l'a ramené au simple rang de poussière. Il n'est plus rien qu'une particule ballottée par les vents. Et ici, au cœur de l'Afrique, être une poussière, n'est-ce pas devenir l'essence du monde ?

— Je rêve ou tu souris, cul-blanc ? crache Lémiso. Tu sais ce qui va t'arriver ? Tu passeras plusieurs mois dans les geôles de Nairobi ou de Jo'Burg. Ensuite, tu seras transféré dans un camp de travail. Mais pas ici, pas en Afrikwana. Pour toi, larve d'asticot, j'ai demandé une mine froide, quelque part au nord de ton continent. Tu ne reverras jamais l'Afrique, cul-blanc. Et tu la reverras jamais, elle (il désigne Soïla d'un geste du menton). D'ailleurs, on va bien s'occuper d'elle, je te le promets, avant de l'expédier aussi aux travaux forcés. Mes gardiens se sentent un peu seuls. Tu sais quoi ? Je vais leur confier la prisonnière, le temps de trois ou quatre nuits, avant de la transférer.

Jef se jette en avant, tente de saisir la cheville du gardien-chef. Mais l'homme a déjà bondi en arrière.

— Je vais te bousiller ton sourire à coups de rangers, cul-blanc. Plus jamais une Noire ou une Blanche tombera sous ton charme, pigé ?

Soïla ouvre les yeux et tourne son visage meurtri vers leur tortionnaire.

— Tu vas mourir, dit-elle.

— Ouais, mais longtemps après toi, ricane Lémiso. Et surtout, avant, je baiserai avec les personnes de mon choix, ce qui ne sera pas ton cas.

— J'ai entendu les oiseaux de nuit chanter en plein jour, murmure Soïla.

— C'est de la poésie ? J'ai toujours su que t'étais cinglée, maudite Massaï, mais là j'en ai la preuve.

Jef regarde Soïla, étonné. Est-elle en plein délire ?

Elle lui sourit, puis sourit à Lémiso. Mais les deux sourires n'ont rien à voir. Le premier, destiné à Jef, est chaleureux. Le second est un rictus glacial, terrifiant : elle montre les dents, comme une lionne prête à décapiter une gazelle.

Lémiso cesse de ricaner, et recule.

— Sorcière ! siffle-t-il. Qu'est-ce que tu veux ?

Quelque chose fuse dans l'atmosphère surchauffée. Un mouvement furtif, aérien. Un sifflement ténu. Un trait noir dans le ciel. Les mots de Lémiso se coincent dans sa gorge. Il crache comme un chat qu'on étrangle. Puis émet une série d'écœurants gargouillis.

Jef ouvre des yeux incrédules.

Lémiso titube. Râle.

Une lance transperce son cou de part en part !

Les yeux exorbités, le gardien-chef lève ses mains vers sa gorge et sent l'objet de bois qui a perforé sa trachée. Ses gargouillis deviennent stridents. Des bulles roses gonflent sous ses narines et entre ses lèvres.

Jef s'agenouille, grimaçant à cause de ses blessures. Soïla aussi s'est redressée.

— Il n'y a pas d'oiseaux de nuit en plein jour, mais tu piges pas ce genre d'évidence, pauvre crétin ! siffle-t-elle au nez de Lémiso. Sinon, tu aurais compris ce qui allait t'arriver !

Lémiso tombe à genoux. Jef aperçoit seulement à cet instant un guerrier massaï qui avance vers eux à grandes enjambées. Il reconnaît Olomunyak.

Le morane passe près de Lémiso sans le regarder. Il tient une pince coupante laser à la main, et tranche de quelques coups secs les menottes de Soïla, puis de Jef.

— Vite, dit-il, ils vont arriver ! Leurs drones ont déjà dû me repérer. On doit passer la rivière !

— Attends ! gronde Soïla.

Elle crache dans ses mains et s'approche de Lémiso, qui la supplie de ses yeux fous, injectés de sang.

— Si je laissais cette lance où elle est, tu aurais une chance de vivre, dit-elle d'une voix terrible, car tes amis réagiront vite et les robots médicaux sont efficaces.

Elle saisit l'arme entre ses mains.

Le gardien-chef tressaille, pleure, tente de maintenir le bâton entre ses doigts couverts de sang.

— Cette arme nous sera utile ! rugit Soïla.

Elle tire d'un coup sec. La lance quitte le corps de Lémiso et le sang jaillit en flots de part et d'autre de son cou.

Le gardien-chef tombe dans la terre humide, à l'endroit précis où Soïla était allongée. Son corps est agité de violents soubresauts. La terre, déjà rouge, prend une teinte écarlate.

— Les vers rampent sous terre, pas dessus ! crache la jeune fille. Tu vas pas tarder à comprendre !

Son visage semble taillé dans de la pierre noire, son regard est de lave. Elle rend sa lance à Olomunyak, qui garde un visage impassible.

— Le sang de cet homme souille cette terre, il faut partir, gronde le morane.

— On court ! ordonne Soïla.

Ils traversent la Tanya gonflée par les pluies en titubant. L'eau leur arrive à la taille. Un point brillant apparaît dans le ciel, et grossit rapidement. Drone en approche.

— On est repérés ! alerte Olomunyak alors qu'ils sortent de l'eau. Continuez sans moi !

— Où on va ? demande Soïla.

— Loin dans les profondeurs, vers l'ouest. Essayez d'aller au cratère. Il y a des moranes et une cache de nourriture.

— Et toi ? interroge Jef.

— Je vais les retarder.

— Tu n'as qu'une lance, tu ne pourras rien faire !

Olomunyak sourit.

— Nous ne tuons plus les lions, mais rien n'interdit de massacrer les hyènes.

— Ces hyènes-là sont puissantes. Tu vas mourir, insiste Jef.

Les yeux du Massaï flamboient.

— Et tout cela pour un Massaï blanc, Jef-Lemerok, dit-il avec un air amusé. Sois content de cela et cours avec ton enkaibartani !

Il bondit vers la rivière et disparaît, sa lance pointée devant lui. La pluie tombe à nouveau, furieuse.

Jef et Soïla s'élancent. Ils ne portent que des restes de guenilles sur leurs reins. Sous l'averse, ils courent. Se terrent parfois. Continuent à avancer malgré l'épuisement, les blessures, la faim. La forêt est encore clairsemée, mais le nombre d'arbres ne cesse de croître. Parfois, ils font une courte pause et lèvent leurs visages dégoulinants vers le ciel sombre. L'eau étanche leur soif, lave leur sueur et leurs plaies. Souvent, ils entendent vrombir les drones. De temps à autre, un grondement de moteur, ou l'appel d'un humain. Ils zigzaguent, feintent, roulent à terre, comme des animaux traqués. Les murs de pluie les assomment et les protègent à la fois. Les nuages se parent de franges dorées qui font danser sur les feuilles détrempées des lueurs hallucinées. Le staccato de la pluie résonne comme un millier de tambours.

Alors que le crépuscule approche et que la pluie s'est muée en bruine, ils entendent des craquements dans les broussailles. Se terrent sous un arbre mort, dont le tronc tordu forme comme une arche au-dessus d'un reste de termitière transformé en montagne de boue par la pluie.

Soïla tend un doigt vers un bouquet d'acacias.

Un animal fend les hautes herbes. Jef plisse les yeux. Un guépard héliotronique ! Drake Fox est à leurs trousses, et il a mobilisé tous ses moyens, y compris ses plus coûteuses machines.

Ils attendent un quart d'heure en silence.

— Il est parti maintenant, souffle Soïla.

— C'est encore loin, ce cratère ? murmure Jef.

Elle hoche la tête, l'air grave.

— Loin dans la forêt profonde. Naphtal est peut-être là-bas. Et Fox ne connaît pas l'endroit.

— On y arrivera, tu crois ?

Il se sent épuisé, vidé, meurtri aussi.

La main sombre de Soïla caresse son bras, la cicatrice sur sa poitrine, son visage pâle, boursouflé par les coups, son nez douloureux.

— Jef-Lemerok, murmure-t-elle.

Ils se serrent peau contre peau, peur contre peur, alors que l'averse reprend, plus drue que jamais, et déferle sur leurs corps dénudés, soudés, insensibles à la fureur des éléments.

Chapitre 29
Éruption

Fantôme noir et spectre blanc, ils courent. Main dans la main souvent, côte à côte toujours. Le ciel pleure ou pisse des trombes liquides sur les proies comme sur les prédateurs. L'eau glisse sur la peau des hommes et s'infiltre dans les circuits sophistiqués des machines.

La nuit arrive, insidieuse. Elle se répand dans les futaies, là où il pleut moins qu'ailleurs. Se niche dans les abris naturels : les creux sous les souches, les grottes sous les rochers, autant de repères pour les bêtes sauvages – il y a ici plus de garous que d'anitrans, même si la plupart des hommes qui arpentent la jungle à cet instant ne le savent pas encore. La nuit trouve son bonheur : les sous-bois de la puissante forêt équatoriale.

Jef et Soïla courent en écartant les feuillages, oubliant le temps, leurs blessures, la faim, la soif. Dans les clairières, la lune ronde éclaire les branches d'une lueur laiteuse. Parfois, la pluie se transforme en vapeur épaisse. Les nuages, dans les rares trouées, laissent place à un ciel noir parsemé de quelques étoiles, loin au-dessus de la canopée.

Ici commence l'Afrique secrète, l'Afrique des profondeurs. La terre des hommes sauvages, du grand vert et des ténèbres. Ici les fauves poussés par les Massaïs font trembler la jungle, et le sang régénère de nouveau la terre. La nuit est pleine de dangers, de mystères et d'agonies.

Et soudain, le bout de la piste. Après un ultime écran de végétation ruisselante, un autre monde s'ouvre, austère.

Une vallée.

Le Kinyamal Crater.

Un cirque noir et rocheux au milieu de la jungle. Vide minéral dans le fouillis végétal. Lave froide au cœur de la vie. Des flammes, un jour pas si lointain, ont cautérisé cette plaine aux rebords abrupts. Rien n'a repoussé pour l'instant, hormis quelques lichens et de rares épineux.

Le Kinyamal Crater.

— C'est là ! crie Soïla. Viens !

Elle le tient par la main et ils dégringolent une pente rocheuse en trébuchant, sales et meurtris, presque nus, un reste de short déchiré sur les hanches et leurs chaussures usées aux pieds.

— Où est la cache ? demande Jef.

Le vent a forci et agite, sans parvenir à les sécher, ses cheveux roux maculés de boue, de larves et d'épines.

Puis il aperçoit un homme qui leur fait signe, de l'autre côté de l'excavation. Un guerrier massaï, presque invisible dans les ténèbres, mais dont la peau huileuse est éclairée par la lune. Soïla aussi l'a repéré. Ils se précipitent, contournant les souches calcinées et les branches tordues qui parsèment le sol de lave durcie. Cette présence alliée les rassure, après les heures de course épuisante, solitaire, au milieu de la jungle.

Le morane lève les bras et disparaît dans les sous-bois qui bordent le cratère.

— Qu'est-ce qu'il fout ? grogne Jef.

Soïla le tire par la main sans ménagement, comme on happe un enfant qui manque de tomber à l'eau.

— Regarde ! souffle-t-elle.

Il lève les yeux, comme elle, et voit, horrifié, une lumière clignoter dans le ciel obscur. Puis une seconde. Des drones ! Par pitié, non ! Drake Fox ne les a pas lâchés ! Les calvaires ne finissent-ils jamais ?

Des mouvements dans leur sillage, à l'endroit où ils sont sortis de la forêt ! Le disque argenté de la lune brille désormais comme un phare au milieu d'un ciel dégagé. Une fine silhouette bondit entre deux rochers. Un guépard héliotronique !

— Faut les rejoindre ! crie Soïla en désignant l'endroit où le morane s'est éclipsé.

Ils galopent encore, épuisés mais poussés par l'énergie du désespoir. Ne pas renoncer maintenant. Pas ici, après tant de kilomètres parcourus. Pas au point de rendez-vous fixé par Naphtal Ole Tutu !

Des grattements derrière eux. Jef ose un regard. Le guépard artificiel court en silence, escalade des souches, saute de branche en rocher, de roc en souche. Rien ne semble pouvoir interrompre la course en ligne droite qu'il s'est fixée.

Quand il bondit pour l'assaut, Jef se jette sur Soïla.

— Baisse-toi ! hurle-t-il.

Ils tombent à genoux. Le cyborg frôle leurs crânes. Jef sent les griffes d'acier effleurer sa chevelure.

Quatre moranes surgissent de la nuit.

— À plat ventre ! crie l'un d'entre eux en lançant un projectile vers le guépard.

Jef et Soïla se jettent sur la lave dentelée, qui leur déchire la peau.

Ni explosion lumineuse ni déflagration sonore, juste un « wouf ! » et une sensation d'aspiration. Jef relève la tête : le guépard est couché sur le côté, ses pattes agitées de soubresauts.

— C'était quoi ? demande Soïla à un guerrier massaï, qui vient de s'agenouiller près d'elle.

— Grenade EMP. Impulsion électromagnétique. Ça grille tous les circuits !

Soïla ouvre des yeux sidérés.

— D'où ça sort ?

— On a des stocks dans la forêt. Depuis longtemps. On se doutait qu'il y aurait un conflit un jour. Des machines arrivent, venez vous mettre à couvert !

Ils fuient avec les Massaïs vers le bord du cratère. Jef distingue des guerriers accroupis à l'orée de la forêt, devant une rangée de tubes pointés vers le ciel. À plusieurs reprises, il a participé à des escarmouches armées entre brigands et milices des quartiers ; il reconnaît des mortiers.

Tout en courant, il identifie à ses côtés l'un des moranes qui ont assisté à la réunion clandestine, la veille au soir. Il l'interpelle :

— Hé, as-tu des nouvelles de ceux qui étaient à la réunion ?

— Naphtal Ole Tutu a disparu dans la forêt. Jungle le Samburu et d'autres ont été emprisonnés sous le dôme. Mais c'est la pagaille, là-bas !

— Et Shaka ?

— Shaka Dingaan est vivant. Blessé, mais sauvé. Il est aussi sous le dôme.

— Attention, voilà les drones ! crie un Massaï.

Des langues de feu tombent du ciel. La roche noire éclate derrière eux. Un guerrier s'écroule dans un cri de douleur.

L'apocalypse se déchaîne.

Dans son dos, Jef entend le vrombissement des machines volantes, puis d'autres sons plus puissants. Des véhicules terrestres !

Il se colle au sol, sous un arbre, aux côtés de Soïla, et se retourne : à la limite du cirque rocheux, les phares des motobrousses dansent la sarabande comme les yeux de fauves en chasse. Un arbre craque, s'effondre, et une masse noire, énorme, jaillit des sous-bois : le redoutable Tricératops, escorté par deux robautruches.

Tapis sous les branches, les moranes ouvrent le feu. Les mortiers crachent des chapelets de projectiles. Jef distingue aussi deux Massaïs équipés de lance-missiles.

Les balles traçantes, les lasers, les fusées se croisent dans un déferlement de tonnerre et de flammes. Le cirque volcanique semble entrer en éruption. Geysers mortels de roches tranchantes comme des lames, arbres calcinés, machines démantibulées, corps charcutés. Un drone s'écrase au milieu du cratère.

Le second guépard héliotronique se jette sur un guerrier, l'envoie s'écraser contre un tronc, mais culbute, fauché par une grenade EMP.

Les guerriers délaissent les mortiers et partent à l'assaut, équipés de fusils classiques à balles, à laser, ou de lance-grenades. Plusieurs sont fauchés par les tirs en provenance des motobrousses des chasseurs, qui effectuent de grands mouvements tournants dans la plaine noire. Trois engins chenillés basculent, s'enflamment. Un guerrier, lance à la main, se jette sur un pilote dont l'appareil a rendu l'âme et lui perfore la poitrine. Mais trois lasers pointent sur lui et il s'effondre, le torse en feu.

Partout, des incendies s'allument, baignant les aspérités de la roche volcanique et les branchages noirs, à l'orée de la forêt, de lueurs hallucinées. Dans ces éclats démoniaques, les dents minérales semblent jaillir du sol, et des bras squelettiques se tendre hors de la jungle. Les moranes courent entre les épaves, abattent les chasseurs bloqués dans les appareils, mais d'autres tombent sous les tirs précis de types habitués à la traque des gibiers difficiles.

Puis le Tricératops charge, écrasant tout sur son passage, les Massaïs comme les motobrousses devenues inutiles.

Jef saisit la lance du guerrier assis près de lui.

— Non ! proteste le morane, je dois te protéger !

— Prête-la-moi ! gronde Jef en plantant son regard dans celui du guerrier. Je veux affronter un lion !

L'homme hésite, puis lâche son arme. Jef se relève et part en courant, droit vers le Tricératops.

— Pourquoi tu lui as donné ? hurle Soïla à l'adresse du morane, le visage déformé par la colère.

— C'est un Massaï, il s'appelle Jef-Lemerok, rétorque le guerrier, et il veut tuer un lion !

Soïla se lève à son tour. Le morane tente de la retenir. Elle mord sa main jusqu'au sang pour se libérer et se lance à la poursuite de Jef.

Jef hurle et court sur la pierre noire. Drake Fox, debout derrière son volant, l'aperçoit. Vire avec tant de brutalité que le chasseur assis près de lui bascule en hurlant hors du véhicule – son cri cesse quand la roue arrière de l'engin lui fait exploser le crâne.

— Saleté ! fulmine Drake Fox en appuyant sur la pédale de l'accélérateur.

Un rocher haut comme un homme, planté comme une dent cariée au milieu du cratère, sépare le garçon du monstrueux engin. Jef saute, se hisse sur la pierre, et pointe sa lance vers le Tricératops, dont la proue carrée, massive, fonce droit sur lui. Le pare-buffle énergétique palpite, démoniaque.

À aucun moment Drake Fox n'envisage de freiner. Son unique pensée, c'est qu'il va pulvériser ce morveux et en finir une bonne fois pour toutes avec ces fumiers de guerriers massaïs. D'ailleurs, l'Européen et les moranes, couverts de crasse et de sang, se ressemblent. Ce gosse est devenu un fumier de Massaï.

Il beugle alors que son véhicule franchit les dix derniers mètres qui le séparent du rocher. Juste avant l'impact, Jef bondit en projetant sa lance loin devant.

Elle pénètre dans le bras droit de Drake Fox au moment où le pare-buffle brûlant du Tricératops entre en contact avec le rocher.

Le bruit de tôle froissée est effroyable. L'engin se cabre, paraît s'envoler, alors que les morphopneus avant se désolidarisent de la carlingue, puis retombe dans un bruit assourdissant. Geyser de pierres noires, de plastique et de métal. L'appareil effectue plusieurs tonneaux et s'immobilise dans un nuage de fumée.

Allongé sur le sol, groggy, Jef gémit. Son nez tuméfié lui arrache des larmes de souffrance. Il s'agenouille. Une dernière motobrousse fonce sur lui. Le pilote n'a pas de casque et ses cheveux blonds volent dans le vent : Fletcher, le visage fendu par un sourire de dément !

— La mangouste, tu vas trépasser ! hurle la voix du chasseur, déformée par la rage.

Jef est pris de court. Il repère Soïla, derrière lui. La jeune fille a posé un genou à terre. Elle porte à l'épaule un bazooka, qu'elle vient de ramasser près d'un guerrier mort au combat.

— Couche-toi ! crie-t-elle.

Il se jette à terre ; le missile soulève ses cheveux en le frôlant, et frappe la motobrousse de plein fouet. C'est un projectile à double impact, classique et EMP. La moto s'arrête net dans une grande gerbe de feu. Fletcher, les vêtements en flammes, est éjecté. Il retombe loin de son engin avec un bruit mat. Le feu consume ses cheveux blonds, puis s'éteint.

Alors tombe le silence, à peine troublé par le crépitement des flammes qui rongent les carcasses des machines et les épineux disséminés dans le cratère. Une robautruche, encore debout malgré la grenade qui l'a éventrée, s'effondre dans un sinistre craquement.

CHAPITRE 30

Le sang et la pluie

Soïla aide Jef à se relever. Deux corps sales, hagards, ensanglantés au milieu du désastre.

— C'était... C'était quoi, toutes ces armes, ces munitions ? bafouille Jef.

— J'étais pas au courant... les moranes avaient dû faire des réserves depuis des années dans la forêt, murmure Soïla.

Les incendies amènent jusqu'à eux des bouffées d'air brûlant séparées par des exhalaisons d'air froid. Toute la jungle semble en flammes. Pas un cri, pas une plainte. Plus personne ne semble vivre dans le cratère, hormis les deux jeunes gens.

Indécis, ils restent immobiles durant de longues minutes au milieu des débris. Jef a déjà vécu des escarmouches, mais jamais aussi rapides, aussi violentes. Il est sonné, les oreilles encore traumatisées par le fracas des explosions, les rétines captives des flammes jaunes qui dévorent les épaves.

Il doit se faire violence pour s'extraire de sa stupeur. Il faut voir s'il y a des survivants !

Un homme, un seul, respire encore. Allongé sur le dos, il regarde le ciel obscur. C'est un morane. Un épais flot de sang s'échappe de son crâne fracassé.

— Lemerok ! souffle le jeune homme en reconnaissant Jef. Les Massaïs ont gagné ?

Jef lui assure que oui, que les ennemis sont hors d'état de nuire.

— J'étais un lion... murmure le guerrier en s'agitant. Ils m'ont tué. Oooh, j'ai mal à la tête.

— Tu es un lion, murmure Soïla, mais blessé. Ne bouge pas, les secours vont arriver.

Le visage du Massaï se crispe.

— Pas tout de suite, souffle-t-il. Impossible...

— Ne t'agite pas, intervient Jef. Ils ne vont pas tarder.

— Écoute, Lemerok... là-bas, c'est la panique. Tout le monde sait qu'ils ont menti. Les infos parlent des garous !

Le morane lâche un gémissement. Ses yeux s'écarquillent. Il observe le visage de ce Blanc devenu rouge et noir, maculé de sang et de terre, qui se penche vers lui. Et le ciel enténébré, au-dessus de ce masque de guerre.

— Lemerok ! dit-il. Tout est noir, Lemerok !

Son visage se fige. Se crispe. Puis se détend.

Jef serre la main d'ébène inerte entre ses doigts. La sienne est sale, brune. Elle tremble.

Il lève les yeux vers Soïla. Colère, détresse.

Des mouvements attirent son regard à l'orée de la forêt. Les arbres, massifs et sombres, les encerclent, mais il jurerait que quelque chose a bougé derrière les premiers troncs.

— Soïla... murmure-t-il, il y a quelqu'un, là-bas !

Ils se dirigent, apeurés, vers les ombres mouvantes.

Soïla s'arrête.

— Attends... souffle-t-elle.

— Quoi ?

— Ces ombres. Elles sont trop basses. Ce ne sont pas... ce ne sont pas des gens !

Alors les fauves sortent du sous-bois. Quatre lionnes, dont les yeux jaunes illuminés par les incendies brillent comme des pépites d'or.

Jef jure. Commence à reculer.

Les lionnes grondent et ouvrent une bouche avide. Le jeune Européen sait que ce ne sont pas des anitrans. Pas ici, pas aussi loin dans la forêt. Et puis, Naphtal lui a parlé de ces animaux que les Massaïs poussaient dans les profondeurs pour les ramener à l'état sauvage.

Ce sont des lionnes tueuses. À cette heure, ainsi groupées, elles ne peuvent être qu'en chasse.

Elles n'auront guère d'efforts à fournir. Jef, épuisé, blessé, ne peut plus courir. Les lionnes se contentent d'avancer en grondant, flanc contre flanc, repoussant les deux humains vers le centre du cratère.

— Hé... Par tous les démons de l'Afrique ! C'est quoi ça ? dit une voix dans leur dos.

Malgré les lionnes, Jef et Soïla, tournent la tête. Drake Fox, vivant ! Debout devant le bloc de pierre que le Tricératops a percuté. Les vêtements à demi calcinés, les cheveux dressés sur la tête, du sang sur les jambes. Sa main gauche serre son bras droit, dans lequel s'est fichée la lance de Jef. Un morceau de hampe y pointe comme un os brisé.

Une lionne rugit.

Drake Fox court jusqu'à l'épave d'un 6 × 6 épargné par les incendies, et s'enferme à l'intérieur.

— Je crois... je crois qu'on va essayer d'atteindre le bloc de pierre, suggère Jef en regardant les fauves.

— Ce ne serait pas une bonne idée... dit une voix usée.

Une voix que Jef reconnaît sur-le-champ.

Naphtal ! Naphtal Ole Tutu !

Debout, seul. Le vieil homme est torse nu, son plaid rouge de Massaï noué autour de sa taille. Il s'appuie sur un long bâton tordu, noueux.

Pas le temps de lui demander maintenant ce qu'il fait ici. Les lionnes ne vont pas tarder à charger.

— Arrêtez-vous, ordonne le vieillard. Cessez de reculer.

Les deux jeunes gens obéissent.

Les lionnes font de même.

— Maintenant, dit Naphtal Ole Tutu, écoutez la respiration de l'Afrique.

Soïla lui lance un regard circonspect. Son corps harmonieux de jeune fille, allongé, musclé, couvert de bleus, d'estafilades et de plaies plus profondes, est agité de tremblements. Elle a le visage dur de ceux qui ont vécu des moments terribles et qui ont oublié jusqu'à la manière de dormir.

— Soïla, reprend le loïbon, je t'ai souvent parlé des animaux, du monde d'ici et d'avant. De ce monde qui nous entoure. T'en souviens-tu ?

Soïla hoche la tête, même si elle ne comprend pas où veut en venir le vieil homme.

— Toi, Jef-Lemerok, je ne t'ai pas beaucoup connu, continue l'ancien. Mais tu as croisé cette lionne. Tu as traqué ces animaux que les ignorants appellent des garous. Te rappelles-tu ?

Jef atteste, la gorge sèche. Il pressent que Naphtal s'apprête à lui révéler des choses essentielles.

— Jef-Lemerok, voici l'Afrique telle qu'aucun Blanc ne la verra jamais. Voici son cœur, son âme, ses entrailles. Voici ses mystères.

La jungle bruit tout autour du cratère. Un arbre craque, des buissons s'écartent. Des ombres s'approchent, furtives et massives à la fois.

— Ce sont des bêtes. Elles nous encerclent... murmure Soïla.

Un éléphant, titanesque, se détache de la forêt. Sa tête cache la lune. Sa silhouette, puissante, domine tout le paysage. Les lionnes s'écartent à petits pas. Le pachyderme avance, de sa démarche chaloupée. Les flammes des carcasses éclairent sa peau parcheminée. Ses défenses recourbées effleurent le sol noir et sa trompe se balance en cadence.

À cette vue, le cœur de Jef manque de flancher. L'animal est colossal.

— Ne bougez pas, murmure Naphtal, et sa voix semble venir de loin, d'un autre monde.

C'est alors que Jef repère un deuxième animal, qui marche lui aussi avec grâce et calme malgré sa force, sa musculature.

Un lion. Haut, majestueux, comme dans les histoires que lui contait sa mère. Avec les mèches noires de sa crinière flottant dans le vent, ses crocs énormes dans sa gueule haletante, une langue rouge, avide, et des pattes capables de vous arracher la tête.

— Ils ne vous feront rien, murmure Naphtal avec douceur. Soyez à l'écoute, c'est tout.

Le lion et l'éléphant marchent ensemble, côte à côte.

Le corps tremblant, Jef réalise que ce qu'il voit est

impossible. Un éléphant et un lion n'avancent pas ainsi, flanc contre flanc. Ce ne peut être qu'une vision, un songe.

Mais tout son corps endolori lui crie qu'il ne rêve pas.

Les deux animaux s'arrêtent, juste devant lui. Jef tremble. Non pas de peur mais à cause de ce que cette vision signifie. Les deux monarques de la forêt africaine posent sur lui leurs yeux calmes d'animaux supérieurs. Le regard pétillant, doré, du lion et celui, noir et perspicace, de l'éléphant.

Jef vibre. Tout son être vibre. Ces animaux ne sont pas apprivoisés, ni dressés, et ils sont venus ici de leur plein gré. Côte à côte. Ils n'ont rien à dire, ne savent probablement même pas qu'il existe un langage humain. Mais, ensemble, ils sont venus délivrer un message.

Ce n'est pas seulement un secret de l'Afrique qu'il touche du doigt, c'est l'essence du monde.

C'est pour cela que ses larmes coulent, maintenant. Il pleure de bonheur, mais aussi parce qu'il ressent, à cet instant, l'immense solitude de son espèce. De ceux qui ont abandonné le monde qui les avait vus naître, et qui ont tout perdu.

Soïla aussi pleure près de lui. Il sent sa main dans la sienne.

— Vous pouvez toucher l'éléphant, murmure Naphtal. Approchez-vous... Saluez le père des hommes, c'est lui qui a jadis défriché pour nous la savane. Sans lui, nous n'existerions pas.

Une trompe se pose sur l'épaule de Jef, palpe son cou, sa cicatrice, son visage, étale ses larmes sur ses joues.

Il s'approche de la bête. La silhouette grise le domine

de sa hauteur. Il palpe la peau crevassée, rugueuse, caresse les plis, cette masse qu'il sent frémir sous ses doigts.

Soïla est près de lui, et caresse aussi l'éléphant.

Puis ils reculent. Toujours les regards immenses posés sur eux.

— On ne touche pas au lion, continue à murmurer Naphtal. On le caresse des yeux. Ce lion-là n'est pas un anitrans. C'est un fauve, une merveille de muscles, de griffes et de dents, qui veille à la bonne tenue de la faune. Mais aujourd'hui, il ne tuera pas.

Jef hoche la tête, incapable de dire un mot. Il songe à s'agenouiller, puis y renonce. Ces animaux ne sont pas des dieux, pas des idoles, il le sent dans leurs yeux. Juste des êtres venus le rencontrer, le retrouver peut-être après tant d'années – des millénaires – d'absence.

— Vous êtes partis depuis si longtemps, dit Naphtal de sa voix douce, vous êtes allés si loin, au-delà des mers et vers les étoiles. Eux ne vous ont pas oubliés. Ils étaient là, mais vous n'écoutiez pas.

Autour du cratère, la jungle frémit. Distrait, Jef regarde la lisière la plus proche. Il y a d'autres ombres, d'autres êtres. Il croit distinguer un cou de girafe au-dessus des frondaisons, la corne d'un rhinocéros effleurée par un rayon de la lune. Perçoit le gloussement d'un babouin, le rire d'une hyène.

Lentement, l'éléphant se détourne. Le lion aussi.

Un cri guttural perce la nuit :

— Sorcellerie ! Sorcellerie !

Drake Fox, sorti de la carcasse du 6 × 6, hagard, une lueur de folie dans son œil valide, avance vers eux. Son visage déjà balafré est entaillé en de multiples endroits.

Il pointe un fusil devant lui.

— Naphtal, vieux sorcier ! Tout ça, c'est une illusion ! Rien qu'une illusion !

— Je n'ai pas ce genre de pouvoir, murmure Naphtal avec douceur.

— Impossible ! Hérésie ! Folie !

Ses traits déformés par la rage, Drake Fox appuie sur la détente.

Naphtal Ole Tutu chancelle, puis s'effondre.

— Non ! hurlent en chœur Jef et Soïla.

Ils se précipitent vers le vieil homme. Ce n'est plus qu'un corps maigre, osseux, allongé sur la terre d'ébène. Un vieux lion à bout de souffle.

— Jef-Lemerok, ils attendent votre retour... murmure le loïbon Naphtal Ole Tutu.

Puis il sourit, soupire et ferme les yeux.

Soïla serre la main du vieil homme entre les siennes. Jef se relève. Naphtal est mort, beaucoup d'hommes sont morts, mais Drake Fox est toujours là.

Quelque chose effleure son épaule. Il sursaute : la trompe de l'éléphant.

Le pachyderme s'est approché en silence. Sa trompe caresse le corps du vieux Massaï. Le grand pachyderme émet un grondement sourd. D'autres éléphants, sortis des sous-bois, approchent. Jef et Soïla s'écartent. Les grands animaux se massent autour de Naphtal, et leurs trompes se joignent à celle de leur patriarche. Comme pour montrer leur tristesse de l'avoir perdu, peut-être leur joie de l'avoir connu, ou lui signifier un dernier adieu.

À cet instant, Drake Fox glapit :

— Hé, vous faites quoi ? Foutez le camp !

Les quatre lionnes avancent dans sa direction, pas à pas. Le traqueur ne peut détacher son regard de leurs yeux jaunes, avides, impitoyables, braqués sur lui.

— Barrez-vous ! hurle-t-il.

Il tente d'ajuster son fusil mais gémit, son bras ankylosé par la blessure l'empêchant de viser. Son arme vacille et tombe à terre.

Les lionnes se rapprochent en feulant doucement, leurs flancs roux illuminés par les flammes.

— Foutez le camp ! crie Drake Fox. Allez, dégagez !

Mais les lionnes grondent, pressent le pas.

Drake Fox pousse un cri de terreur et détale. Il disparaît derrière la grande pierre fracassée et l'épave de son Tricératops. Les lionnes courent en silence sur la pierre noire. Leurs babines semblent presque sourire. La traque est leur spécialité, leur plaisir. Le dépeçage des proies aussi. Il y a un moment de silence, puis des hurlements déchirent la nuit. Ils ne troublent pas les éléphants qui entourent la dépouille de Naphtal Ole Tutu. La vie, la mort... Depuis des millions d'années, c'est la loi de la nature et du monde. Drake Fox, qui l'avait oublié, s'en souvient.

Les pachydermes finissent par quitter le cratère, avec majesté et discrétion, comme ils sont venus. Les bruits s'atténuent à l'orée de la forêt au fur et à mesure que les animaux retournent à leurs occupations. Le grand lion est le dernier à s'en aller. Il leur lance un ultime coup d'œil incandescent, dont on ne sait s'il est plein de sagesse, de sévérité ou d'ironie.

Soïla et Jef sont seuls, alors que les incendies se transforment en flammèches, puis en braises rougeoyantes au milieu des carcasses de véhicules. L'aube couvre les cimes des arbres de poussière dorée. Jef et Soïla font le tour de la plaine rocheuse. Plus rien ne vit ici.

— Où on va ? interroge Jef en prenant la main de Soïla dans la sienne.

— Par là (elle montre la lisière), c'est le Magic Eden. Ça veut dire pas mal de problèmes en perspective. Et par ici (elle montre les sous-bois à l'autre extrémité du cratère), on devrait trouver quelques caches de nourriture. On peut y attendre les Massaïs sans se faire remarquer, en se cachant comme des fauves dans leur tanière.

Jef observe les carcasses calcinées, les corps étendus sur la roche noire, que les autorités et les guerriers du village ne tarderont pas à trouver, et hume l'air de l'Afrique. La pluie a cessé, mais il perçoit la vie qu'elle a déjà fait jaillir de la terre.

— On a beaucoup de choses à faire, dit-il.

— Après tout ce qui s'est passé, rien ne sera plus jamais comme avant, murmure Soïla. Les gens sauront pour les garous, les traques, et la folie de Fox.

— Il faudra qu'ils libèrent Shaka, Jungle et les autres.

— Et nos frères massaïs. On se battra pour cela.

Un lion rugit au loin. Jef sourit à Soïla, dont la peau sombre lui semble plus séduisante que jamais.

— On a du chemin, dit-il.

Les arbres mouillés vibrent et tanguent devant eux, attendant le retour du soleil. Le grand vert palpite, empli de ténèbres et de pluie.

Main dans la main, les deux jeunes gens s'enfoncent dans la forêt africaine.

C'était l'aube...
Combat du jour et de la nuit.
Mais celle-ci, exténuée, n'en pouvait plus ;
lentement elle expirait. Déjà, à l'horizon,
quelques rayons de soleil teintés de rouge
illuminaient les derniers nuages tels de gros
bouquets de flamboyants en fleurs.

Keïta Fodéba, « C'était l'aube... », in *Aube africaine*

Remerciements de l'auteur :

Merci à Marie Le Borgne, chercheur en immunologie a l'Université de Californie, à Berkeley (USA), pour ses conseils et ses remarques en matière de biologie, qui m'ont été fort utiles pour imaginer les Magic Eden.

Aux personnes rencontrées en Afrique du Sud, au parc national Kruger notamment, lors de ma visite.

À Denis et Constance pour leur passion.

À mes trois princesses Camille, Marine, Sylvia.

De nombreux ouvrages m'ont été précieux lors de l'écriture de ce roman. Je voudrais en citer quelques-uns :

— *Ma vie de guerrier masaï*, Tepilit Ole Saitoti (Le Rocher)
— *Une jeune femme maasaï*, Grace Mesopirr Sicard (L'Harmattan)
— *Je suis un Maasaï*, Xavier Péron (Arthaud)

— *Les Religions d'Afrique noire*, Louis-Vincent Thomas et René Lumeau (Stock)
— *L'Afrique noire de 1800 à nos jours*, C. Coquery-Vidrovitch et H. Moniot (Presses universitaires de France)
— *Anthologie africaine II*, *La Poésie*, Jacques Chevrier (Hatier International)
— *Œuvre poétique*, Léopold Sédar Senghor (Seuil)

Table

Partie I
Apprentis sorciers

Partie II
Cœurs d'ébène

L'AUTEUR :
LOÏC LE BORGNE

Né en 1969 à Rennes, Loïc Le Borgne est journaliste et écrivain. Depuis 1993, il est reporter dans un quotidien de presse régionale, dans l'ouest de la France.

Il est l'auteur d'une trilogie de science-fiction, *Les Enfants d'Eden* (collection « Autres Mondes », Mango, 2006-2007) et de *Je suis ta Nuit* (collection « 15-20 », Intervista, 2008).

Il vit à La Ferté-Bernard, dans la Sarthe. Marié, père de deux petites filles, il a voyagé dans une quinzaine de pays, loin des sentiers battus, en privilégiant le continent africain. Il a notamment découvert l'Afrique du Sud, ses parcs animaliers mais aussi ses chemins perdus, quelques années après la fin de l'apartheid.

Enfant, il était fasciné par les récits d'aventure en terre africaine. Plus tard, il s'est passionné pour le passé tumultueux de l'Afrique noire. Un engouement qui a perduré : il a dévoré les récits d'Ernest Hemingway, Joseph Kessel, Karen Blixen, Joseph Conrad, etc., qui évoquent tous l'Afrique, mais aussi les œuvres de Léopold Sédar Senghor et d'autres poètes africains.

Pour écrire *Le Sang des lions*, il a longuement étudié les coutumes et les croyances des Massaïs.

Site du Cycle d'Eden : http://www.cyclededen.com/

LUC BESSON PRÉSENTE :

15-20

La collection

15-20 - Une collection particulièrement adaptée aux grands adolescents, pour les faire rêver, les émouvoir et les aider à prendre leur place dans le monde qui s'offre à eux, grâce à des textes en phase avec leur sensibilité et leurs préoccupations.

15-20 - Une collection où l'imaginaire est roi : science-fiction, *fantasy*, fantastique, thriller futuriste... des univers originaux et très visuels qui embarquent le lecteur dès les premières lignes grâce à une écriture limpide et nerveuse, une intrigue forte et des personnages emblématiques.

15-20 - Une collection de romans grand format au look choc, co-dirigée par Constance Joly-Girard et Denis Guiot.

15-20 - Le nouveau plaisir de lire.

TITRES DÉJÀ PARUS

1 – MU, LE FEU SACRÉ DE LA TERRE

de David Klass

(La Trilogie du Gardien – livre 1)

Jack est un garçon ordinaire. Il a dix-huit ans et ses principaux centres d'intérêt sont les filles, les belles voitures et le football. Un soir qu'il célèbre une éclatante victoire, un inconnu le dévisage et le *flashe*. Une traque sauvage commence. Ce soir-là, Jack apprend qu'il est l'Étincelle d'espoir, le sauveur envoyé par le futur pour éviter à la Terre d'être anéantie. Sa mission : trouver Mu, une boule de feu égarée dans l'océan, qui représente le pouvoir de la Nature...

Entre roman d'apprentissage et récit de science-fiction 100 % adrénaline, *Mu* réussit le difficile pari de sensibiliser le lecteur aux grands enjeux écologiques, tout en le divertissant.

Les droits d'adaptation cinématographique ont été achetés par la Warner.

Sélectionné pour le Prix des Incorruptibles 2008-2009.

« Ce livre atteint les objectifs annoncés par les deux directeurs de la collection : il fait rêver, fait vibrer, fait réfléchir sur les véritables enjeux auxquels nous sommes aujourd'hui confrontés en matière de sauvegarde de la planète, par le biais d'une fiction très bien construite, d'un suspense habilement entretenu et de personnages charismatiques. »

(Catherine Gentile – www.sitartmag.com)

2 – JE SUIS TA NUIT

de Loïc Le Borgne

Été 1980, dans un village de Bretagne...

Ils sont six copains, inséparables. Tout bascule lorsqu'ils découvrent le corps atrocement mutilé d'un vagabond. C'est le début d'une cascade d'évènements angoissants, inexplicables : attaques de corbeaux, pluies de scarabées, découverte d'un deuxième cadavre mutilé. Les adolescents comprennent qu'une force maléfique rôde et qu'elle a décidé de les éliminer.

Un roman d'horreur moderne authentiquement terrifiant dans la lignée du *Mystère du lac* de Robert McCammon. Un roman sur la chute des illusions de l'enfance, décrite avec une puissance d'évocation intense et une grande sensualité ; et une savoureuse reconstitution du début des années 80, vues à travers les yeux d'une bande de gosses rêvant à *Star Wars* et *Goldorak*.

Les droits poche du roman ont immédiatement été achetés par Le Livre de Poche, pour la collection « Fantastique/Terreur »

« Un suspense macabre digne d'un Stephen King en très grande forme » (Coup de cœur du site www.ricochet-jeunes.org)

3 – LE DOS AU MUR

de Christophe Lambert

2020 : un mur de plusieurs milliers de kilomètres trace une frontière en béton et barbelés entre les USA et le Mexique.

Sous les caméras du nouveau grand jeu télé *America's most hunted*, le Mur laisse passer, chaque mois, deux cents Mexicains, en quête de l'*American Dream*. Celui qui échappe le plus longtemps aux forces de l'ordre est naturalisé et gagne une importante somme d'argent.

Diego Ortega, vingt ans, se lance dans l'aventure. Il a besoin d'argent, et vite, car son père s'est endetté auprès d'un dangereux mafieux. Dans sa fuite, il s'est allié à Pedro, qui ressemble à son grand frère défunt, et à Guadalupe, une jeune punkette qui semble poursuivre une quête très personnelle.

Mais le jeu est truqué.

Suspense, émotion, trahisons et satire sociale sont les ingrédients de ce thriller au rythme digne des plus trépidants feuilletons contemporains, tels que *24 heures* ou *Prison Break*.

« *Menée tambour battant, cette course contre la montre et contre la mort est captivante ! Pas de temps mort, pas de pause. Le ton, violent, haletant et désespéré, colle parfaitement à l'intrigue.* » (Khimaira)

4 – ZÊTA, LE SOUFFLE DU CIEL

de David Klass

(La Trilogie du Gardien – livre 2)

Jack découvre que sa fiancée Pee Jay a été enlevée par l'Armée des Ombres. En compagnie du fidèle Gisco, son ami à quatre pattes à l'humour toujours aussi acide, il part à sa recherche... à bord d'une montgolfière !

Après avoir survolé les Andes et survécu à un terrible ouragan, ils s'échouent en pleine forêt amazonienne. Là, ils sont capturés par l'Empereur des Ombres, venu du futur pour détruire les forêts primaires, mais aussi pour se venger de Jack qui a tué son frère, Drago. C'est lui qui détient Pee Jay.

Bref, la situation de Jack n'est pas des plus réjouissantes.

C'est alors qu'intervient Eko, la ninja girl que l'on croyait morte.

Avec l'aide des indigènes et des animaux de la forêt, Jack et ses amis parviendront-ils à faire échouer les projets criminels de l'Empereur des Ombres ?

TITRES À PARAÎTRE

ECOWARRIORS de Jean-Marc LIGNY

Révoltés par les crimes contre l'environnement commis par diverses multinationales et restés impunis, Fiona et Malik prennent les armes et deviennent les Bonnie *and* Clyde de la cause écologique.

PHI, LA CLÉ DU TEMPS de David KLASS (La Trilogie du Gardien, livre 3)

Jack va dans le futur où il rencontre ses parents. Puis, il revient dans le présent pour se mesurer une dernière fois aux ennemis de la Terre, qui ont décidé d'anéantir l'Arctique.

Photocomposition Nord Compo, Villeneuve d'Ascq

Dépôt légal : novembre 2008
Achevé d'imprimer en France
par Darantiere
N° d'impression : 28-1334